Noras Männer

Andreas Francks vierter Fall

Axel Kuhn

Verlag

Umwelthinweis:
Dieses Buch wurde auf chlor- und
säurefreiem Papier gedruckt

1. Auflage 2011

© 2011 SWB-Verlag, Stuttgart

Lektorat und Korrektorat: Catrin Stankov, Bernau

Titelfoto: © Olivier Le Queinec
2011 Benutzung unter Lizenz von Shutterstock.de
Titelgestaltung: Heinz Kasper, Frontera

Satz: Heinz Kasper, Frontera

Druck und Verarbeitung: E. Kurz + Co., Druck und
Medientechnik GmbH, Stuttgart www.e-kurz.de
Printed in Germany
ISBN: 978-3-942661-10-2

www.swb-verlag.de

Axel Kuhn, Jahrgang 1943, Historiker und Universitätslehrer im Ruhestand, lebt mit seiner Frau in Leonberg bei Stuttgart. In zahlreichen wissenschaftlichen Veröffentlichungen beschäftigte er sich mit der Französischen Revolution und mit den deutschen demokratischen Traditionen seit dem Ende des 18. Jahrhunderts. 1993 erhielt er den Schubart-Literaturpreis der Stadt Aalen.

„Noras Männer" ist sein vierter Kriminalroman mit dem Amateurdetektiv Andreas Franck.

Prolog
August 1990

War es ein Traum? Sie lag am Strand von El Puerto auf ihrem Badetuch, das Gesicht durch einen kleinen Schirm vor der Sonne geschützt, und öffnete die Augen. Neben ihr saß ein dunkelhäutiger Junge mit einem Strohhut auf dem Kopf und bot ihr ein Schokoladeneis an. Schnell schloss sie ihre Augen wieder. Gern hätte sie jetzt ein Eis gegessen. Ganz langsam öffnete sie das linke Auge und blinzelte durch die Wimpern.

Es war kein Traum. Der Junge saß immer noch an ihrer Seite. Er mochte etwa sechzehn Jahre alt sein – genauso alt wie sie – und war nur mit einer schwarzen, kurzen Hose bekleidet, wenn man von den Turnschuhen an seinen Füßen absah. Mit seiner linken Hand streckte er ihr ein Cornetto entgegen und lächelte sie schüchtern an.

„Por favor."

Sie stützte sich auf ihren Ellenbogen, nahm das Eis entgegen und sagte: „Muchas gracias."

Während sie aß, sah er ihr schweigend zu. Auch sie musterte ihn verstohlen. Er war mager und hatte dunkelbraune, fast schwarze Augen.

Ein hübscher Kerl, dachte sie.

Nach einer Weile tippte er auf seine Brust und sagte: „Miguel."

Sie setzte sich auf das Handtuch, zog ihre Beine an und schlang die Arme um die Knie. „Thea", sagte sie und fügte dann noch „Alemania" hinzu.

Er nickte zum Zeichen, dass er verstanden hatte, und antwortete: „Puerto de Tazacorte."

Sie wusste, dass das der Hafen des Nachbarortes war und nickte ebenfalls. Sie war mit dem Bus von El Paso gekommen, wo ihre Eltern ein Sommerhaus besaßen und dort zur Zeit mit ihr den Urlaub verbrachten. Die Fahrt ging durch den kleinen Ort Tazacorte mit seinen vielleicht zweieinhalb Tausend Einwohnern, an dem einige Kilometer weiter gelegenen Hafen Puerto de Tazacorte vorbei und endete in El Puerto, das einen

Sandstrand besaß und ansonsten wohl nur aus Restaurants, Boutiquen und einigen Häuserblocks bestand. Dennoch ging es hier noch nicht so furchtbar touristisch zu, weil El Puerto mit seinen vom Meer aus schroff aufragenden Felsen für die Autofahrer eine natürliche Endstation bildete. Sie liebte diesen Ort.

Der Junge, der also wohl ein Einheimischer war, zeichnete einen Fisch in den Sand.

Sie begriff, dass die Vorstellungsrunde nun zu den Berufen überging, und dachte eine Weile nach. Jetzt tat es ihr leid, dass sie nur wenige Brocken Spanisch sprechen konnte. Schließlich malte sie, so gut es ging, ein aufgeschlagenes Buch neben den Fisch.

Der Junge legte den Kopf schief, betrachtete ihre Zeichnung und sagte: „Alumna."

„Sí", antwortete sie, froh darüber, dass er sie verstanden hatte. „Schülerin", übersetzte sie. Er versuchte, das Wort nachzusprechen; aber er stolperte schon über das „Sch", und beide lachten.

Dann saßen sie eine Weile schweigend nebeneinander und blinzelten in die Sonne, deren Strahlen sich im Wasser spiegelten. Thea fühlte sich an seiner Seite wohl, auch wenn sie nicht viel miteinander sprechen konnten. Er begleitete sie zur Bushaltestelle. Zum Abschied gab sie ihm die Hand und sagte: „Adiós" und noch einmal: „Gracias."

Am nächsten Nachmittag kam Miguel wieder. „Hola", sagte er, und Thea konnte ihm ansehen, dass er sich freute. „Hallo", antwortete sie und freute sich ebenfalls. Wieder saßen sie eine friedliche Stunde beieinander, und Miguel legte seine Hand auf ihren Arm. Als es Zeit wurde zu gehen, malte er ein Boot in den Sand und sagte „mañana" und zeigte mit der Hand um den Felsen herum. „Vamonos alla playa."

„Sí", nickte sie und sagte „cinco hora". „Fünf Uhr", übersetzte sie, und er wiederholte die beiden Worte mit großen, frohen Augen, aber schwerer Zunge. Im Bus war ihr, als würde ihr Herz einen Hüpfer nach dem anderen machen.

Am Abend vertiefte sie sich in ihr Spanisch-Wörterbuch. Bald wurde ihr klar, dass sie nicht fünf Uhr, sondern fünf Stunden gesagt hatte.

Auch recht, dachte sie.

Mit Herzklopfen saß Thea am dritten Nachmittag schon um halb fünf in ihrem schönsten Bikini auf der Kaimauer und wartete auf Miguel. Das Meer war glatt wie ein Spiegel. Es war Samstag, und der Strand rappelvoll. Sie hatte Angst, dass er sie nicht finden würde; aber ihre Angst war natürlich unbegründet. Miguel kam ohne Strohhut, seine schwarzen Haare glänzten mit seinen Augen um die Wette. Er war immer noch so schüchtern, wie am ersten Tag, aber er kam. Sie hängte sich ihre Badetasche über die Schulter und nahm seine Hand. Gemeinsam gingen sie zum Pier und stiegen in ein hölzernes Ruderboot mit Außenbordmotor.

„La tua barca?", fragte sie, unsicher, ob das nicht eher italienisch war.

Miguel schüttelte den Kopf. „De mi padre", antwortete er.

Sie machte mit der rechten Hand eine Drehbewegung und fragte: „Stibitzt?"

Miguel legte beide Handflächen aneinander und eine Wange auf sie. Thea verstand. Er hatte das Boot seines Vaters an sich genommen, während dieser schlief.

Mit kräftigen Schlägen ruderte Miguel um den Felsen herum in Richtung Norden. Bald steuerte er auf eine einsame Bucht zu, die man nur vom Wasser aus erreichen konnte. Er ließ das Boot auf dem kleinen Sandstreifen auflaufen, sprang mit nackten Füßen ins Wasser und zog es ganz an Land. Dann drehte er sich zu Thea um und machte mit den Händen mehrere Schwimmbewegungen.

Thea nickte. Auch sie hatte Lust, im Meer zu schwimmen. Noch immer war es spiegelglatt und ohne Wellen. Miguel drehte ihr den Rücken zu und entkleidete sich. Eine Badehose besaß er nicht. Sie folgte ihm ins Wasser, und gemeinsam schwammen sie der Sonne entgegen. Thea kehrte als Erste um, stieg an Land, zog ihren Bikini aus und legte sich bäuchlings auf ihr Badetuch, gerade so, dass für Miguel noch genügend Platz blieb. Er kam nur kurze Zeit später, blieb vor ihr stehen, zögerte und ließ sich dann doch neben ihr nieder. Sie hatte ihren Kopf auf die Arme gebettet und wartete mit angehaltenem Atem.

„Thea", sagte er leise und dann noch ein paar Worte, von denen sie nur „amiga" verstand. Sie drehte ihm ihren Kopf zu und stützte sich auf den Ellenbogen. Sie wusste, dass sie ihm dadurch ihre Brüste zeigte. Sie wusste es, und sie wollte es. Noch nie hatte sie sich für einen Jungen ausgezogen. Nun war es ganz von selbst so geschehen, und sie wartete einfach nur darauf, dass er sie mit seinen Händen streicheln würde. Aber Miguel saß da wie eine zu Boden gesunkene Salzsäule und starrte auf ihre Brüste. Da lachte Thea laut auf, legte ihre Arme um seinen Nacken und gab ihm einen Kuss. Seine Lippen waren kalt und schmeckten nach Salz und Meer, und sein Oberkörper roch ein wenig nach Teer und Holz. Er fasste sie behutsam an den Schultern und erwiderte den Kuss, und dann begann er endlich mit seinen ungeschickten, aber süßen Erkundigungen.

Eine halbe Stunde verging, und sie wurden immer übermütiger. Thea plapperte auf Deutsch und Miguel antwortete auf Spanisch. Beide verstanden nicht, was der andere sagte und wussten doch, was der andere mitteilen wollte. Eine weitere halbe Stunde verging, und jede falsche Scham ebenfalls; sie lachten miteinander und zeigten sich stolz ihre nackten Körper und glaubten, es gäbe kein Geheimnis mehr zwischen ihnen.

Noch eine halbe Stunde verstrich, und die Realität holte sie wieder ein. Er musste das Boot zurückbringen, bevor sein Vater zum Fischen aufbrach. Sie musste rechtzeitig zu Hause sein, um unangenehmen Fragen der Eltern zu entgehen. Also stiegen sie ins Boot, das er zuvor ins Wasser gelassen hatte. Er ruderte, und sie saß ihm nackt gegenüber, vom Glück erfüllt, das er ihr hatte geben können.

Sie zeigte mit beiden Händen auf ihre Brüste und dann in Fahrtrichtung. „Pass nur auf, dass du nicht die Orientierung verlierst."

Seine schwarzen Augen waren noch immer so rund wie zwei Kugeln. Er ließ ein Ruder fahren, um den Daumen hochzuheben und zwischen die Augen zu halten. Er würde sich nicht vom Kurs abbringen lassen.

Das Motorboot, das vor der Küste ankerte, sah Thea zuerst. Nach einigen weiteren Ruderschlägen öffnete sich eine Bucht.

Zwei Männer standen dort bis zum Bauch im Wasser, ein kleiner Dicker und ein großer Schlanker. Es sah aus, als würden sie miteinander ringen, und es kam Thea so vor, als ob der Große den Dicken ständig unter Wasser zu drücken versuchte.

„Dos hombres", rief Thea und versteckte sich hastig auf dem Boden des Bootes.

Miguel korrigierte den Kurs ein wenig in Richtung offenes Meer. Er brauchte noch ein paar Minuten, um selbst in die Bucht sehen zu können.

„Hay un solo hombre", sagte er.

Thea hob vorsichtig den Kopf über die Bootsplanke und sah, wie der große, schlanke Mann aus dem Wasser stieg. Er rieb sich seine Hände an der Badehose. Von dem kleinen Dicken war nichts mehr zu sehen.

„A la casa", rief sie Miguel zu. Sie hatte plötzlich ein Grummeln im Bauch und wollte so schnell wie möglich nach Hause. Bevor er um den Felsen herum ruderte, zog sie ihren Bikini wieder an. Im Hafen von Tazacorte vertäute er das Boot. Mit seiner Vespa fuhr er Thea auf Schleichwegen nach El Paso, da sie den letzten Bus verpasst hatte. In heißen Höschen und durch einen Sturzhelm gesichert saß sie auf dem Rücksitz und legte die Arme um seinen nackten Bauch. Je weiter sie sich vom Meer entfernten, desto ruhiger wurde Thea. Als er das steile Sträßchen nach Tajuya hoch fuhr, kühlte sie ihre heiße Wange an seiner Schulter.

Alles was zählt, dachte sie, sind die Stunden, die ich heute mit Miguel verbracht habe. Die beiden Männer in der Bucht gehen mich gar nichts an. Genauso wie die Donnerworte meines Vaters.

1
April 1996

Andreas Franck betrat durch die beiden offenstehenden Glastüren die Cafeteria der Universität Hohenheim. Obwohl es erst kurz nach halb zehn war, schlug ihm Essensgeruch entgegen. Er ging an der Litfasssäule vorbei, stieg die vier Stufen zur langen Theke empor und belegte einen Tisch in Sichtweite der Kasse: zunächst mit seiner Lederjacke und – nach einigem Zögern – auch mit der Aktentasche. Sie enthielt heute nur das Vorlesungsmanuskript.

Vor der Kasse hatte sich noch keine Schlange gebildet. Die ersten Lehrveranstaltungen des Tages gingen in einer viertel Stunde zu Ende; dann würde es schlagartig voll werden. Mit aufreizender Langsamkeit füllte die Kassiererin Milch in die Blecherne Kuh, fiel dann schwer atmend auf ihren Drehstuhl zurück und warf einen müden Blick auf Francks Schätze, einen Pott Kaffee und eine in Klarsichtfolie verpackte Mohnschnecke. Wer weiß, wie lange es noch dauern würde, bis sie die Gegenstände identifizierte.

Franck wandte sich um und vergewisserte sich, dass seine Aktentasche weiterhin auf dem Stuhl stand. Endlich bequemte sich die Kassiererin, die beiden Positionen einzutippen. Der Preis leuchtete an der Kasse auf, die Frau griff mit ausdrucksloser Miene zum Geld und beendete die sprachfreie Interaktion, indem sie Franck ein paar Münzen in die Hand drückte.

Dann blickte sie den nächsten in der Schlange an.

Aufatmend ging Franck zu seinem Tisch und schob den Stuhl zurück. Er setzte sich, stieß aber dabei an die Tischplatte, sodass der Kaffee über den Tassenrand lief und auf der Platte eine goldbraune Pfütze bildete. Franck rieb sich das Knie und schaute nach rechts und links, aber niemand hatte von seinem Malheur Notiz genommen.

Die meisten Tische waren mit arbeitenden Studenten besetzt. Papiere wurden gelesen, wichtige Zeilen mit Leuchtstift begrünt und ausgiebig besprochen; Neuankömmlinge freudig begrüßt – Küsschen, Küsschen – und in die Diskussion einbezogen. Stühle quietschten auf dem Steinfußboden. Die Litfass-säule drehte sich unablässig, versprach von allen Seiten Praktika und Jobs. Für den Nachwuchs in der Führungsetage.

„Ist der Stuhl noch frei?"

Franck nickte und hielt sich die Ohren zu. Der Stuhl quietschte zweimal auf dem Steinfußboden, als die Studentin ihn mit einer Hand an den Nachbartisch zog und sich setzte. Mit der anderen Hand drückte sie liebevoll einen Aktenordner gegen ihre Brüste. Sie hatte unter strohblondem Haar ein schmales, blasses Gesicht und aß nur die mitgebrachten Weintrauben zum Kaffee. Den aber hatte sie vorsorglich in einen verschließbaren Pappbecher gefüllt. Franck trocknete seinen Tisch mit einer Papierserviette.

Ob das der richtige Ort für ein solches Treffen ist?, dachte er.

Es war Francks erster Lehrauftrag an dieser Landwirtschaftlichen Hochschule im Stuttgarter Vorort Hohenheim, das Semester erst zwei Wochen alt, und schon hatte ihn ein Kollege um einen Gefallen gebeten. Francks Ruf als erfolgreicher Amateurdetektiv war ihm offenbar vorausgeeilt. Ein „Gespräch in einer delikaten Angelegenheit", hatte Portmann am Telefon hinzugefügt. Prof. Dr. Peter Portmann, Mitarbeiter an der Abteilung für Pflanzenmedizin in der agrarwissenschaftlichen Fakultät, war in eine „delikate Angelegenheit" verwickelt, die nicht an die Öffentlichkeit dringen durfte. Und dann hatte er die Cafeteria als Treffpunkt vorgeschlagen, am Mittwochmorgen, Franck würde doch sowieso in Hohenheim sein, eine halbe Stunde, bevor er über die Deutsche Geschichte des 20. Jahrhunderts lesen würde. Die Zeit würde reichen, „und – nicht wahr? – wo es am vollsten ist, da ist man auch am ungestörtesten."

Franck erblickte einen Mann, der vom Laufsteg zum Klo herunterkam und sich suchend umsah. Der Mann war etwa 50 Jahre alt, zirka 1,80 m groß und trug einen dezenten, um nicht zu sagen mausgrauen Anzug mit einer taubenblauen Krawatte. Sein Haar war kurz geschnitten und mit einem Festiger in Form gebracht. Am Hinterkopf begann es sich leicht zu lichten. Eigentlich war er für den Besuch einer Cafeteria zu elegant gekleidet.

Das könnte er sein, dachte Franck, und er hatte Recht.

Franck erhob sich, Portmann stellte sich vor, und die beiden Männer setzten sich wieder an den Tisch.

„Die Studentinnen werden immer jünger, finden Sie nicht auch?", meinte Portmann und deutete auf den Nachbartisch.

„Oder wir immer älter", antwortete Franck trocken.

„Um 10.15 Uhr geht es für Sie los? Im Schloss?"

Franck hätte gleichzeitig nicken und den Kopf schütteln müssen, tat aber keins von beidem. Er hasste es, zwei Fragen auf einmal gestellt zu bekommen. Allerdings schien sich Portmann gar nicht ernsthaft für Francks Antworten zu interessieren.

„Ich habe nicht viel Zeit", sagte Franck stattdessen. „Warum wollen Sie ausgerechnet mit mir sprechen?"

„Meine Tochter ist mit der Tochter Ihrer – äh – Freundin befreundet. Leider sind sie mehr bei Demonstrationen zusammen als im Hörsaal."

Franck zog die Stirn in Falten. „Sie wissen bemerkenswert viel über mich", stellte er fest.

„Aber es geht nicht um meine Tochter", fuhr Portmann ungerührt fort, „sondern um mich. Es ist eine vertrauliche Sache. Ich kann doch sicher sein, dass Sie nichts von unserem Gespräch weitererzählen?" Portmann erhob sich. „Kommen Sie mit vor die Tür", bat er.

Franck tat ihm den Gefallen; Portmann zündete sich eine Zigarette an und blickte sich um. Niemand in der Nähe.

„Um es rund heraus zu sagen, ich werde erpresst."

Franck schwieg.

„Ja, also", Portmann schien nun doch etwas verlegen zu sein, „Sie wissen doch, wie das Leben so ist. Ich bin verheiratet, habe meine Frau und eine erwachsene Tochter; das normale Familienleben füllt einen auf die Dauer nicht aus. Und dann kam Nora. Sechs Jahre lang war ich mit ihr zusammen, aber Anfang April habe ich mit ihr Schluss gemacht. Jetzt werde ich erpresst. Nora erpresst mich. Sie will sich rächen, weil ich sie verlassen habe. Das ist doch klar."

„Was hat diese Nora denn gegen Sie in der Hand?", fragte Franck.

„Nacktfotos", antwortete Portmann, „es gibt solche Fotos von uns beiden. Jetzt schickt sie mir zwei davon nach Hause."

„Mit ihrer Adresse und Unterschrift?", staunte Franck.

„Nein, das nicht. Streng genommen wurden mir nur zwei Fotos von Unbekannt zugestellt. Kommentarlos. Aber der Brief kann nur von Nora abgeschickt worden sein – oder von jemandem, der ihr bei der Erpressung hilft."

Franck schaute auf seine Armbanduhr. Es wurde bald Zeit für ihn zu gehen. „Und was soll ich für Sie in dieser Sache tun?", fragte er.

„Sie sollen es vor allem nicht umsonst tun. Ich biete Ihnen 300 DM Honorar. Für eine Information. Ich möchte wissen, ob sie einen neuen Freund hat."

Es war das erste Mal, dass man Franck für private Ermittlungen Geld anbot. Er hatte inzwischen 53 Jahre auf dem Buckel und 28 davon hauptberuflich als Historiker an der Universität Stuttgart verbracht. In dieser Zeit war er zwei Mal in Mordfälle hineingeschlittert, zum Teil aus Neugierde, zum Teil aus Leichtsinn. Einen Erpressungsversuch hatte er am eigenen Leib zu spüren bekommen. Das war alles andere als angenehm gewesen. Vor drei Jahren bat ihn dann der Rektor, diskrete Ermittlungen über einen Todesfall an der Universität Stuttgart vorzunehmen. Es blieb nicht bei dem einen toten Physiker, und die Ermittlungen waren nicht diskret gewesen. Aber doch immer kostenlos. Jetzt kam dieser Portmann und bot ihm 300 DM. Franck wusste nicht, ob das viel oder wenig für einen solchen Auftrag war. Auch nicht, wie viel Philip Marlowe genommen hätte. 300 Mark würde Franck für einen wissenschaftlichen Vortrag verlangen, auf den er sich nicht tagelang vorbereiten müsste.

„Wie soll ich denn das bewerkstelligen? Haben Sie ein – äh – normales Foto von ihr?" Lieber hätte er die beiden Nacktfotos gesehen, traute sich aber nicht, nach ihnen zu fragen.

„Nein", antwortete Portmann. „Aber Nora leitet ein Haarstudio in Leinfelden, in der Nähe der Autobahn und des Flughafens. Ganz billig ist sie nicht. Bei ihr landen hauptsächlich Prominente und solche, die sich für prominent halten. Hier ist die Adresse." Er gab Franck eine Visitenkarte. „Bitte gehen Sie hin und schauen Sie sich dort einmal um. Ich kann mich da nicht mehr sehen lassen. Aber ich verspreche Ihnen, dass es sich lohnt. Nora ist ein Phänomen."

„Also gut", sagte Franck und fuhr sich prüfend über den Hinterkopf und den Nacken, „die Haare müsste ich mir sowieso wieder einmal schneiden lassen. 300 Mark plus Friseurrechnung."

„Einverstanden." Portmann warf die Kippe auf den Boden und drückte sie mit der Fußspitze aus. „Dann will ich Sie nicht länger aufhalten. Ich erwarte Ihren Anruf auf dem Handy. Habe ich Ihnen meine Nummer gegeben?"

Franck nickte. Wieder hatte er den Eindruck, dass Portmann Fragen stellte und sich für die Antworten nicht wirklich interessierte. „So schnell werde ich wohl kaum einen Termin bei der Dame bekommen", wandte Franck ein.

„Das ist mir klar", sagte Portmann und lächelte.

Die beiden Männer gaben sich die Hand. Mit schnellen Schritten strebte Portmann in Richtung Schloss. Franck ging in die Cafeteria zurück. Er trank im Stehen einen Schluck vom kalt gewordenen Kaffee, stellte den Pott auf den Geschirrwagen und warf die Klarsichtfolie in einen Abfalleimer für Kunststoff.

Am Nachbartisch sagte die strohblonde Studentin mit norddeutsch-spitzem Zungenschlag: „Ich glaub', ich stiefel schon mal rüber."

Franck folgte ihr, bis sie auf den Weg zum Schloss abbog.

Sie wird doch nicht in Portmanns Vorlesung gehen?, fragte er sich.

Die Professoren wetteiferten darum, einen der drei Hörsäle des Schlosses zu ergattern, das Herzog Carl Eugen einst für seine Franziska hatte erbauen lassen. Franck selbst las nur im Hörsaal 36, der sich in einem ehemaligen Kavaliershäuschen befand.

Nach der Vorlesung fuhr Franck mit der U 3 und der U 6 in die Innenstadt, aß bei seinem Lieblingsitaliener in der Lautenschlagerstraße zu Mittag und betrat dann gegen 14 Uhr wohlgelaunt sein Büro in dem einen der beiden Zwillingshochhäuser, das später gebaut worden war und deshalb K II genannt wurde. Er legte die Visitenkarte von „Noras Haarstudio" vor sich auf den Schreibtisch, fragte sich kurz, ob er die Sekretärin einschalten sollte und entschied sich dann doch, selbst anzurufen.

„Guten Tag, mein Name ist Franck, Prof. Dr. Andreas Franck von der Universität Stuttgart; ich hätte gern einen Termin bei Nora."

Die muntere junge Frauenstimme am anderen Ende der Leitung schien sich durch Titel und Beruf des Anrufers nicht beeindrucken zu lassen.

„Waren Sie schon einmal bei uns?"

„Nein, aber ich habe nur Gutes von Ihnen gehört."

Die junge Frau zögerte, dann sagte sie: „Nora hat bis Ende Mai keinen Termin mehr frei."

„Mein Gott, bis dahin sehe ich aus wie ein Hippie."

„Wenn Sie früher kommen wollen, dann müssen Sie mit mir vorlieb nehmen."

„Das mache ich doch gern. Bei Ihnen bin ich sicher auch in guten Händen. Wann kanns denn sein?"

Franck hörte, wie Papierseiten umgeblättert wurden. „Ich habe am nächsten Donnerstag, den 2. Mai, um 15 Uhr eine Stunde für Sie übrig."

„Das passt mir gut, und mit wem werde ich das Vergnügen haben?"

„Sie können mich Carla nennen."

2
Mai 1996

Oberstaatsanwalt Heinz Schmidt, genannt Schüttelschmidt, schüttelte Hauptkommissar Kurt Neumann ausgiebig die Hand. Schüttelschmidt war der Nachfolger von Dr. Streb und das beste Beispiel für die aus jahrelanger Erfahrung gewonnene Erkenntnis, dass bei Neubesetzungen von Stellen nie etwas Besseres nachkam. Jedenfalls nicht in Stuttgart.

„Setzen Sie sich", sagte er jovial und nahm selbst hinter seinem Schreibtisch Platz. „Die Kollegen von der Kripo haben uns einen delikaten Fall übergeben, und ich möchte, dass Sie ihn lösen."

Schüttelschmidt schob eine Akte über den blankpolierten Schreibtisch. „Die Kollegen haben gute Vorarbeit geleistet. Am Sonntag wurde der 33-jährige Gerd Imhoff im elterlichen Haus in Birkach ermordet. Der Mörder hat ihn gleich doppelt umgebracht. Zuerst mit zwei Pistolenschüssen, und dann ertränkte er ihn in der Badewanne."

„Ich habe davon gehört", sagte Neumann. „Was ist daran so delikat?"

„Der Tat verdächtigt wird ein Professor der Universität Hohenheim. Außerdem geht es um Nacktfotos von einer stadtbekannten Friseurin." Schüttelschmidt hielt inne und schaute betont unbeteiligt aus dem Fenster. „Ich selbst bin auch gelegentlich bei ihr gewesen", fuhr er dann fort.

„Ach so", sagte Neumann und strich sich über sein spärliches Haar.

„Was heißt hier ach so?", fuhr der Oberstaatsanwalt auf. „Sie verstehen mich falsch. Der Fall spielt in den oberen Schichten der Gesellschaft. Deshalb braucht man Fingerspitzengefühl bei den Untersuchungen und Verhören."

„Und darum haben Sie mich ausersehen, den Fall zu bearbeiten", stellte Neumann fest.

„Sie sind ein Reingeschmeckter, obwohl Sie schon seit 12 Jahren bei uns in Stuttgart arbeiten. Das gibt Ihnen die nötige Distanz", antwortete Schüttelschmidt. „Und Sie haben die beste Aufklärungsquote im LKA. Außerdem werden Sie mich natürlich ständig auf dem Laufenden halten, so wie Sie das mit meinem Vorgänger auch getan haben. Und die nötige Diskretion an den Tag legen. Diplomatisch im Umgang mit den Medien sein."

Neumann hatte zu Dr. Streb ein bemerkenswert schlechtes Verhältnis gehabt und so selten wie möglich den Kontakt zu ihm gesucht.

„Ich werde genauso mit Ihnen zusammenarbeiten wie mit Ihrem Vorgänger, Herr Schmidt", sagte Neumann, „aber ich möchte mir mein Team selbst aussuchen."

Nach kurzem Zögern nickte der Oberstaatsanwalt. Die Sonderkommission zusammenzustellen, gehörte eigentlich zu seinen Aufgaben.

„Meinetwegen. Aber mehr als zwei Mitarbeiter gibt es nicht."

„Kriminalkommissarin Linda Scholl von der Abteilung Wirtschaftskriminalität", sagte Neumann.

Schüttelschmidt zog die Augenbrauen hoch. „Was spricht denn ausgerechnet für Kollegin Scholl?", wollte er wissen.

„Dass sie eine Frau ist", antwortete Neumann. „Ich mag nicht mit solchen Fotos von einem Zeugen zum anderen laufen. Außerdem pflegt sie Kontakte zu den Hochschulen in Baden-Württemberg."

Neumann wusste, dass dieses Argument maßlos übertrieben war. Linda Scholl kannte seit dem Fall Barkowski, den sie vor drei Jahren zusammen mit Neumann gelöst hatte, einen Professor in Stuttgart und einen in Karlsruhe. Aber es galt, Argumente vorzubringen. Der Oberstaatsanwalt hatte wahrscheinlich schon jetzt die Hosen voll; befürchtete, dass er selber in den Fall verwickelt werden würde. Das ließ ihn nachgiebig sein, nachgiebiger als normal.

„Und schließlich habe ich mit ihr vor drei Jahren gut zusammengearbeitet", schob Neumann nach.

Schüttelschmidt schwieg.

„Zweitens Kriminalkommissar Rudolf Klingle aus Göppingen. Weil er ein Schwabe ist. Und weil ich ihn seit 1982 als

einen tüchtigen Kollegen kenne. Auf keinen Fall Kriminalobermeister Druberg."

Der Oberstaatsanwalt seufzte. „Niemand will Druberg."

„Scholl und Klingle", wiederholte Neumann. „Sie passen
gut zusammen." Das war nicht viel mehr als eine Hoffnung,
denn beide hatten bisher noch nie miteinander gearbeitet. „Die
zwei sind diskret und spezialisiert auf delikate Fälle", fuhr
Neumann fort.

„Gut", sagte Schüttelschmidt und erhob sich, „ich werde die
notwendigen Anweisungen geben. Aber Sie bleiben ständig in
Kontakt mit mir."

„Selbstverständlich, Herr Oberstaatsanwalt."

Schüttelschmidt umrundete den Schreibtisch und schüttelte
Neumann überschwenglich die Hand.

Der Kommissar fuhr mit dem Aufzug ins Erdgeschoss. Er
war ein kantiger, vierschrötiger Westfale, hatte es aber irgendwie verstanden, im Schwabenland Fuß zu fassen. Obwohl
er gelegentlich zu eigensinnigem Handeln neigte, war er bei
den Kollegen beliebt, und wenn sie über seinen kerzengera-
den Gang und seine korrekte Zugeknöpftheit witzelten, dann
mischte sich auch in den Spott noch eine Spur Hochachtung.
Beliebt war er vor allem deshalb, weil er nicht den Chef her-
vorkehrte, sondern gern im Team arbeitete, ja, sich aus der
Ermittlungsarbeit immer wieder auf die Position eines Mode-
rators zurückziehen konnte. Selbst dem ständig überforderten
Kriminalobermeister Frank Druberg hatte er das Gefühl ver-
mittelt, ein wichtiges Schwungrad im Getriebe der kriminalis-
tischen Ermittlungen zu sein. Trotzdem war Neumann froh,
dieses Mal ohne Druberg arbeiten zu können. Mit seinem
Freund Rudi und der Kollegin Scholl hatte er ein exzellentes
Duo beisammen.

Er öffnete die Tür zu seinem Arbeitszimmer, legte die noch
recht dünne Aktenmappe auf den Schreibtisch und blieb vor
dem gerahmten Schwarz-Weiß-Foto an der Wand stehen. Es
zeigte die Lamberti-Kirche in Münster und war das einzige
Schmuckstück in dem ansonsten kahlen, weißgrauen Raum. In
Münster hatte Neumann vor mehr als 20 Jahren seine Karriere

im Streifendienst begonnen. In Münster war er das letzte Mal nach der Beerdigung seines Vaters gewesen, und das lag auch schon wieder zehn Jahre zurück.

Die Zeit vergeht, dachte er, und man verliert, ohne es zu bemerken, seine Kontakte zur Heimat.

Neumann setzte sich an den Schreibtisch und schlug die Aktenmappe auf, um sich einen Eindruck vom Fall Imhoff zu verschaffen. Das erste Aktenstück betraf die „Feststellungen am Tatort". Gerd Imhoff war vor drei Tagen, am 28. April, in seiner Wohnung, dem Erdgeschoss eines Dreifamilienhauses in Stuttgart-Birkach, umgebracht worden. Karl Imhoff, der im ersten Stock wohnende Vater des Toten, hatte die Leiche am Montagmorgen entdeckt und die Polizei benachrichtigt.

Der Tatort wies keine Anzeichen eines Kampfes auf. Im Schlafzimmer gab es Blut auf dem Teppich, und Schleifspuren zogen sich durch den Flur bis ins Bad. Dort lag der Tote mit dem Bauch auf dem Rand der Badewanne, den Kopf und die Arme ins Wasser getaucht. Er trug einen hellblauen Pyjama und war barfuß.

In der Wohnung konnte die Tatwaffe nicht gefunden werden. Sichergestellt wurde allerdings ein Foto mit zwei nackten Personen, einer Frau, die in die Kamera schaute, und einem Mann, der vor ihr kniete und von dem nur der Rücken und der Hinterkopf zu sehen waren. Die Kollegen von der Kripo hatten das Foto in der Schreibtischschublade des Toten gefunden.

Neumann konnte sich gut vorstellen, wie die Polizisten es mit deftigen Kommentaren herumgereicht hatten. Er legte das Foto zur Seite und wandte sich dem Obduktionsbericht zu.

Der Leiter des Instituts für Rechtsmedizin stellte „Tod durch Ertrinken" fest und bestimmte den Zeitpunkt des Ablebens auf 23 Uhr. Eine Kugel hatte das Opfer in die rechte Schulter getroffen, eine andere mitten in die Brust und beim Austritt die Wirbelsäule verletzt. Imhoff erlitt vermutlich einen Nervenschock, sodass der Täter den Bewusstlosen ins Bad schleppen und dort die Tat vollenden konnte. Die beiden Schüsse hätten nicht zum „Exitus" führen müssen, hieß es, wenn die „Person" rechtzeitig ins Krankenhaus eingeliefert worden wäre.

Der Vater Karl Imhoff war 62 Jahre alt und Frührentner. Er gab beim ersten Verhör an, am Sonntagabend schon gegen 22.30 Uhr ins Bett gegangen und nach kurzer Zeit eingeschlafen zu sein. Im Fernsehen sei „nichts Rechtes" mehr gekommen. Er hatte die Schüsse nicht gehört und wusste auch nicht, wann seine Frau Christa nach Hause gekommen war.

Christa Imhoff selbst sagte aus, dass sie mit einer Freundin im Kino gewesen und gegen 23 Uhr zurückgekehrt sei. Da habe sie gesehen, wie eine ihr unbekannte Person aus ihrem Haus trat und mit einem Auto davonfuhr. Sie dachte sich zunächst nichts dabei, denn ihr Sohn hatte oft bis spät abends Besucher empfangen.

Die Beamten legten das Foto auch dem Vater des Toten vor. Der betrachtete es ausgiebig und identifizierte dann die Frau als die neue Freundin seines Sohnes. Er kannte ebenfalls ihren Namen. Sie hieß Nora Stadler und betrieb in Leinfelden einen Friseursalon. Der Mann auf dem Foto war ihm allerdings unbekannt.

„Das muss ein älteres Foto sein", hatte Karl Imhoff gesagt, „das einen früheren Freund der Dame zeigt, denn seit einiger Zeit war sie ja mit Gerd zusammen."

Das nächste Dokument war ein Bericht vom 30. April, der die Unterschrift von zwei Kriminalobermeistern trug. Die beiden hatten am Dienstag „Noras Haarstudio" besucht und die Chefin dort angetroffen. Nora Stadler gab zu Protokoll, mit Gerd Imhoff befreundet zu sein und identifizierte den auf dem Foto abgebildeten Mann als Professor Dr. Peter Portmann von der Universität Hohenheim. Sie kannte auch seine Adresse, denn sie waren sechs Jahre lang miteinander liiert gewesen.

3

„Standen sie noch da? Sie standen nicht mehr da. Das fla-schengrüne Auto war weg. Sie hatten es aufgegeben. Sie hatten sich endlich überzeugt, dass … Vier Plätze weiter nach links stand das weiße Auto, besetzt mit zwei Mann. Alles wie es sich gehört."

Kriminalkommissarin Linda Scholl legte die Erzählung von Christa Wolf zur Seite und schaute auf die Uhr. Schon drei.

Diese erste, warnende Stufe der Bewachung, eingeführt zum Einschüchtern des zu observierenden Objekts, mit der Maß-gabe an die ausführenden Organe, auffällig vorhanden zu sein – war sie nicht in Wirklichkeit schlimmer als eine heimliche Beschattung? Ihres Wissens hatte es eine solche warnende Ob-servation im Nationalsozialismus nicht gegeben.

Wenn die sogenannten Schutzhäftlinge aus den KZs zurück-kehrten, was in den ersten Jahren bei den vielen Antifaschisten und den wenigen Gefängnissen oft der Fall war, dann mussten sie sich täglich außer sonntags auf ihrem Bürgermeisteramt melden. Und wenn ihre polizeiliche Meldepflicht aufgehoben worden war, dann unterstanden die ehemaligen Häftlinge wei-terhin einer, wie es hieß, „unauffälligen Überwachung". Das war für die Betroffenen schlimm genug, ganz abgesehen da-von, was sie in den KZs erlebt hatten, spielte sich aber weitge-hend im Geheimen ab. Doch diese offene Observation in der DDR, an der alle Nachbarn teilhatten – war sie nicht noch effektiver gewesen, um eine mögliche Opposition auszuschal-ten? Entehrend, entmutigend für das Opfer, entlarvend für das SED-Regime. Die Allgegenwärtigkeit des Systems.

Linda Scholl war ein Jahr vor dem Bau der Mauer mit ihren Eltern von Dresden nach Stuttgart geflohen. Damals war sie acht Jahre alt und kannte in ihrer neuen Heimat niemanden. Aber auch ihre alte Heimat kannte sie kaum, nur ihre Freun-de und Freundinnen aus dem Kindergarten und der Ernst-Thälmann-Schule. Ihr Vater war erst im Jahre 1951 aus der russischen Kriegsgefangenschaft zurückgekehrt. Er stammte aus einer sozialdemokratischen Familie und trat der SED bei, weil er dachte, dass in ihr die Arbeitereinheit wieder hergestellt werde, die im Kampf gegen den Faschismus so sehr gefehlt hatte. Er war dann relativ schnell enttäuscht. Vielleicht schon nach dem 17. Juni 1953 oder nach der gescheiterten Entstalinisierung drei Jahre später. Aber darüber hatte er mit seiner Tochter nie gesprochen.

Linda Scholls Eltern konnten den goldenen Westen nur noch zwanzig Jahre lang genießen. Das reichte aber, um ihre Tochter zu einer selbständigen, selbstbewussten Frau zu erziehen, die nach dem Abitur auf die Fachhochschule Polizei in Villingen-Schwenningen ging. Und die keinen Dialekt sprach; weder den sächsischen, noch den schwäbischen.

Was bleibt bei mir von der frühen Sozialisation in der DDR?, fragte sich die Kommissarin nicht zum ersten Mal. Seit einigen Jahren beschäftigte sie sich in ihrer Freizeit mit der DDR-Literatur und -Geschichte, ohne einer Antwort wesentlich näher gekommen zu sein. In dem kleinen Reihenhaus, das sie von ihren Eltern geerbt hatte. Und auf einer Reise nach Dresden, bald nach dem Fall der Mauer. Was sie dort zu sehen bekam, hatte ihr nicht gefallen.

Manchmal dachte sie, dass ihre Berufswahl etwas mit ihrer DDR-Vergangenheit zu tun haben könnte. Aber das war nur ein verworrener Gedanke, und der endete mit dem Wunsch, eine gute Polizistin sein zu wollen. Eine, die keine warnende Observation durchführen musste. Eine, die mit ihrer Biographie etwas Gesamtdeutsches verkörperte. Eine, die die Kollegen aus dem Westen mit ostdeutschen Wurzeln erden konnte.

Wenn sie in ihren Überlegungen so weit gekommen war, dann schalt sie sich stets als eine hoffnungslose Idealistin. Denn was waren die ostdeutschen Wurzeln außer Rotkäppchen-Sekt und Radeberger Premium Pils? Dass die Frauen aus den neuen Bundesländern besser im Bett waren?

Dass es mehr Kindergartenplätze als in der BRD gegeben hatte?

Das Telefon riss sie aus ihren Gedanken. Kollege Kurt Neumann teilte ihr mit, dass sie in die kleine Sonderkommission berufen worden sei, die den Fall Imhoff übernehmen sollte.

„Ich erwarte dich um 18 Uhr zur ersten Besprechung im Bistro Journal an der Ecke Taubenheimstraße."

„Was, heute noch, am Tag der Arbeit?", entfuhr es Linda Scholl.

„Verbrechensbekämpfung kennt keinen Feiertag", sagte der Kommissar ein wenig zu pathetisch. „Du kannst auch schon früher kommen und dich in den Fall einarbeiten. Dein Zimmer liegt gleich neben meinem. Ich habe die Akten kopieren lassen. Du findest sie auf deinem Schreibtisch. Und den Zimmerschlüssel bekommst du von mir."

Linda Scholl seufzte. Neumann, das Monument aus Münster, mit der ständig zugeknöpften Jacke und den roten Händen. Wahrscheinlich hatte er sie angefordert, wie schon einige Male zuvor. Was natürlich einem Kompliment sehr nahe kam. Sie wusste, dass er ihre Arbeit schätzte, obwohl er es ihr noch nie gesagt hatte.

Hoffentlich muss ich nicht wieder mit diesem Macho Druberg zusammenarbeiten, dachte sie. Und was sind das für neue Methoden? Eine Besprechung im Bistro? Hat der Chef seine soziale Ader entdeckt?

Der Abend war natürlich so gut wie gelaufen. Eigentlich hatte sie mit ihrer Freundin Antje Holzwarth ins Kino gehen wollen. In die Verfilmung eines Jane-Austen-Romans aus dem Jahre 1811, die in Deutschland unter dem irreführenden Titel „Sinn und Sinnlichkeit" lief, aber gute Kritiken erhielt und für sieben Oscars nominiert worden war.

*

Kriminalkommissar Rudolf Klingle und seine Frau saßen nach einer vierstündigen Albwanderung im Gasthaus Oberböhringen vor einem Viertel Trollinger und ließen sich den Wurstsalat schmecken. Es war ein kühler, windiger Tag gewesen, und der Nebel hatte sich über den Feldern nie ganz aufgelöst. Nun aber würde es nicht mehr weit zu gehen sein bis zum Hausener Fels und hinunter ins Dorf zum Parkplatz gegenüber der Kirche. Der einzigen Kirche weit und breit, die nicht das höchste Bauwerk im Ort war, sondern von dem sechsstöckigen Fabrikhaus der Kunstmühle überragt wurde. Da sah man doch sofort, wer im Ort seit zwei Jahrhunderten das Sagen hatte.

Ihren Tisch verzierten eine Vase mit künstlichen Blumen und ein Zwerg.

„Wo kommt ihr denn her?", fragte der Zwerg.

„Wir sind über die sieben Berge gelaufen", antwortete der Kommissar, „den Weigoldsberg, den Wasserberg …"

„Habt ihr Schneewittchen gesehen?"

„Schneewittchen ist die ganze Zeit neben mir gegangen", sagte der Kommissar. „Aber die Zwerge haben wir nicht gesehen."

„Heute ist Feiertag", antwortete der Zwerg, „da sitzen wir alle im Dorfgasthaus."

„Warum seid ihr denn nicht zur Mai-Kundgebung gegangen?"

Der Zwerg winkte ab. „Da werden uns doch nur Märchen erzählt."

„Welche denn?", erkundigte sich der Kommissar.

„Zum Beispiel das von der 38-Stunden-Woche bei vollem Lohnausgleich."

„Seid ihr denn nicht im DGB? Etwa in einer Zwergengewerkschaft?"

„Nein, wir haben keine eigene Gewerkschaft. Wir treten der Polizeigewerkschaft bei."

„Warum denn das?", wollte der Kommissar wissen.

„Weil die auch so klein ist", antwortete der Zwerg.

Schneewittchen lachte und strich sich durch ihr schwarzes Haar. „Ich mag es, wenn du solche Späßle machst, Rudi", sagte sie.

„Das war ein interessantes Gespräch", sagte Rudi, der Kommissar, „wie heißt du denn?"

„Rudi", antwortete der Zwerg.

„Aber doch nicht Klingle?", argwöhnte der Kommissar.

„Nein", antwortete Rudi, der Zwerg, „ich heiße Glöckle."

„Dann willst du wohl nicht von meinem Tellerchen essen?"

„Nein, von deinem nicht, das ist ja schon leer. Aber von

Schneewittchens Tellerchen", sagte Rudi, der Zwerg, „obwohl der Salat sauer und zwiebelig ist, so wie die Bayern ihn mögen."

Rudi, der Kommissar, griff zum Teller seiner Frau.

„Nimm nur", sagte Schneewittchen, seine Frau, „ich bin schon ganz satt."

Da erklang die Melodie „Üb immer Treu und Redlichkeit" aus der Tasche des Kommissars. Klingle zog sein Handy hervor, und so fand das Märchen von der 38-Stunden-Woche für Polizeibeamte ein jähes Ende.

4

Im Bistro war es um diese Uhrzeit schon recht schummrig. Das Lokal bestand aus einem einzigen, langgestreckten Raum, in den das Tageslicht nur von vorn, durch Tür und Fenster, fallen konnte. An den holzgetäfelten Wänden hingen alte Journale, gerahmt und hinter Glas. Linda Scholl, in lindgrüner Leinenhose und schwarzem Pulli, entdeckte die erste Ausgabe der *Stuttgarter Zeitung* vom 18. September 1945, die damals zum Preis von 20 Pfennig erworben werden konnte.

Neumann hatte für die Soko einen Tisch im hintersten Eck reserviert; eine Vorsichtsmaßnahme, die nicht nötig gewesen wäre, denn es waren noch nicht viele Gäste anwesend. Der Wirt kam eilfertig mit der Speisekarte, aber niemand wollte etwas essen. So bestellten sie nur drei Bier.

„Mit welchen Sorgen seid ihr denn hergekommen?", begann Neumann, nachdem sich Scholl und Klingle miteinander bekannt gemacht hatten.

„Ist das ein neuer Führungsstil, Kurt?", fragte Klingle. „Du bist doch früher nicht so leutselig gewesen. Habe ich da eine Weiterentwicklung verpasst?" Klingle trug noch Wanderschuhe und Kniebundhose. Er hatte keine Zeit mehr gehabt sich umzuziehen.

Neumann nickte. „TZI", sagte er, „Themenzentrierte Inter-aktion nach Ruth Cohn. Zu Beginn jeder Gruppenphase legen alle Beteiligten ihre privaten Probleme auf den Tisch. Da blei-ben sie liegen und stören die gemeinsame Arbeit nicht mehr."

Auch Linda Scholl wunderte sich. „Das klingt ganz nach ei-ner Initiative Schüttelschmidts."

„Richtig geraten", sagte Neumann. „Fortbildungskurs für Führungskräfte. Mit einer Dozentin aus Tübingen."

„Dann will ich mal anfangen", sagte Rudolf Klingle.

Er trank einen Schluck Bier. „Problemlos verheiratet, aber Probleme mit zwei pubertierenden Kindern im Alter von 15 und 13. Sie kommen abends immer später nach Haus, und manchmal bleiben sie ganz weg. Übernachten angeblich bei Freunden. Ich kann sie doch nicht rund um die Uhr observie-ren lassen. Ende der Vorstellung."

Klingle nickte der Kommissarin, die ihm gegenüber saß, auf-fordernd zu.

„Ich wohne allein in einem Reihenhaus zwischen Wahnsinn und Wurstigkeit, was die Nachbarn zur Rechten und Linken betrifft", fuhr Linda Scholl fort, „mein Dach ist defekt, aber es lässt sich nur mit ihren Dächern gemeinsam reparieren. Seit ei-nem halben Jahr gibt es ergebnislose Zusammenkünfte. Wenn wir einen Schritt weitergekommen sind, geht es bei der nächs-ten Sitzung unter Garantie zwei Schritte zurück. Jetzt bist du dran, Kurt."

„Ja", seufzte Neumann. „Ich denke manchmal, ich sollte zu-rück nach Münster gehen. In meine Heimat."

Scholl und Klingle blickten Neumann entgeistert an. Der Hauptkommissar hatte doch wirklich sein Jackett geöffnet.

„Es ist schön, wenn es eine Heimat gibt, in die man zurück-kehren kann", sagte Linda Scholl mitfühlend.

„Oder die man nie hat verlassen müssen", ergänzte Klingle.

Neumann drehte einen Bierdeckel in seinen Händen. Es war ihm anzusehen, dass seine Gefühlsregung ihn selbst peinlich berührt hatte.

„Dann wollen wir loslegen. Linda, du hast Zeit gehabt, die Akte durchzulesen?"

Die Kommissarin nickte und zog aus ihrer Handtasche eine Lesebrille mit rechteckigen Gläsern hervor. Es musste eine Marotte von ihr sein, bei einem Vortrag die Brille aufzusetzen, auch wenn sie kein Papier vor sich liegen hatte. Eine Marotte oder eine Konzentrationsübung.

„In der Wohnung des ermordeten Gerd Imhoff befand sich ein eindrucksvolles Foto. Es zeigt die 35-jährige Nora Stadler, Besitzerin eines Haarstudios und den 49-jährigen, verheirateten Professor Dr. Peter Portmann. Beide sind nackt. Sie präsentiert ihre vollen Brüste, von ihm sieht man nur Kopf und Rücken. Portmann hat für die Tatzeit Sonntag, 28. April gegen 23.00 Uhr, kein Alibi. Seine Frau Bettina Portmann sagt, ihr Mann sei nach dem gemeinsamen Abendessen gegen 20 Uhr noch einmal in sein Institut gefahren. Dort hat ihn aber niemand gesehen. Wann er heimgekehrt ist, weiß sie nicht. Sie ging kurz nach 23.00 Uhr schlafen. Die Kollegen beschlagnahmten Portmanns Mantel und führten sich so unsensibel auf, dass seine Frau nun über die Geliebte Bescheid weiß. Bettina Portmann ist umgehend zu ihren Eltern gereist, obwohl ihr Mann beteuert, seine Beziehung zu Nora Stadler sei längst beendet."

Linda Scholl hielt inne, nahm ihre Brille ab und sagte dann: „Das hätte ich auch getan."

„Was denn?", fragte Klingle.

„Ich wäre auch ausgezogen", erklärte die Kommissarin.

„Weiter", sagte Neumann.

„Bis jetzt sieht alles nach einem Eifersuchtsdrama aus", fuhr Linda Scholl fort. „Der Ermordete ist Portmanns Nachfolger bei der schönen Nora. Portmann könnte also versucht haben, das Foto zu holen, wurde von Imhoff überrascht, und dann ist es passiert. Das wäre dann Totschlag. Oder Portmann hat seinen Rivalen vorsätzlich umgebracht. Oder der Täter war jemand anders. Zur Zeit ist Portmann unser einziger Verdächtiger."

„Ich kenne den Fall ja bisher nur aus der Zeitung", sagte Klingle. „Wer hat denn Schluss gemacht? Portmann oder diese Nora?"

„Das müssen wir noch klären", antwortete Neumann, „obwohl es schwer werden wird. Portmann hat eigentlich nur
dann ein Motiv, falls Nora die Beziehung beendet haben sollte.
Das wird der Herr Professor auch wissen und sich nicht selbst
hereinreiten. Seine Aussage ist also ziemlich wertlos. Er wird
natürlich dabei bleiben, dass er das Verhältnis aufgelöst hat.
Schon allein wegen seiner Frau. Unter Umständen steht dann
Aussage gegen Aussage."

„Es ist wie beim Schachspiel", sagte Klingle. „Die Dame hat
eine starke Position. Sie kann einen König matt setzen oder be-
schützen. Hoffentlich kommt sie nicht auch noch ums Leben.
Nächste Frage: Angenommen, der Portmann war es. Warum
hat er das Foto nicht mitgenommen?"

Linda Scholl zuckte die Achseln. „Weil er es nicht gefunden
hat. Er ist nach der Tat gleich weggelaufen."

„Nein, das stimmt nicht", wandte Neumann ein. „Der Täter
ließ in aller Ruhe die Badewanne randvoll Wasser laufen und
drehte den Hahn dann wieder ab. Dazu braucht man ungefähr
eine viertel Stunde. Druberg hat es ausprobiert. Auf den Täter
wirft dies ein bezeichnendes Licht. Er muss ziemlich abgebrüht
sein. Kopflos hat er jedenfalls nicht gehandelt."

„Vergesst nicht, dass Imhoff schon im Bett angeschossen
wurde", gab Klingle zu bedenken. „Es ist schwer, jemanden zu
überraschen, der im Bett liegt und schläft."

„Also gut, dann hat er von dem Foto gar nichts gewusst",
räumte Linda Scholl ein. „Kein Totschlag, sondern vorsätzlicher Mord."

„Nächste Frage: Steht die Tatzeit eindeutig fest?"

„Die Obduktion ergab, dass der Tod um 23 Uhr durch Ertränken eintrat, und Frau Imhoff senior sah gegen 23 Uhr einen Mann aus dem Haus kommen", antwortete Neumann.

„Übrigens: Welcher Grasdackel hat denn der Presse die Tatzeit mitgeteilt?"

„Das ist ja wohl nur eine rhetorische Frage." Linda Scholl
lachte.

Der Wirt brachte die nächste Runde. Die drei schwiegen so
lange, bis er wieder hinter dem Tresen stand. Das Bistro füllte

sich langsam mit den Stammgästen, und der Wirt hatte alle Hände voll zu tun, die Frauen zu umarmen, bevor sie sich auf den Barhockern niederließen. Die drei so unterschiedlich Angezogenen in der Ecke ernteten manch neugierigen Blick.

„Schüttelschmidt. Er ist auch Kunde bei Nora Stadler", sagte Neumann.

„Sie mal an", staunte Linda Scholl. „Das steht aber nicht in der Akte."

„Ihr müsst gleich morgen früh zu Portmann gehen. Auch Christa Imhoff sollte noch einmal verhört werden", fuhr Neumann fort.

Linda Scholl schaute zu Rudolf Klingle hinüber. „Wir gehen zusammen, wenn es dir recht ist."

Klingle nickte. „Ich werde mir heute Abend noch die Akte vornehmen."

Neumann griff in die Innentasche seines Jacketts und schob Klingle einen Ausweis zu, mit dem dieser das LKA betreten konnte. „Dein Zimmer liegt meinem genau gegenüber. Hier sind auch die Schlüssel, die du brauchst. Auf gute Zusammenarbeit."

Die drei hoben ihre Gläser.

„A propos Schlüssel. Wie ist der Täter denn in die Wohnung eingedrungen?"

„Er hat das Schloss aufgebrochen", antwortete Linda Scholl. „Das kannst du ausführlich in der Akte nachlesen, wenn du dich an dem Foto sattgesehen hast."

5

Am Himmel ballten sich wieder dunkle Wolken zusammen. Gerade einen Tag lang war es trocken geblieben; schon in der Nacht sollte von Westen her eine neue Regenfront aufziehen. Klingle stiefelte im Anorak, mit Rucksack und Wanderstock vom Bistro Journal durch die Taubenheimstraße zum LKA und kam sich dabei ziemlich deplatziert vor.

Die Wände in seinem Zimmer waren frisch geweißelt worden, und noch immer wollte der Farbgeruch nicht weichen. Klingle öffnete das Fenster und knipste die Schreibtischlampe an. Draußen wurde es langsam dunkel, und in den Häusern auf der gegenüberliegenden Straßenseite konnte er das matte Flimmern der Fernsehapparate ausmachen. Niemand gab freiwillig zu, wie viele Stunden er täglich vor der Glotze hockte.

Klingle hockte sich vor die Akte Imhoff.

Dann wollen wir mal der Kollegin Scholl den Gefallen tun und zuerst das berüchtigte Foto anschauen, dachte er. Ein Kriminalkommissar muss sich mit allen Beweisstücken gründlich beschäftigen, auch wenn es ihm schwer fällt. Auf Linda Scholls anzügliche Bemerkung war ihm diese Antwort leider nicht eingefallen.

Er fand es sofort. Hochformat, 15 mal 20 Zentimeter groß. Hochglanz.

Nora Stadler lag mit gespreizten Beinen in einem weißen Ledersessel. Ihr linker Oberschenkel ruhte auf einer Armlehne, und an ihren Füßen trug sie schwarze, hochhackige Sandaletten. Auf dem Parkettfußboden lagen neben dem Sessel eine weiße Bluse und ein Minirock im Schottenmuster. Kein BH, kein Slip. Nora war nicht ganz nackt, sondern trug noch eine lose um den Hals gebundene schwarze Krawatte, deren Knoten genau zwischen ihren Brüsten steckte, ohne diese zu verdecken; eine Krawatte, die bis zu ihrem Bauchnabel reichte. Noras Hände ruhten auf dem Kopf des Mannes, der vor ihr kniete, und schienen ihn sanft in ihren Schoß zu drücken.

Nora hatte natürliches, kupferfarbenes Haar und trug einen Seitenscheitel, von dem ihr Haar in widerborstigen Strähnen fast bis auf die Schultern herabfiel. An den Ohrläppchen hingen große, goldfarbene Ringe. Mit braunen Augen schaute sie in die Kamera und biss sich mit ihren Zähnen auf die Unterlippe. Über ihr ovales Gesicht zog sich ein genüssliches Lächeln, das von den Mundwinkeln ausging und zwei Grübchen unter den nur leicht geröteten Wangen entstehen ließ. Sie war kaum geschminkt und benutzte anscheinend auch keinen Nagellack.

Doch das Bemerkenswerteste an ihr waren die großen runden Brüste, die – da Nora so einladend offen da lag – wie zwei Bergkuppen aus ihrer Körperlandschaft hervorragten. Sie hatten ebenso oft wie Arme, Schultern und Bauch die Sonne genossen; aber nicht zu oft. Es war dieser makellos helle, fleischliche Körper, der die Fantasien der Männer weckte. Weil sie sich geschmeichelt fühlen konnten, dass eine Nora nur ihretwegen Bluse und Rock auszog. Nur ihretwegen keinen BH und keinen Slip trug.

Und sich nur ihretwegen auf die Unterlippe biss.

Klingle seufzte und versuchte, sein Polizistenhirn wieder einzuschalten.

Wer wohl das Foto gemacht hatte? Ob nur eins existierte, oder eine ganze Serie? Gab es eine versteckte Kamera? Eher nicht. Nora schaute ganz offen in die Kamera. Es war kein obszönes Foto, sondern ein Foto, das zwei erwachsene Menschen beim Liebesspiel zeigte. Frau und Mann, die sich gemeinsam auf eine unbekannte Wanderung begeben hatten. Über Höhen und Tiefen. Mann und Frau, die nicht miteinander verheiratet waren.

Ehepaare schlafen nur im Bett miteinander, dachte Klingle.

Also doch eher ein Selbstauslöser. Aber wie konnte das Foto dann in die Wohnung Imhoffs gelangen? Ein Foto, das nicht verschenkt wird.

Ein Foto zum Träumen.

Klingle dachte an die zwei Vulkankegel, die sich unversehens vor dem Wanderer erheben, wenn er vom Breitenstein ins Zipfelbachtal herabsteigt, die Einkehr vor Augen und die Rückfahrt im Kopf.

Er war diesen Weg mit seiner Frau schon lange nicht mehr gegangen.

Kommissar Klingle schloss die Akte Imhoff und verstaute sie in seinem Schreibtisch. Er verließ das LKA, ohne die Aufsicht führende Dame in ihrem Glaskasten zu bemerken, ging die menschenleere Straße zurück zum Bistro Journal und setzte sich ohne Umschweife an die Bar. Seine Schuhe hingen wie Bleiklumpen an den Füßen.

„Haben Sie etwas vergessen?", fragte der Wirt.

„Ja", sagte Klingle, „ich weiß nicht mehr, wo ich wohne. Geben Sie mir einen Obstler, dann fällt es mir vielleicht wieder ein."

„Bitte sehr", sagte der Wirt, „aber wollen Sie wirklich rauskriegen, wo Sie hingehören?"

Klingle nickte.

*

Dr. Johannes Radtke, der Leiter des Instituts für Rechtsmedizin, war ein großer, schlanker Mann mit gütigen, aber müden Augen unter gelichtetem schwarzbraunen Haar. In seinem Auftreten und Sprachduktus zeigte sich ein lebhafter Geist, vor allem, wenn er über seine Arbeit sprechen konnte. In seiner karg bemessenen Freizeit beschäftigte sich Radtke gern mit historischen Mordfällen, bevorzugt solchen, die ein blutiges Geheimnis umgab. Wie etwa dem Fall des Genfer Anwalts Jaccoud, der 1960 in einem zweifelhaften Indizienprozess zu sieben Jahren Zuchthaus verurteilt worden war.

Radtke studierte zu dieser Zeit in Erlangen bei Professor Weinig Medizin, und der Fall Jaccoud hatte ihn bewogen, sich in seiner Dissertation mit der Entwicklung der Blutspurenkunde zu beschäftigen. Er schloss im Jahre 1962 die Doktorarbeit über die Misch-Agglutination nach Dodd und Pereira ab, eine Methode zur Ermittlung von Blutgruppen, die er heute noch in seiner Arbeit bevorzugte. Mit ihr konnten erstmals auch so winzige Blutspuren untersucht werden, die nur unter dem Mikroskop zu erkennen waren. Von den Erkenntnissen, die er während der Arbeit an seiner Dissertation gesammelt hatte, zehrte er und fühlte sich nicht bemüßigt, neuere Forschungen zur Kenntnis zu nehmen. Ganz abgesehen davon, dass er auch gar keine Zeit fand, sich wissenschaftlich weiterzubilden. Und wer sagte denn, dass die neuere Forschung immer die bessere war? Immer derjenige, der die neuere Forschung betrieb.

Permanent überlastet, zählte Radtke die Jahre, die er noch durchhalten musste, bis er in den Ruhestand treten konnte. Es waren noch drei. Als er Portmanns Mantel zur Analyse erhielt, wurde ihm klar, dass er bei der Obduktion Imhoffs zu nachlässig vorgegangen war; ein Fehler, den er nur mit Arbeitsüberlastung erklären konnte. Er hatte sich mit der Bestimmung der Blutgruppe zufrieden gegeben und es nicht für nötig gehalten, Blutproben des Opfers vorsorglich aufzubewahren. In den 60er Jahren waren die Kollegen allgemein der Ansicht gewesen, dass es nicht möglich sei, Frischblut und Trockenblut miteinander zu vergleichen. Auf diesen Standpunkt konnte er sich notfalls zurückziehen, wenn auch schlechten Gewissens. Umso pflichtschuldiger nahm er sich Portmanns Mantel vor, obwohl es Feiertag war.

Im linken Ärmel und am linken Saum sicherte Radtke insgesamt sieben Spuren einer Verunreinigung. Da er den Stoff nicht ausschneiden konnte, kratzte er die Spuren sorgfältig ab, wohl wissend, dass er sie dadurch möglicherweise beschädigte. Mit Hilfe der Kristallreaktion nach Takayama gelang es ihm nachzuweisen, dass es sich bei den Verunreinigungen um Blut handelte. Das war notwendig, da man Rost oder Bohnerwachs leicht mit Blut verwechseln konnte. Die Kristallreaktion funktionierte nach dem Prinzip der Peroxidase-Fähigkeit des Hämoglobins. Mittels der Uhlenhuth-Präzipitinreaktion konnte Radtke sodann die Blutart bestimmen: Es handelte sich zweifelsfrei um Menschenblut. Drittens nahm er sich die Bestimmung der Blutgruppe vor. Bei eingetrockneten Blutresten waren die üblichen Methoden des ABO-Systems nicht anwendbar, jedoch ließen sich indirekte Nachweistechniken ausprobieren. Natürlich entschied sich Radtke wieder für die Mischagglutination nach Coombs und Dodd. Er kam zu dem Ergebnis, das es sich jeweils um die Blutgruppe Null handelte.

Viertens untersuchte er die Geschlechtszugehörigkeit des Blutes. Er wusste, dass sich in den Zellkernen weiblichen Bluts größere Mengen der Eisenverbindung Chromatin befanden, während männliche Zellkerne einen weit geringeren Anteil dieser Substanz aufwiesen. Außerdem fanden sich an Leukozyten weiblichen Blutes merkwürdige Anhängsel, die den Namen „Drumsticks", Trommelschlegel, erhalten hatten. Radtke konnte keine Drumsticks feststellen und schloss daraus, dass das Blut an Portmanns Mantel männlichen Ursprungs war.

Er griff zum Telefon, um Kommissar Neumann zu informieren.

„Sie sind also auch noch im Dienst", stellte Radtke zufrieden fest. „Wir zwei beiden halten die Stellung." Er lachte.

„Haben Sie etwas Interessantes für uns?", fragte Neumann.

„Bei den Spuren an dem zu untersuchenden Objekt handelt es sich um Menschenblut der Blutgruppe Null, das mit hoher Wahrscheinlichkeit von einem Mann stammt und nicht älter als einen Monat ist. Sie erhalten morgen im Laufe des Tages meinen ausführlichen Bericht. Heute mache ich Schluss. Sie werden ja heute Nacht auch niemanden mehr vernehmen."

Wieder lachte er.

Ein bisschen verlegen scheint er zu sein, dachte Neumann, sagte aber:

„Vielen Dank, Herr Kollege. Das bringt uns einen Schritt weiter. Das Blut an Portmanns Mantel könnte also von Gerd Imhoff stammen. Der hat doch auch Blutgruppe Null."

„Ja", bestätigte Radtke die Schlussfolgerung des Kommissars. „Aber die Untergruppe konnte ich nicht bestimmen. Dazu waren die Blutspuren am Mantel zu klein und zu eingetrocknet."

Radtke ließ unerwähnt, dass er auch die Blutuntergruppe Imhoffs nicht ermittelt hatte, und Neumann war zu rücksichtsvoll, um ihn daran zu erinnern.

6

Am Rande des Versuchsfelds standen acht Zelte, zwei Pavillons und ein Bauwagen, in denen etwa ein Dutzend Mitglieder der Bürgerinitiative hausen konnten. Nachts blieben nur wenige, tagsüber und bei schönem Wetter kamen mehr Menschen; Sympathisanten und Neugierige. Seit Tagen fiel immer wieder ein leichter Nieselregen aus dem wolkenverhangenen Himmel, der die Ackerfläche in einen unbegehbaren Morast verwandelt hatte. Kein günstiges Wetter für einen neuen Freisetzungsversuch der genmanipulierten Maispflanzen. Schon zweimal war die Aussaat auf dem Gelände des Renninger Hofs erfolgreich verhindert worden, indem die Genmais-Gegner der Saatmaschine den Weg versperrten.

Im Info-Zelt war die Luft stickig. Auf dem Holztisch lagen mehrere Zeitungen. Wolldecken dienten als Sitzpolster für die empfindlich kühlen Bänke. Auf der provisorischen Spüle standen selbstgemachte Marmelade in großen Einmachgläsern und Biobier. Wäre nicht diese permanente Anspannung gewesen, dieses ewige Horchen auf ein erneutes Heranrücken des Traktors, man hätte sich auf einem missglückten Camping-Urlaub an der Nordsee wähnen können.

Zwei Studentinnen bildeten an diesem frühen Donnerstagmorgen die Notbesatzung. Eine von ihnen hätte sich im Ernstfall vor den Traktor werfen, die andere in aller Eile die Telefonkette auslösen müssen, um so schnell wie möglich Verstärkung anzufordern.

„Ich weiß nicht, ob unser Widerstand überhaupt Sinn macht, Thea", sagte die Kleinere der beiden und blätterte in der Zeitung. Sie hieß Eva-Maria, war 22 Jahre alt, nur etwa 1,65 m groß und besaß trotz ihrer schlanken Figur die Unwiderstehlichkeit einer Prinzessin, die jeden Frosch sofort in einen König verwandeln konnte. Einfach, indem sie ihn mit ihren azurblauen Augen anschaute.

Jetzt aber schaute sie wütend in die *Leonberger Kreiszeitung*.

„Hier steht, wir hätten die Grenzen des friedlichen Protests überschritten. Es ist immer dieselbe Leier. Der gespritzte Acker wurde von uns nicht unbefugt betreten, und wir haben uns dem Spritznebel auch nicht ausgesetzt, sondern uns im Gegenteil davor zu schützen versucht. Doch der Wind war so stark, dass ein Schutz noch nicht einmal hinter dem Bauwagen gewährleistet war. Sag, dass es stimmt; du warst doch dabei."

Thea hustete. Sie hatte ihre dunklen, etwas verfilzten Haare vom Mittelscheitel beidseitig nach hinten gekämmt und zu einem Pferdeschwanz zusammengebunden. Auf ihrer hohen Stirn zeigten sich rote Pickel. Sie war einen halben Kopf größer als ihre Freundin und trug ihre mollige Gemütlichkeit selbstbewusst zur Schau. An der Universität Hohenheim studierte sie im dritten Semester Lebensmitteltechnologie.

„Ja, es stimmt. Es war eine Schweinerei, dass die Spritzaktion parallel zum zweiten Aussaatversuch stattfand. Natürlich hätten wir das Camp verlassen können; darauf haben sie doch spekuliert, um die Maispflanzen auszusäen. Aber wir sind ihnen nicht auf den Leim gegangen. Und es ist eine noch größere Schweinerei, dass der Versuchsleiter jetzt öffentlich behauptet: Wenn jemand Hautausschlag, Juckreiz oder Husten bekommen hat, dann muss er unbefugt den gespritzten Acker betreten haben. Schau dir meine Pusteln an. Die jucken wie verrückt. Und ich war nicht auf dem gespritzten Acker. Man sollte diesen Dr. Lenz wegen Körperverletzung anzeigen."

„Die Fronten haben sich verhärtet. Beim ersten Aussaatversuch waren die Polizisten echt nett", sagte Eva-Maria, „und wir haben ihnen brav unsere Personalausweise gegeben. Leider hat uns niemand weggetragen."

Thea lachte.

„Ist doch wahr", fuhr Eva-Maria wütend fort. „Wenn wir wenigstens das Markierungsband durchgeschnitten hätten! Aber der Wind hat es zerrissen. Wenn ich eins hasse, dann Folgendes: Wir halten uns an den friedlichen Protest, und die kriminalisieren uns grundlos. Dann schon lieber gleich die illegale Aktion; wie im vorigen Jahr. Dann haben sie wenigstens einen Grund, uns einzubuchten. Falls sie uns erwischen."

Über ihr Gesicht huschte ein spitzbübisches Lächeln. „Erinnerst du dich noch an die Nacht?"

Im vergangenen Jahr war der Hohenheimer Freilandversuch mit gentechnisch verändertem Mais abrupt zu Ende gegangen. Unbekannte Täter hatten in einer Julinacht die ausgesäten Pflanzen zerstört, sodass es unmöglich wurde, den Versuch wissenschaftlich auszuwerten.

So weit wollten es die Genmaisgegner diesmal nicht kommen lassen. Da sowohl das Regierungspräsidium als Aufsichtsbehörde als auch die Universität Hohenheim den Aussaattermin geheim hielten, schlugen die Gen-Gegner das Zeltlager vor dem Versuchsacker auf. Eva-Maria wäre es lieber gewesen, sie hätten das Feld selbst besetzt. Diese Versuche in Renningen waren, zusammen mit ähnlichen Experimenten in Buggingen bei Freiburg, die ersten in Baden-Württemberg. Andere Versuche hatte man bereits in den Niederlanden, in Belgien, Frankreich, Chile und Argentinien unternommen.

In Deutschland wollten die Naturschützer den Anfängen wehren.

„Vier Stunden haben wir mit diesem Dr. Lenz diskutiert; es ist nichts dabei herausgekommen. ‚Wir müssen einfach lernen, mit der Gentechnik zu leben. Und dazu müssen wir sie erforschen. Wir brauchen jetzt den Schritt vom Labor zum Acker.' Ich kann diese Sprüche nicht mehr hören."

Eva-Maria drückte die Schirmmütze mit dem roten Stern tiefer ins Gesicht. „Die von uns geforderte Kennzeichnungspflicht für gentechnisch veränderte Lebensmittel reicht mir nicht aus. Was passiert denn in den Jahren nach der Ausbringung des manipulierten Saatguts mit dem ganzen Ökosystem? Das ist überhaupt nicht erforscht. Ich sage dir, es kann keine friedliche Koexistenz zwischen Gentechnik und traditioneller Landwirtschaft geben. Der Lenz tut so, als hätte jeder Bauer die freie Wahl. Das ist doch Unsinn. Denk an den Wind. Der weht nicht nur Spritznebel herüber, sondern auch Pollen und Samen von gentechnisch veränderten Pflanzen auf die Bioäcker. Und die sind dann für immer kaputt. Kilometerweit. Die Folgen solcher Manipulation sind unumkehrbar."

„Du schiebst ja einen ziemlichen Frust", stellte Thea fest. „Wir halten bis zum Schluss durch."

„Und im nächsten Jahr kommen sie wieder", antwortete Eva-Maria. „Sie kommen so lange, bis uns die Kraft ausgeht. Oder sie testen auf anderen Feldern. Was sagt denn dein Vater zu dem Ganzen?"

„Er ist Wissenschaftler. ‚Man darf die freie Forschung nicht behindern', sagt er und zitiert Artikel fünf Grundgesetz. Und dann noch: ‚Wenn der Mensch nicht korrigierend in die natürliche Entwicklung eingreifen würde, dann hätte er als Gattung nicht überlebt.'"

„Also der volle Zoff", stellte Eva-Maria fest. Sie griff zu den Gummistiefeln. „Ich gehe mal eben an die frische Luft."

An der Tür blieb sie noch einmal stehen.

„Das sind die wahren Verbrecher, die mit ihren Experimenten das Leben der ganzen Menschheit aufs Spiel setzen. Dein und mein Leben. Erst mit der Atombombe, dann mit Aids und dem Rinderwahnsinn, jetzt mit genmanipulierten Lebensmitteln. Und für wen tun sie das?"

Thea schwieg. Sie dachte daran, dass sie heute wieder ihre Vorlesung sausen lassen musste, und wie sie wohl unter diesen Umständen mit der Abschlussklausur zurechtkommen würde. Und sie dachte an den Zoff, der mit ihrem Vater anstand. Ihrem Vater, der ihr Studium nicht mehr bezahlen wollte, wenn sie weiter bei den „Umweltaktivisten" blieb.

Eva-Maria ging fröstelnd zum Waldrand. Zwischen zwei Bäumen hing das große Transparent, das sie zusammen mit anderen dort angebracht hatte, und das in roten Lettern die Parole trug, die sie durchgesetzt hatte: „Stoppt die Genmafia".

Meine Stimmung schwankt zwischen Euphorie und Frust, dachte sie. Trotz alledem, Thea hat Recht: Aufgeben kommt nicht in Frage.

7

Professor Portmann bewohnte ein Haus in der Melonenstraße in Riedenberg. Nicht in der besten Gegend, dafür aber in der Nähe der Universität Hohenheim.

„Dann kann er ja auf dem Heimweg von seinem Institut direkt am Haus der Imhoffs vorbeifahren", sagte Linda Scholl. Sie stand mit Klingle in dessen Arbeitszimmer und studierte den Stadtplan „Stuttgart und Umgebung", den der Göppinger Kollege als erste Amtshandlung des Tages an die kahle Wand geheftet hatte.

Klingle war unausgeschlafen und schlecht gelaunt. Nach einer langen Zeit ohne Auseinandersetzungen hatte er sich wieder einmal mit seiner Frau gestritten. Beim Frühstück lief ihr Gespräch völlig aus dem Ruder, als er plötzlich vorschlug, einen neuen Sessel zu kaufen. Einen, bei dem die Rückenlehne nur so hoch wie die Armstützen war. Seine Frau hatte ihn für komplett verrückt erklärt. Die alten Sessel seien doch noch lange nicht abgewohnt, meinte sie. Und gerade recht, wenn man es sich vor dem Fernseher gemütlich machen wollte.

Linda Scholl sah ihren Kollegen skeptisch an. „Bist du ausgebacken?"

„Nicht so ganz", antwortete Klingle. „Ich war gestern noch auf einen Absacker im *Journal* und musste dann mit dem Zug nach Göppingen zurückfahren. Können wir deinen Wagen nehmen?"

Und so fuhren sie mit dem Auto, das den Spitznamen „Der Rivale" trug, vom Landeskriminalamt in Bad Cannstatt über Untertürkheim, Hedelfingen, Heumaden nach Riedenberg.

Ein großer, schlanker Mann in einem dunkelblauen Anzug öffnete ihnen, stellte sich als Portmann vor und geleitete sie in ein lichtdurchflutetes Zimmer, das im englischen Stil eingerichtet war: mit einem offenen Kamin, Ohrensesseln, dreiarmigen Leuchtern, goldbraun gerahmten Landschaftsbildern und grünen, blütenlosen Topfpflanzen. Auf dem Parkettfußboden lag ein aufgeschlagenes Buch, als sei es soeben weggelegt worden. Der Herr Professor beherrschte zunächst weltgewandt den

Small Talk. Er entschuldigte sich, dass er ihnen nichts anbieten könne; seine Frau sei nicht zu Hause. Er sprach über seinen Bechstein-Flügel und bedauerte, so wenig Zeit für die Musik erübrigen zu können. Während Klingle förmlich in seinem Sessel versank, gestattete sich Linda Scholl eine unprofessionelle, weibliche Regung.

Den würde ich auch nicht von der Bettkante stoßen, dachte sie.

Irgendwo im Haus schlug eine Uhr. Klingle raffte sich auf. Sie mussten die Gesprächsführung übernehmen.

„Ich habe mir für Sie Zeit genommen", sagte Portmann und schlug die Beine übereinander, „obwohl ich sehr beschäftigt bin und Ihren Kollegen schon alles gesagt habe. Meinen Mantel bringen Sie mir wohl noch nicht zurück?"

„Nein, Herr Professor", antwortete Klingle. „Im Labor sind Blutspuren an ihm entdeckt worden."

„Lassen Sie den Professor weg", sagte Portmann großzügig. „Die Blutspuren werden von mir stammen. Ich habe mir am Sonntagabend während des Essens beim Käseschneiden den linken Zeigefinger verletzt. Sie glauben gar nicht, wie viel Blut in so einer Fingerkuppe steckt. Und bei jeder kleinen Tätigkeit bricht die Wunde wieder auf."

Wie zur Bestätigung nickte Portmann. „Ich konnte noch nicht einmal meine Frau entlasten und das Geschirr abwaschen, geschweige denn Klavier spielen. Deshalb bin ich ins Institut gefahren."

„Das ist die dümmste Entschuldigung, die ich seit langem gehört habe", bemerkte Linda Scholl.

„Pardon, gnädige Frau", sagte Portmann galant, „sie hat aber den Vorteil, dass sie stimmt. Es war ein älterer Parmesankäse. Ich nahm das Messer in die rechte Hand und drückte es von oben mit dem linken Handballen. So etwa. Da ist es passiert. Fragen Sie meine Frau oder unsere Tochter Thea, die mit uns zu Abend gegessen hat. Beide werden meine Aussage bestätigen. Sie können auch mein Auto untersuchen lassen. Ich garantiere Ihnen, dass Sie am Lenkrad ebenfalls Blutspuren entdecken werden. Null, das ist meine Blutgruppe."

Portmann schien sich seiner Sache sehr sicher zu sein. Wenn er Imhoff umgebracht hatte, dann war es ein grandioser Zufall, dass Opfer und Täter dieselbe Blutgruppe besaßen. Obwohl Millionen Menschen Blutgruppe Null hatten, wäre es ein großes Risiko gewesen, darauf zu spekulieren.

„Darf ich die Wunde sehen?", fragte Linda Scholl.

Portmann streckte ihr schweigend den linken Zeigefinger entgegen. Die Kommissarin musste sich vorbeugen, um einen kleinen, fast verheilten Riss zu erkennen.

„Sie sind also nach dem Abendessen mit dem Auto in Ihr Institut gefahren", stellte Klingle fest. „Wann war das?"

„So gegen 20 Uhr. Es ist nicht mein Institut; ich arbeite in der Abteilung für Pflanzenmedizin und betreue ein größeres Projekt, das täglich kontrolliert werden muss."

„Haben Sie dort jemanden getroffen, der Ihre Anwesenheit bestätigen kann?"

„Nein", antwortete Portmann prompt. „Ich weiß schon, es geht um mein Alibi. Leider habe ich keins. Vielleicht können Sie sich vorstellen, dass sonntagabends in der Universität nicht viel los ist. Es gibt in der Garbenstraße keine Privatwohnungen, und es gibt auch keine Gaststätten in der Nähe. Kennen Sie die Gegend?"

Ohne eine Antwort abzuwarten, fuhr Portmann fort: „Das Schloss ist von einem großen Park umgeben, den nachts niemand mehr betritt."

„Aber ausgerechnet Sie müssen sich dort mehrere Stunden lang aufhalten. Beschäftigen Sie keine Mitarbeiter, die das übernehmen könnten?"

„Mitarbeiter gibt es schon, aber denen kann ich die Kontrolle des Projekts nicht überlassen. Dazu bedarf es einer speziellen Ausbildung."

Portmann schwieg und zuckte dann mit den Schultern. „Vielleicht hat mich jemand gesehen, als ich wieder ins Auto stieg. Ich hatte den Wagen auf dem großen Parkplatz abgestellt. Möglicherweise ein Spaziergänger; jemand, der seinen Hund noch einmal ausführt. Das will ich natürlich nicht ausschließen. Obwohl ich mich an niemanden erinnern kann.

Es standen nur noch wenige Wagen auf dem Parkplatz. Man denkt doch nicht ständig daran, sich Menschen für ein eventuelles Alibi zu merken."

„Wann haben Sie das Gebäude wieder verlassen?", fragte Klingle.

„Es muss gegen elf gewesen sein. Auf die Uhr habe ich nicht geschaut. Jedenfalls war es halb zwölf, als ich zu Hause ankam; das weiß ich genau. Meine Frau hat bereits geschlafen, und Thea war auch schon wieder fort."

„Während der drei Stunden haben Sie das Institut also nicht verlassen?", insistierte Klingle. Linda Scholl schwieg. Sie überließ dem Göppinger Kollegen die Gesprächsführung und gab sich alle Mühe, den Professor nicht allzu offensichtlich zu beobachten. Der hatte die Hände in seinem Schoß übereinandergelegt und wirkte ausgesprochen ruhig.

Portmann nickte.

„Haben Sie in dieser Zeit mit jemandem telefoniert?"

Jetzt schien Portmann einen Augenblick nachzudenken. „Nein", sagte er, „auch das nicht. Leider nicht."

„Seit wann kennen Sie den Toten?", fragte Klingle.

„Ich kenne ihn überhaupt nicht", protestierte Portmann. „Ich kenne noch nicht einmal den vollständigen Namen dieses Herrn B. Der *Stuttgarter Zeitung* konnte ich entnehmen, dass er der neue Freund von Nora Stadler sein soll. Aber ich habe ihn nie gesehen und weiß auch nicht, wo er wohnt.

Ein Herr B. wurde Sonntagnacht gegen 23 Uhr in Birkach umgebracht, das las ich in der Zeitung. Mir ist schleierhaft, warum Sie mich verdächtigen, einen mir völlig unbekannten Menschen ermordet zu haben. Meine Beziehung zu Frau Stadler habe ich Anfang April beendet."

Klingle schaute Hilfe suchend zu Linda Scholl herüber. Seine Überrumpelungstaktik hatte nicht funktioniert. Sie nickte unmerklich und legte ihre Handflächen aneinander, bevor sie zu fragen begann.

„Und es interessiert Sie nicht, mit wem Frau Stadler jetzt liiert ist?"

„Nein."

„Seit wann kennen Sie Frau Stadler?"

„Seit ungefähr sechs Jahren. Nora steckte damals in schwierigen persönlichen Verhältnissen, und ich konnte ihr helfen, ein neues Leben zu beginnen. Sie war mit einem Mann verheiratet, der ihre Verliebtheit und Hilfsbereitschaft hemmungslos ausnutzte, und sie dann nach wenigen Monaten sitzen ließ, nachdem er eine reichere Frau gefunden hatte. Nora nahm sogar ein Darlehen auf, um diesem Hans-Jürgen einen Sanatoriumsaufenthalt zu finanzieren. Nach seiner Heilung arbeitete er als Vertreter, kam aber immer seltener nach Hause, und Nora wurde immer unglücklicher. Ich riet ihr, sich scheiden zu lassen. Aber das war dann nicht mehr nötig, denn dieser Hans-Jürgen tat ihr den Gefallen und starb. Den Tod an den Hals hat sie ihm oft genug gewünscht. Ich half Nora dann, einen Friseursalon einzurichten und warb ihr eifrig Kunden, damit sie auf eigenen Füßen stehen konnte. Glücklicherweise war sie ziemlich schnell erfolgreich. Auch ein Oberstaatsanwalt kam regelmäßig zu ihr. Sie stammte aus einfachen Verhältnissen, müssen Sie wissen, und hatte keine Ahnung, wie man sich selbständig macht."

„Und Sie haben ihre Hilflosigkeit ebenfalls ausgenutzt", warf Scholl ein.

„Ich verstehe, dass Sie als Polizistin das fragen müssen", antwortete Portmann ungerührt. „Aber es war ganz anders. Wir sind beide aufeinander geflogen. Ja, regelrecht aufeinander geflogen. Da wurde niemand ausgenutzt. Wir haben sechs glückliche Jahre miteinander verbracht."

„Und wenn sie nicht gestorben sind …", sagte Klingle.

Portmann zuckte nicht mit der Wimper. „Sie wollen wissen, warum ich mit ihr Schluss gemacht habe, nehme ich an. Es war Anfang April."

„Das sagten Sie schon, aber wir wollen wissen, warum."

„Nora war sehr lernfähig. Wenn Sie sie heute sehen, mit ihrer Vorliebe für Pelzmäntel und schnelle Autos, würden Sie sie nicht wiedererkennen. Sie ist jetzt eine selbstbewusste Frau und weiß, was sie will."

„Andeutungen reichen uns nicht", sagte Linda Scholl. „Sie müssen schon konkreter werden, Herr Portmann."

„Nora wollte, dass ich mich von meiner Frau trenne."

„Und dazu waren Sie nicht bereit", half die Kommissarin nach.

Der Professor nickte. „In meiner Position …"

Er beendete den Satz nicht.

„Ich verstehe", sagte Klingle und fing einen Blick von Linda Scholl auf. „Es kam zum Streit, und Sie sind gegangen."

„Wir haben uns nicht gestritten", protestierte Portmann, „sondern einvernehmlich getrennt."

„Wer hat denn die Nacktfotos aufgenommen?", fragte Klingle.

„Welche Nacktfotos?"

Diesmal hatte Klingle mit seiner Fragetechnik offensichtlich mehr Erfolg, denn Portmann schien irritiert zu sein.

„Die Nacktfotos von Ihnen und Frau Stadler."

„Woher wissen Sie denn von diesen Fotos?"

„Eins fand sich in der Wohnung des Ermordeten."

„Ach so", sagte Portmann, „jetzt wird mir klar, warum Sie mich verdächtigen. Die Fotos sind vielleicht ein Jahr alt. Wir haben sie mit dem Selbstauslöser einer Kamera gemacht. Es hat unser Liebesspiel angeregt, sich beobachtet zu fühlen und doch nicht wirklich beobachtet zu werden. Verstehen Sie, dieser Kick … Aber wie kann denn ein solches Foto in die Wohnung des Herrn B. gelangen?"

„Diese Frage wollten wir Ihnen stellen", sagte Klingle.

„Ich weiß es nicht", antwortete Portmann. „Alle Fotos hat Nora behalten. Wir haben sie uns öfter angesehen, zum Beispiel, wenn wir zusammen ausgingen, das hat uns während des Essens stimuliert."

„Mit solchen Fotos kann man leicht erpresst werden", sagte Linda Scholl.

„Ich bin aber nicht erpresst worden", protestierte Portmann. „Ich bin auch nicht in die Wohnung des Herrn B. eingedrungen, um mir das Foto zurückzuholen. Wenn Sie das vermuten, dann sind Sie auf dem Holzweg. Nora hat die Fotos bei sich in der Wohnung verwahrt."

„Wir vermuten gar nichts", stellte Klingle fest.

„Aber Sie stellen Fragen, die Sie nicht stellen würden, wenn Sie nicht einen bestimmten Verdacht hätten. Sie behandeln mich wie einen Angeklagten. Das behagt mir nicht. Ich habe mir nichts vorzuwerfen. Ich habe Ihnen bereitwillig Auskunft gegeben, doch irgendwann gibt es auch eine Grenze, hinter der die Privatsphäre verletzt wird. Ich bin gern bereit, an der Aufklärung eines Verbrechens mitzuwirken, aber … aber ich lasse mich nicht vorführen." Portmann erhob sich. „Bitte verlassen Sie mein Haus. Wenn Sie wieder mit mir sprechen wollen, wird ein Anwalt zugegen sein."

„Wir wissen Ihre Offenheit durchaus zu schätzen", versuchte Linda Scholl einzulenken. Aber es war schon zu spät.

„Wir schicken dann jemanden vorbei, der Ihr Auto abholt", sagte Klingle an der Haustür. Portmann schwieg und schloss die Tür hinter ihnen.

*

„Wir waren ganz gut", stellte Linda Scholl fest, als sie wieder in ihrem Peugeot saßen. „Zum Schluss hat er seine glatte Fassade verloren."

„Ich schreibe einen Bericht über das Gespräch und gebe ihn dir zur Ergänzung", sagte Klingle.

Linda Scholl nickte. „Achte besonders darauf, wann die Stimmung kippte. Da haben wir ihn an einer wunden Stelle erwischt, die ihn mehr schmerzt, als sein Zeigefinger."

Die Kommissarin wählte die Strecke über Sillenbuch und Ruhbank. Der Verkehr war noch nicht so dicht wie gegen Abend. Klingle machte es sich auf dem Beifahrersitz gemütlich.

„Als ich Kurt vor elf Jahren zum ersten Mal Amtshilfe leistete, musste ich nur ein Waffengeschäft besuchen", sagte er. „Damals war ich von der Arbeit in der Hauptstadt enttäuscht. Der Fall Imhoff scheint interessanter zu werden. In Göppingen haben wir es hauptsächlich mit Diebstahl und Randale bei Handballspielen zu tun. Mordfälle gibt es selten; und die werden dann von Stuttgart übernommen. Seit wann arbeitest du mit Kurt zusammen?"

„Seit dem Fall Barkowski. Damals wäre ich in den Südtiroler Bergen beinahe ums Leben gekommen. Ein Stuttgarter Professor hat mich im letzten Moment gerettet. Seitdem hat Neumann einen Narren an mir gefressen."

„Gehst du noch wandern?"

„Nie mehr", antwortete Linda Scholl.

„Auf der Alb ist es nicht so gefährlich."

„Nein, nein. Ich habe die Nase voll davon."

„Schade. Für mich hat das Wandern auch eine erotische Dimension. Vor allem im Frühjahr, wenn du aus dem Wald heraustrittst und die hellgrünen, frischen Wiesen vor dir liegen, mit den löwenzahngelben Tupfern, dann wird mir ganz frei um die Brust, und ich könnte ..." Klingle schwieg und rieb sich die Stirn. „Alles ist so hellgrün und gelb", sagte er unbeholfen, „und manche Äcker sind schon umgepflügt. Und die weißblühenden Schlehenhecken. Aber auf den Traufwegen liegt noch das Laub vom Vorjahr. Es ist alles so ... alles so vielfältig", schloss er.

Linda Scholl schaute ihn von der Seite an.

„Du brauchst nicht rot zu werden, Rudi", sagte sie. „Auch bei mir wirkt das Foto nach. Ich hatte Schwierigkeiten, Portmann unbefangen in die Augen zu schauen. Immer sah ich seinen nackten Rücken vor mir."

„Dann ist es ja gut. Ich dachte schon, du würdest mich für einen Macho halten. Gehen wir zusammen zu Nora Stadler?"

„Ja", antwortete Linda Scholl, „aber heute Nachmittag erst zu Christa Imhoff."

8

Andreas Franck hätte nicht sagen können, dass er an diesem Donnerstag besonders aufgeregt gewesen wäre. Auch trug er die Kleidung, die er üblicherweise für seine Auftritte vor den jeweils rund einhundert Zuhörern bevorzugte: Jeans, ein weißes, am Kragen offenstehendes Hemd und die dunkelblaue Lederjacke. Nach der Vorlesung ließ er sich wieder genüsslich beim Italiener nieder, nachdem er mit Handschlag begrüßt worden war. Von den drei angebotenen Menüs des Tages wählte er wie immer das Fischgericht; sein Glas Weißwein musste er gar nicht mehr ausdrücklich bestellen. Er warf einen Blick in die neue Ausgabe des *Kicker*, schlug die Zeitung aber bald wieder zu. Werder bot im Jahr Eins nach Otto Rehhagel wirklich keinen Anlass zur Freude, hatte schon einen Trainer gefeuert und stand doch nur auf Platz neun.

Den Besuch in Noras Haarstudio nahm Franck auf die leichte Schulter. Er würde dem Kollegen Portmann einen Dienst erweisen, ein schnelles Geld einsacken oder keinen Erfolg haben. Auf jeden Fall wäre der Auftrag am Abend erledigt, und Franck konnte sich auf das Wochenende mit Elke Simon freuen. Diesmal würde sie ihn besuchen und vielleicht auch ihre Tochter Eva-Maria treffen, die in einer Stuttgarter Wohngemeinschaft hauste, zur Zeit aber meistens in einem Zelt auf dem Renninger Gen-Acker übernachtete.

In eine Erpressungsgeschichte wollte sich Franck auf keinen Fall hineinziehen lassen. Er trank den Espresso in zwei Schlucken, steckte die schokoladenummäntelte Kaffeebohne in den Mund und bestellte die Rechnung, die wie jedes Mal mit den gleichen zwei Scheinen beglichen werden konnte. Er ging zum Uni-Parkplatz zurück, stieg in seinen Wagen und machte sich auf den Weg nach Leinfelden. Eine Strategie, wie er Carla dazu bringen konnte, über Noras Freunde zu reden, hatte er sich nicht zurechtgelegt. Vielleicht wusste sie auch gar nichts, und es war ohnehin alles egal.

Das Haarstudio befand sich an der Ecke Lilienstraße und Stuttgarter Straße; es gab sogar zwei Kundenparkplätze vor dem Haus. Nichts unterschied Noras Studio von anderen Friseurläden, die Franck kannte und besucht hatte – wenigstens äußerlich: eine Tür, daneben das Schaufenster mit den üblichen Plakaten wohlfrisierter Männerköpfe, darüber die Leuchtreklame. Doch, etwas war anders: Es gab nur Männerfrisuren.

Franck hatte schlechte Erinnerungen an Friseursalons. In seiner Jugend, als noch kein männlicher Kunde in einen Damensalon kam, war das die Erinnerung an Wartezeiten auf harten Holzstühlen. Nachdem Franck 1968 an die Universität Stuttgart gekommen war, gab es einen Salon am Hauptbahnhof, in dem ihn ein Schotte bediente, der so perfekt in das Klischee passte, dass einem unheimlich werden konnte. Jeden Männerkopf schaffte der Mann in einer halben Stunde, und er hatte nur zwei Fragen im Repertoire, dann schwieg er wieder: Viel Arbeit? Schon im Urlaub gewesen?

Mit Frauen hatte Franck bessere Erfahrungen gemacht. Sie säbelten nicht alles ab, was über dem Kragen und den Ohren hing. Sie betrachteten den Kunden nicht als Rivalen, den man eine Woche lang mit einem zackigen Kurzhaarschnitt ins Hintertreffen geraten lassen konnte – solange, bis das Notwendigste nachgewachsen war. Frauen formten den Männerkopf so, wie er ihnen gefiel; und danach konnte man sich überall sehen lassen.

Erwartungsvoll öffnete Franck die Tür und trat ein. Er sah keine Holzstühle, keine Zeitschriften und atmete auf. Der Salon war nur klein: drei nebeneinandergereihte Arbeitsplätze, keine Trockenhauben über den Spiegeln; auf der gegenüberliegenden Seite ein bewegliches Waschbecken, Regale mit Kabinettware, ein schmaler Tresen. An der Rückwand führte eine geschlossene Tür wer weiß wohin.

Eine junge Frau schaute ihn an. Sie war mit langen, eng anliegenden schwarzen Hosen, schwarzen Stiefeln und einem schwarzen T-Shirt gekleidet, das ihre Brüste vorteilhaft zur Schau stellte. Ihre kurzen blonden Haare schienen gefärbt zu sein. Sie war kaum älter als dreiundzwanzig. Ansonsten befand sich niemand im Raum.

„Herr Dr. Franck?" Die muntere Stimme, die er vom Telefon her kannte.

Franck nickte.

„Ich bin Carla", sagte sie und reichte ihm lächelnd eine kleine feste Hand.

Sie war einen Kopf kleiner als er und musste zu ihm emporschauen.

„Nehmen Sie doch Platz. Wo Sie wollen. Ein Glas Prosecco?"

„Aber sicher", antwortete Franck. „Trinken Sie eins mit?"

„Erst muss ich Ihnen den Kopf schamponieren."

Sie ging in einen Nebenraum, der ihm bisher nicht aufgefallen war, und kam mit einem gefüllten Glas zurück. Sie richtete ihm kunstvoll eine weiße Halskrause und band ihm einen schwarzen Talar um. Dann klingelte das Telefon. Mit einem entschuldigenden Lächeln ging sie in den Nebenraum. Ihre Stiefel klapperten über den Fußboden.

Franck nahm einen Schluck Prosecco und betrachtete sich im Spiegel. Er sah einige Falten am Hals, die ihm nicht gefielen. Ansonsten blickte ihm ein pfiffiges Gesicht entgegen.

Bald kommt die Zeit, in der du Rollis tragen musst, dachte er. Carla könnte deine Tochter sein.

Sie kam und rollte den Stuhl zum Waschbecken. Franck musste seinen Kopf weit zurück in die Schüssel legen, genoss dann aber den Schaum und das lauwarme Wasser, das sie mit einer Hand über seinen Hinterkopf strich.

„Ist es so gut für Sie, Herr Dr. Franck?"

Er nickte. Viel mehr blieb ihm unter dem Wasserstrahl nicht übrig.

„Super." Sie hob seinen Kopf und massierte mit ihren Fingern ausgiebig seine Kopfhaut. Dann legte sie ein Handtuch um die nassen Haare und rollte ihn zurück auf den Platz vor dem Spiegel.

Das Telefon klingelte. Sie ging pock, pock, pock zum Nebenraum, und er konnte sie im Spiegel seitenverkehrt und von hinten beobachten, wie sie das Handy ans Ohr nahm, mit der anderen Hand im Buch blätterte und dann ein wenig an ihrer

Hose zog. Als sie etwas im Buch notierte, zeigte sich zwischen Hosenbund und T-Shirt ein Stück hellbrauner Haut.

Carla beendete das Telefonat – es handelte sich wohl wieder um einen neuen Termin –, stellte sich hinter Franck und hob seine nassen Haare.

„Wie soll's denn sein?"

„Überall etwas ab, aber nicht zu viel; Seitenscheitel links."

„Super." Sie begann zu schneiden.

„Wer hat Ihnen denn unser Studio empfohlen?", fragte sie.

„Ein Kollege aus Hohenheim, Professor Portmann."

„Ach der Portmann, Noras Teilhaber und ältester Kunde. Arbeiten Sie auch an der Uni Hohenheim?"

Bevor Franck antworten konnte, klingelte wieder das Telefon.

„Entschuldigung", sagte Carla und legte die Schere weg. „Ich bin heute allein. Nora ist für ein paar Tage verreist."

Diesmal war es anscheinend ein Vertreter, der sein Kommen ankündigte.

Als Carla wieder neben ihm stand, fragte er: „Geht das immer so zu mit dem Gebimmel?"

„Letzten Donnerstag war es noch viel schlimmer. Da stand das Telefon gar nicht mehr still. Andauernd rief ein Gerd an und wollte Nora sprechen. Die Chefin kam gar nicht mehr zum Arbeiten. Und ich auch nicht."

„Und am Freitag hat sie ihn dann erhört", fuhr Franck fort.

Carla lachte. „Jedenfalls hat er seitdem nicht mehr angerufen."

Das ist ja ein richtiges Plappermäulchen, dachte Franck.

„Nora ist ein paar Tage verreist, und dieser Gerd ruft nicht mehr an. Das passt doch zusammen", setzte Franck nach.

Carla zuckte mit den Schultern. „Jedenfalls hat sich Nora am Freitag spontan entschlossen, nach La Palma zu fliegen und mir die ganze Arbeit überlassen. Ich musste ihre Termine absagen oder übernehmen. Der Portmann wollte nicht, dass ich ihn übernehme. Sie waren ja gleich einverstanden, Herr Dr. Franck."

„Und ich habe gut daran getan. Es plaudert sich so nett mit Ihnen und Sie sind – so fix bei der Hand mit der Schere", flötete Franck. Er schaute verstohlen auf die Uhr und stellte fest, dass schon mehr als eine halbe Stunde vergangen war.

„Wirklich?", fragte Carla erfreut. „Ich habe erst letztes Jahr die Meisterprüfung bestanden. Die kann man nach fünf Jahren Praxis ablegen." Sie griff zum Fön. „Aber mein Beruf bereitet mir viel Freude."

„Das sieht man", sagte Franck.

Während sie das Haar föhnte, drohte die nette Plauderei zu stocken.

„Habe ich das richtig verstanden?", fragte Franck mit erhobener Stimme. „Portmann hätte in dieser Woche einen Termin bei Nora gehabt?"

„Ja, am Dienstag. Er kam immer als Letzter am Dienstagabend."

„Jede Woche?" Franck bemühte sich, erstaunt zu klingen. „Gibt es denn viele Männer, die sich jede Woche die Haare schneiden lassen?"

Carla lachte wieder. „Eigentlich nicht. Aber Portmann ließ sich wohl nicht nur die Haare schneiden."

„Ach, so ist das", sinnierte Franck. „Und in Zukunft kommt dieser Gerd, von dem wir nicht den Nachnamen wissen, jeden Dienstag als Letzter zu Nora."

„Er heißt Imhoff", sagte Carla bereitwillig, „zweimal war ich am Telefon, als er anrief. Sie sind wohl auch hinter Nora her?"

Jetzt runzelte sie die Stirn.

„Nein, nein", beeilte sich Franck zu versichern, „ich bleibe bei Ihnen. Sagen wir, jede zweite Woche. Immer donnerstags um drei. Bekommen alle Ihre Kunden ein Glas Prosecco gratis serviert?" Er trank sein Glas leer.

„Nur die netten", antwortete Carla versöhnt und hielt ihm den Handspiegel hin, „bei den anderen setze ich es auf die Rechnung."

„Wunderbar, ganz wunderbar", sagte Franck und meinte seinen Hinterkopf im Spiegel. Er stand auf, nachdem Carla ihm den Umhang abgenommen hatte. „Was kostet denn der Spaß?"

„Mit oder ohne Beleg?", fragte Carla zurück.

„Mit Beleg", antwortete Franck.

„Zwanzig Mark, einschließlich Prosecco."

„Und ohne Beleg?"

„Vierzig Mark."

„Wie soll denn das gehen? Die vierzig Mark zahlt doch niemand freiwillig", staunte Franck.

„Wir nehmen nur Kunden, die freiwillig zahlen", antwortete Carla.

„Ich verstehe. Geben Sie mir die Quittung", sagte Franck und legte zwei Zwanziger auf den Tresen.

Carla ließ den einen Schein in der Kasse, den anderen in ihrer Hosentasche verschwinden. „Soll ich Sie für den 16. Mai vormerken?", fragte sie.

Franck nickte. Er nahm den Beleg an sich, auf dem Carla für einen Haarschnitt zwanzig DM berechnet hatte.

9

Zufrieden saß Franck in seinem Auto. Er hatte den Auftrag erfolgreich abgeschlossen. Und sogar bestätigt bekommen, was Portmann vermutete. Nora hatte offenbar einen neuen Freund; Franck wusste sogar dessen Namen. Besser hätte es nicht laufen können. Vielleicht waren die beiden sogar zusammen nach La Palma geflogen. Das bedeutete aber auch, es war ziemlich unwahrscheinlich, dass Nora sich an Portmann rächen wollte. Sie saß nicht schmollend in ihrer Kammer und brütete finstere Pläne aus. Sie plantschte vielmehr frisch verliebt im Atlantik und ließ sich von ihrem Gerd verwöhnen. Sie hoffte nicht, dass Portmann seine Entscheidung revidieren und in ihre Arme zurückkehren möge. Sie hatte kein Interesse daran, ihn dazu zu zwingen. Die Erpressung konnte nicht von ihr ausgehen.

Und der neue Freund, dieser Imhoff? Könnte er Portmann die beiden Fotos ohne Noras Wissen geschickt haben? Möglich wäre es. Er könnte die Bilder in Noras Wohnung gefunden und Portmann auf eigene Rechnung erpresst haben. Aber zu welchem Zweck?

Das macht nur Sinn, wenn er von Portmann Geld verlangt, dachte Franck. Ich muss Portmann anrufen und ihn fragen.

Er ließ den Motor an. Da er kein Handy besaß und auch keins besitzen wollte, fuhr er nach Hause. Die kleine Wohnung in Degerloch reichte ihm normalerweise, nur wenn Elke kam, wurde es eng.

Portmann meldete sich nach dem dritten Läuten. Franck berichtete über sein erfolgreiches Unternehmen und erwartete ein dickes Lob. Doch Portmann blieb reserviert.

„Gerd Imhoff heißt er? Dann weiß ich das also. In den Zeitungen wurde sein Name nicht veröffentlicht."

„Ich verstehe nicht. Was für Zeitungen?", fragte Franck.

„Ja, haben Sie denn nicht gelesen, dass Nora Stadlers neuer Freund am Sonntag umgebracht wurde?"

„Wie bitte? Nein."

„Er wurde in seiner Birkacher Wohnung gegen 23 Uhr ermordet."

„Am Sonntag?" Franck war noch immer konsterniert. Also, nichts wars mit La Palma, schoss es ihm durch den Kopf. „Dann dürfte es auch mit der Erpressung ein Ende haben", sagte er schließlich, „und Sie sind aus dem Schneider."

„Es ist für mich noch viel dicker gekommen", widersprach Portmann. „Die Polizei verdächtigt mich, Noras Freund umgebracht zu haben. Obwohl ich gar nicht wusste, dass sie einen hatte."

„Letzteres könnte ich bestätigen", sagte Franck. „Wer leitet denn die Ermittlungen?"

„Es waren ein Mann und eine Frau bei mir. Sie heißt Scholl, wie diese Widerstandskämpferin, und er so ähnlich wie Glöckle."

„Die Kommissarin Scholl kenne ich zufällig. Soll ich zu ihr gehen und für Sie Zeugnis ablegen?"

Portmann zögerte. „Das ist sehr nett von Ihnen", sagte er dann. „Aber ich habe denen nicht erzählt, dass ich erpresst wurde. Sonst hätten sie ja noch ein Mordmotiv gehabt. Ich erwarte von Ihnen da gar nichts. Ich will Sie auch nicht in Verlegenheit bringen, etwas, das Sie wissen, zu verschweigen. Doch da die Erpressung jetzt vom Tisch ist ..."

„... braucht sie gar nicht erwähnt zu werden", schloss Franck. „Ich verstehe. Frau Stadler kommt als Erpresserin für mich nicht in Frage, höchstens dieser Imhoff. Hat der Erpresser Geld von Ihnen verlangt?"

„Nein, das nicht. Es wurden mir nur die beiden Fotos geschickt."

„Sind Sie sicher, dass es sich überhaupt um eine Erpressung handelte? Kann es nicht so gewesen sein: Sie beide beenden einvernehmlich Ihre Beziehung. Nora macht reinen Tisch und schickt Ihnen die zwei Fotos zur Erinnerung. Ohne Nebengedanken."

„So habe ich das noch nicht gesehen", sagte Portmann. „Dann könnten Sie auch bei der Polizei ein Wort für mich einlegen." Er schwieg.

„Ja?"

„Ich überlege, ob ich Sie bitten soll, für mich weiter zu arbeiten", fuhr Portmann fort, „um Material zu meiner Entlastung zu sammeln. Für 300 DM pro Woche, plus Spesen."

„Ich weiß nicht, ob ich ein solches Angebot annehmen würde", antwortete Franck. „Vor allem bräuchte ich mehr Informationen. Ihre Unschuld steht erst dann endgültig fest, wenn der Täter ermittelt worden ist."

„Das ist mir klar", sagte Portmann. „Nehmen Sie das Angebot an? Befristet auf zwei Wochen?"

„Kann ich die zwei Fotos sehen?"

Franck hörte, wie sich Portmann räusperte. „Leider nein. Ich habe sie zerrissen und die Fetzen weggeworfen."

„Das ist sehr schade", sagte Franck. „Gibt es etwas, das ich über sie wissen sollte?"

„Eins hatte Nora auf der Rückseite beschriftet", antwortete Portmann. „Sie bedankt sich bei mir; das könnte Ihre Theorie stützen."

Franck seufzte. „Sie machen es einem Privatdetektiv aber schwer. Können Sie sich wenigstens an den Wortlaut erinnern?"

„Müssen Sie den wissen?"

„Soll ich Ihnen helfen, oder soll ich nicht?"

„Also gut", sagte Portmann. „Du hast mich auf Wege geführt, die ich unbewusst suchte, und die mir sonst versperrt geblieben wären. Dank für alles."

„Das klingt nach einem Abschiedswort", sagte Franck. „Kein Datum, keine Unterschrift?"

„Kein Datum", antwortete Portmann.

„Lassen Sie sich nicht alles aus der Nase ziehen", schnauzte Franck.

„Dein Eichkätzchen", sagte Portmann, „das war ihre Unterschrift."

„Ich muss mit Ihnen in Ruhe reden, Herr Portmann, bevor ich Ihr Angebot endgültig annehmen kann. Wodurch sind Sie denn ins Visier der Polizei geraten?

„In Imhoffs Wohnung ist ein weiteres Nacktfoto aufgetaucht", antwortete Portmann. „Und an meinem Mantel sind Blutspuren gefunden worden. Außerdem habe ich kein Alibi."

„Auch das noch", seufzte Franck.

„Bitte kommen Sie heute Abend zu mir. Wir besprechen dann alles ausführlich. Ich brauche wirklich Hilfe."

„Um acht Uhr", sagte Franck und beendete das Gespräch.

Er stand auf und lief im Zimmer auf und ab.

Das wäre dein vierter Fall, Andreas, dachte er. Warum machst du das? Was reizt dich daran? Dass du auf relativ leichte Weise Geld verdienen kannst?

Er schüttelte den Kopf. Nein, nur wegen des Geldes würde er Portmanns Angebot nicht annehmen. Fühlte er sich geschmeichelt, dass ein Kollege seine Hilfe brauchte? Dass ein Kollege *glaubte*, Franck könne ihm helfen? Vielleicht. Helfersyndrom plus Größenwahn, das konnte eine explosive Mischung sein, die die Gedanken vernebelte. Lieber ablehnen. Reizte ihn die Aussicht, wieder mit der Kommissarin Linda Scholl zusammenzuarbeiten? Schon eher. Er hatte sie seit drei Jahren nicht mehr gesehen.

Franck setzte sich an den Schreibtisch, der als Raumteiler zwischen dem Schlafbereich und dem Wohntrakt fungierte. Vielleicht sollte er sich doch eine größere Wohnung suchen.

Mit vier Zimmern und einer Terrasse, die in einen kleinen Garten führte. Er könnte dann am Abend mit Elke auf der Terrasse sitzen, eine Flasche Wein trinken und gemeinsam mit ihr den Untergang der Sonne erwarten.

Er schüttelte sich. Welch eine kleinbürgerliche Idylle! Suchte er etwa den Kitzel des Abenteuers, um einer drohenden Verbürgerlichung zu entrinnen? Franck rief sich zur Ordnung.

Ich werde mir jetzt Notizen über den Fall Portmann machen und dann emotionslos entscheiden, ob ich einsteige. 600 DM sind nicht zu verachten. Portmann war am Ende des Gesprächs richtig kleinlaut, gar nicht mehr so selbstbewusst, wie in der Cafeteria. Es scheint ihm richtig an die Nieren zu gehen. Und Linda Scholl ist eine attraktive Frau. In ihrer Nähe fühle ich mich wohl.

Franck holte sich ein Blatt Papier aus der Schreibtischschublade und begann sich eine Chronologie der Ereignisse zusammenzustellen. Die Chronologie war der Anfang aller Geschichten. Das hatte er den Studierenden schon tausend Mal erläutert. Geschichte besteht aus menschlichen Handlungen in Raum und Zeit. Wenn man Ereignisse, die man ermittelt hat, nicht lokalisieren und in eine Reihung bringen kann, dann entsteht aus ihnen keine Geschichte. Wenn man keine Chronologie der Ereignisse herstellen kann, dann erübrigen sich alle weiteren Fragen nach Ursache und Wirkung. Also, in diesem Sinne an die Arbeit!

Am 24. April, einem Mittwoch, gibt es das erste Gespräch zwischen Portmann und Franck. Portmann glaubt, von seiner früheren Geliebten Nora Stadler erpresst zu werden. Was erfährt Franck sonst noch an diesem Vormittag in der Hohenheimer Cafeteria? Dass Portmann eine Tochter namens Thea hat, die mit Elkes Tochter Eva-Maria befreundet ist.

Thea Portmann befragen, schrieb Franck auf die rechte Seite des Blattes.

Am 25. April ruft Gerd Imhoff mehrfach Nora in ihrem Haarstudio an. Das Thema dieser Gespäche ist unbekannt, scheint aber am nächsten Tag nicht mehr aktuell zu sein, denn da gibt es keine Anrufe mehr.

Am 26. April beschließt Nora spontan, nach La Palma zu fliegen. Die anfängliche Vermutung, dass Gerd Imhoff mitgeflogen ist, scheint sich nicht zu bestätigen.

Flog sie auch an diesem Freitag, oder fasste sie da nur den Beschluss zu fliegen?, schrieb Franck auf die rechte Seite des Blattes. Carla fragen.

Wollte sie nach La Palma fliegen, *weil* Imhoff mit ihr telefoniert hatte? Oder standen die beiden Ereignisse nur in einem zeitlichen Nacheinander, aber nicht in einem inhaltlichen Zusammenhang?

Am 28. April, einem Sonntag, wird Gerd Imhoff gegen 23 Uhr von einem Unbekannten ermordet. Steht dieses tragische Ereignis in einem inhaltlichen Zusammenhang mit den drei vorhergehenden Ereignissen, namentlich mit den Anrufen Imhoffs bei Nora und Noras möglicher Abreise?

Nach einigem Zögern setzte Franck noch ein letztes Datum aufs Papier.

Am 2. Mai erfährt Franck und dadurch auch Portmann, dass Nora einen Freund hatte, und dass es dieser war, der ermordet wurde.

Das Geheimnis jeder guten Chronologie ist die Auswahl.

Natürlich gab es viele Ereignisse, die zu derselben Zeit stattfanden, aber offensichtlich in keinem Zusammenhang zum Mord standen. Oder doch? Sollte Franck die Tatsache mit in die Chronologie aufnehmen, dass am Montag, dem 29. April das Haarstudio wie üblich geschlossen war? Oder – noch weiter hergeholt – dass am 30. April die Zeitungen berichteten, das Mammutprojekt Stuttgart 21 würde nicht nur in der Landeshauptstadt, sondern auch in der Region als ein wichtiger Beitrag zur Standortsicherung angesehen? Nein, diese Information konnte er getrost weglassen.

Franck lehnte sich in den Sessel zurück.

Ich werde sein Angebot annehmen, dachte er.

10

Karl und Christa Imhoff wohnten in einer stillen Seitenstraße, die aber noch in der Nähe des geschäftigen Ortskerns lag. Das Haus bestand aus zwei Stockwerken und einer Einliegerwohnung mit separatem Eingang, sowie einem Zimmer im Dachgeschoss. Seine Vorderfront war vor nicht allzu langer Zeit neu getüncht worden. Im kleinen, umzäunten Vorgarten vertrugen sich die blauen Lobelien gut mit den fleißigen Lieschen.

Scholl und Klingle fanden direkt vor dem Haus einen Parkplatz. Sie stiegen aus und schauten sich in dem Sträßchen um. Es lief stichgerade auf einen Acker zu. Auf jeder Seite mochten etwa zehn gleichgroße Häuser stehen. Keine Wohnblocks, keine Hochhäuser. Den Akten war zu entnehmen gewesen, dass in der Mordnacht keiner der Nachbarn etwas Verdächtiges wahrgenommen hatte.

Wenn man vor dem Fernseher sitzt, hört man keine Schüsse, dachte Linda Scholl, und wenn man das Gerät ausgeschaltet hat, nimmt man an, dass alle Geräusche aus dem Fernseher der Nachbarn kommen.

Sie hasste es, bei Todesfällen die Hinterbliebenen befragen zu müssen, seien es die Lebenspartner, seien es die Eltern. Aber ein Blick auf Klingle lehrte sie, dass die Hauptlast wieder ihr zufallen würde. Frauen waren ja nach Meinung der Männer für das Emotionale zuständig. In diesem Fall für Beileid, Mitgefühl, behutsame Gesprächsführung.

„Bringen wir es hinter uns", sagte die Kommissarin und öffnete die Gartentür.

Sie hatten sich angemeldet, und das Ehepaar Imhoff stand schon im Flur zum Empfang bereit. Nachdem sie sich miteinander bekannt gemacht hatten, gingen sie schweigend die Treppe in den ersten Stock hinauf und in ein kleines, mit Möbeln vollgestelltes Wohnzimmer. Es gab viel Platz zum Sitzen.

„Er war unser einziger Sohn", sagte Frau Imhoff, „dass er so enden musste ..." Sie starrte vor sich hin auf den Couchtisch und zuppelte dann an der Tischdecke. „Und er war ein so guter Junge. Immer, wenn er es einrichten konnte, kam er zu uns zum Frühstück. Auch diese Frau Stadler hat er uns kurz vorgestellt, als sie ihn besuchte. Man sieht und hört ja alles in diesem kleinen Haus." Sie schaute zu ihrem Mann hinüber. „Wer hat denn so eine schreckliche Tat ..." Wieder stockte sie.

„Wir wissen es noch nicht, Frau Imhoff", sagte Linda Scholl, „aber wir bemühen uns, den Täter zu finden. Deshalb sind wir ja hier. Ich kann Ihren Schmerz verstehen, aber sicher wollen Sie doch auch, dass der Täter gefasst wird."

„Wenn ich das gewusst hätte ...", Frau Imhoff schien die Worte der Kommissarin nicht gehört zu haben und sprach wie aufgedreht weiter, „...dann wäre ich nicht zu meiner Freundin gegangen. Wenn ich daheim geblieben wäre, dann wäre das sicher nicht passiert."

Karl Imhoff ergriff die Hand seiner Frau. „Sag das nicht, Christa. Du hast doch keine Schuld an Gerds Tod."

Frau Imhoff entzog ihrem Mann die Hand. „Und Karl lag auch schon im Bett, was sonst gar nicht seine Art ist." Es klang wie ein Vorwurf. „Immer bleibt er so lange auf, bis ich zurückkomme, nur am Sonntag geht er so früh schlafen."

„Frau Imhoff, Ihr Mann hat Recht", sagte Linda Scholl. „Sie hätten das Unglück nicht verhindern können. Und gegen einen so brutalen Täter hätten Sie auch gar nichts ausgerichtet. Sie wären nur selbst in Gefahr geraten."

Zum ersten Mal blickte Christa Imhoff die Kommissarin an. „Meinen Sie?"

Linda Scholl nickte. „Sie brauchen sich keine Vorwürfe zu machen. Ganz gewiss nicht. Mein Kollege Klingle wird jetzt mit Ihrem Mann in ein anderes Zimmer gehen, und Sie können mir dann von Ihrem Sohn erzählen."

Wenn Klingle überrascht war, dann ließ er es sich nicht anmerken. Die beiden Männer erhoben sich und verließen den Raum. Frau Imhoff schien erleichtert zu sein; vielleicht über den Trost, den sie erfahren hatte. Oder darüber, dass sie jetzt der Kommissarin allein gegenübersaß.

Christa Imhoff trug über ihrem schmächtigen Oberkörper eine graue Stoffjacke, unter dieser eine hochgeschlossene weiße

Bluse. Sie mochte in ihrer Jugend recht attraktiv gewesen sein, aber jetzt, mit ihren sechzig Jahren und angesichts der Trauer um ihren einzigen Sohn, war nicht mehr viel davon übrig geblieben. Und sie gefiel sich wieder in ihren Selbstvorwürfen.

„Einmal im Monat besuche ich meine Freundinnen. Dann gehen wir ins Kino und sehen uns einen guten Film an, oder wir sitzen in einem Café und reden miteinander. Und ausgerechnet an diesem Tag muss es passieren. Ist das nicht furchtbar? Als würde ich nicht ausgehen dürfen."

Linda Scholl ließ sie reden.

„Als ich jung war, da bin ich oft ausgegangen. Ich hatte viele Freundinnen, wissen Sie, und auch die jungen Männer interessierten sich für mich. Es war eine schöne Zeit, damals in den fünfziger Jahren. Meinen Mann habe ich spät geheiratet, mit 27, da war der Gerd schon unterwegs. Und Gerd war mein ein und alles. Was soll denn jetzt aus mir werden?"

Sie ließ den Kopf hängen, wie eine Blume, die man vergessen hatte zu gießen.

„Mein Mann möchte, dass ich alle Abende mit ihm zusammen bin. Aber er geht nie aus. Er sitzt immer vor dem Fernseher, und ich soll bei ihm sein. Sind Sie verheiratet?"

Linda Scholl schüttelte verneinend den Kopf.

„Dann können Sie mich nicht verstehen. Immer soll ich bei ihm sitzen. Das hält er für ein ideales Eheleben. ‚Warum willst du denn fort? Gefällt es dir hier nicht? Warum soll ich denn ins Kino gehen? Die Filme kommen doch alle im Fernsehen. Hier haben wir es doch viel gemütlicher.' Das sagt er."

„Doch, ich kann Sie gut verstehen", antwortete Linda Scholl.

„Sie haben Ihr selbständiges Leben aufgegeben, um ihren Sohn aufzuziehen. Und nun haben Sie Ihren Sohn nicht mehr und ihr selbständiges Leben auch nicht."

„Genau", sagte Christa Imhoff. „Und wenn ich einmal im Monat mit meinen Freundinnen ausgehe, dann bekomme ich ein schlechtes Gewissen, wenn ich spät heimkehre. Dann sitzt er wie ein, wie ein drohendes Ungetüm in diesem Sessel da und fragt mich aus. ‚Wo bist du so lange gewesen? Gefällt es dir nicht mehr zu Hause? Ich gehe doch auch nicht aus!' So fällt er über mich her. Wenn er wenigstens einmal in der Woche ins Gasthaus gehen würde!"

„Wann sind Sie denn am Sonntag nach Hause gekommen?", fragte Linda Scholl.

Christa Imhoff reagierte fast ein wenig ungehalten. „Das habe ich doch schon Ihren Kollegen gesagt."

„Sagen Sie es mir noch einmal", bat Linda Scholl. „Hatten Sie wieder ein schlechtes Gewissen? Fürchteten Sie sich vor ihm, weil Sie so spät kamen?"

„Gott sei Dank schlief er schon. Es war gegen 23 Uhr. Das ist doch nicht spät, oder? Einmal im Monat?"

„Nein", sagte die Kommissarin und empfand so etwas wie Mitgefühl. Das Lebensproblem dieser Frau war nicht, dass ihr Sohn tot war. Das Lebensproblem war ihr Mann, der aus einer jungen, lustigen Frau eine Stubenhockerin gemacht hatte. Weil er selber das Leben nicht genießen konnte, durfte auch sie es nicht.

„Sind Sie mit öffentlichen Verkehrsmitteln unterwegs gewesen?"

Frau Imhoff schüttelte den Kopf. „Dann wäre ich ja noch später heimgekommen. Ich hätte doch an der Ruhbank in den Bus umsteigen müssen. Nein, ich fuhr mit unserem Auto, obwohl es immer so schwer ist, einen Parkplatz zu bekommen. Aber dieses Mal hatte ich Glück. Ich biege in unsere Straße ein, sehe, dass wieder kein Platz frei ist, fahre bis zum Ende durch, wende, und da kommt jemand aus unserem Haus und fährt mit seinem Auto davon. Es stand direkt vor unserer Tür. Wenn ich gewusst hätte, dass er ..."

Sie unterbrach sich. „War das der Mörder?", fragte sie dann.

„Wir vermuten es. Können Sie diesen Jemand beschreiben?"

„Es war ein Mann. Groß, mit dunklen Haaren. Mehr konnte ich nicht sehen. Es war doch schlecht Wetter und kein Mond am Himmel vor lauter Wolken. Ich sah ihn nur von hinten. Er trug einen Mantel. Und dann habe ich natürlich auf das Auto geachtet; weil ich doch den Parkplatz wollte."

„Was war denn das für ein Auto?"

„Ach, Frau Kommissarin, ich kenne mich doch mit den Marken nicht aus.

Groß war er sicher, denn ich kam mit dem Fiat leicht in die Lücke hinein."

„Hell oder dunkel?"

„Eher dunkel."

„Kennzeichen?"

Frau Imhoff dachte nach. „Ein deutsches", antwortete sie dann. „Er fuhr ziemlich schnell davon. Ach ja, sein linkes Rücklicht war kaputt. Er musste beim Ausparken zurücksetzen, da sah ich es."

Linda Scholl atmete auf. Das ist doch wenigstens etwas, dachte sie. Ich muss es ihr sagen.

„Ihre Aussage ist sehr hilfreich für uns, Frau Imhoff. Jetzt erinnern Sie sich mal genau an die Situation. Trug der Mann etwas in der Hand oder unter dem Arm?"

„Ich glaube nicht."

„Wie alt war er Ihrer Meinung nach?"

„Nicht mehr jung und nicht alt. So in der Mitte."

„Würden Sie ihn wiedererkennen?"

„Nein, auf keinen Fall. Es war doch so dunkel."

„Haben Sie ihn schon einmal gesehen? War er früher schon einmal bei Ihrem Sohn?"

„Sie stellen aber Fragen! Das weiß ich alles nicht."

Linda Scholl nickte. „Ich stelle mir vor, wie Sie aus Ihrem Fiat steigen. Sie freuen sich, dass Sie einen Parkplatz direkt vor dem Haus gefunden haben. Sie finden es nicht verwunderlich, dass ein Unbekannter aus Ihrem Haus tritt. Ihr Sohn empfing öfter Besuch. Und es war ja noch nicht spät. Sie bereiten sich auf das Gespräch mit Ihrem Mann vor. Sie befürchten, dass er Sie wieder ausfragt. Da interessieren Sie sich nicht für einen Unbekannten und dessen Auto. Niemand wird Ihnen deshalb einen Vorwurf machen. Aber wir müssen solche Fragen stellen; das ist unser Beruf. Und Sie wollen ja auch, dass der Mörder Ihres Sohnes gefunden wird."

„Ja", sagte Frau Imhoff, und man konnte ihre Erleichterung sehen.

„Jetzt gehen wir mal weiter", fuhr die Kommissarin fort. „Sie stehen vor der Haustür, den Schlüssel in der Hand …"

„Ich konnte den Schlüssel nicht sofort finden", fiel ihr Frau Imhoff ins Wort. „Ich musste ihn erst in der Handtasche suchen."

„Gut. Ist Ihnen sonst noch etwas aufgefallen?"

„Wie meinen Sie das? Nein."

„Brannte in der Wohnung Ihres Sohnes Licht?"

„Ich glaube nicht. Die Rollladen waren heruntergezogen."

„Es wäre doch ... man müsste doch annehmen, dass Ihr Sohn noch auf war, wenn er gerade einen Besucher verabschiedet hatte."

„Das stimmt."

„Aber Sie haben kein Licht gesehen?"

„Ich habe nicht darauf geachtet."

„Ich verstehe", sagte Linda Scholl.

„Jetzt sind Sie enttäuscht, dass ich Ihnen nicht weiterhelfen kann", bemerkte Frau Imhoff.

„Nein, nein", wehrte die Kommissarin ab. „Ich versuche mir nur, die Situation genau vorzustellen. Sie haben also den Schlüssel in der Handtasche gefunden, öffnen die Haustür und schalten das Flurlicht an."

„Jetzt fällt es mir wieder ein. Die Tür war nicht abgeschlossen. Ich wunderte mich, dass die Tür nicht abgeschlossen war. Gerd hat sie immer zugesperrt, wenn er zu Hause war."

Das passt, dachte Linda Scholl, bringt uns aber nicht weiter. Wenn er tot ist, kann er die Haustür nicht abschließen. Und der Mörder hat keinen Schlüssel; er musste die Wohnungstür aufbrechen.

„Sie schalten also das Flurlicht an", wiederholte Linda Scholl, „und kommen an der Wohnungstür Ihres Sohnes vorbei. Ist Ihnen dort etwas aufgefallen?"

„Ich habe das Flurlicht nicht angeschaltet", antwortete Frau Imhoff, „ich bin im Dunkeln die Treppen hoch gegangen. Wissen Sie, bei uns im ersten Stock brannte auch kein Licht mehr, und da dachte ich, vielleicht schläft mein Karl schon und vielleicht ... Die vierte Stufe knarrt immer, das weiß ich, und deshalb habe ich sie nicht betreten."

„Sie brauchen sich wirklich keine Vorwürfe zu machen, Frau

Imhoff. Sie haben in Ihrer Situation vollkommen richtig gehandelt. Sie sind unsere wichtigste Zeugin. Und Sie konnten uns wirklich weiterhelfen. Dafür danken wir Ihnen."

Linda Scholl erhob sich. Der Sessel, in dem sie Platz gefunden hatte, war nicht sehr bequem gewesen. Sie streckte ihren Oberkörper.

„Haben Sie den Vorgarten so schön gerichtet?", fragte sie.

Frau Imhoff nickte voller Stolz. „Gefällt er Ihnen? Mein Karl geht nie mit, wenn ich Pflanzen einkaufe."

„Bereiten die Schnecken Ihnen keine Probleme?", fragte Linda Scholl. „In meinem Garten fressen sie alles ab. Besonders scharf sind sie auf die Lobelien."

„Nein, mit denen haben wir keine Probleme." Frau Imhoff zögerte, bevor sie weitersprach. „Sie, wo Sie das sagen, Frau Kommissarin, da ist jemand durch den Vorgarten gelaufen."

„Ach ja?"

„Am Montagmorgen habe ich es bemerkt. Er ist quer über das Beet gelaufen und hat einige Pflanzen dabei zerstört. Ich habe neue Pflanzen einsetzen müssen."

11

Rudolf Klingle und Karl Imhoff saßen unterdessen auf Holzstühlen am Küchentisch. Auch die Küche war sorgfältig aufgeräumt; auf der Spüle stand kein schmutziges Geschirr herum, und die Zutaten, die Frau Imhoff für das Mittagessen gebraucht hatte, waren wieder in den Schränken verstaut worden. Auf der Fensterbank entdeckte Klingle ein Töpfchen mit Basilikum und frische Petersilie in einem Glas Wasser. Das einzige Fenster ging auf die Straße hinaus.

Seufzend dachte Klingle daran, wie es bei ihm zu Hause aussah, besonders wenn die Kinder sich etwas zurechtgemacht hatten. Man musste stets hinter ihnen her sein, damit sie etwas im Haushalt taten.

„Bitte erzählen Sie mir von Ihrem Sohn", sagte Klingle, und Imhoff gab bereitwillig Auskunft.

„Er war Journalist und hat viel zu Hause geschafft. Deshalb bekam er oft Besuch; manchmal auch noch spät am Abend. Aber daran haben wir uns gewöhnt. Es ging ja nicht laut zu. Er hat Politikwissenschaft studiert und arbeitete als freier Mitarbeiter bei verschiedenen Zeitungen und Zeitschriften. Einmal konnte er sogar einen Artikel in der *Geo* unterbringen; darauf war er ganz stolz. Ansonsten schrieb er in der Samstagsbeilage der *Stuttgarter Zeitung* oder auch in der *Schwäbischen Heimat*. Für eine feste Anstellung hat es noch nicht gelangt. Er war ja erst 33. Meine Frau und ich, wir haben spät geheiratet. Ich arbeitete beim Daimler in Untertürkheim, oft auch im Nachtdienst; da gab es wenig Zeit zum Ausgehen."

Imhoff unterbrach sich. „Möchten Sie einen Kaffee, Herr Glöckle? Meine Frau hat immer die Thermoskanne voll Kaffee, obwohl ich gar nicht so viel trinke."

„Klingle", korrigierte der Kommissar. „Ich heiße Klingle, nicht Glöckle. Eine Tasse Kaffee nehme ich gern. Ohne Milch und Zucker."

Imhoff erhob sich umständlich und ging zum Küchenschrank.

Er holte einen großen Becher heraus und goss ihn voll Kaffee. Als Klingle sah, wie sich Imhoff mit ungelenken Händen abmühte, tat es ihm leid, ja gesagt zu haben. Doch einen Kaffee konnte er gut gebrauchen; er fühlte sich immer noch nicht ganz fit. Vorsichtig nahm er einen Schluck; das Getränk war dünn und nur noch lauwarm.

„Danke", sagte er, „Sie haben also beim Daimler gearbeitet."

„Vor sieben Jahren wurde ich entlassen. So ist das, wenn man nicht mehr schaffen kann wie die jungen Kerle."

Der Kommissar nickte. „Dann sind Sie jetzt immer zu Hause."

„Meistens. Ich spiele in der Straße den Hausmeister, und helfe hier und da, wenn ich kann. Irgendwie muss man sich ja nützlich machen."

„Und die neue Freundin Ihres Sohns, Nora Stadler, die haben Sie auch getroffen?"

„Ehrlich gesagt, Herr Kommissar, weiß ich nicht, ob sie seine Freundin war. Ich habe es mir gewünscht, so wie sie aussah. Sie blieb ziemlich lange, und da dachte ich … Sie wissen ja, wie das ist."

„Wann kam sie denn?"

„Letzten Freitag, so gegen 19 Uhr. Ich musste das Türle zum Vorgarten ölen, es ließ sich gar nicht mehr gut öffnen. Meine Frau lag mir schon tagelang in den Ohren damit, und ich wollte vor dem Wochenende … , damit sie endlich Ruhe gibt, wissen Sie. Da stieg sie aus einem BMW, kam auf mich zu und fragte, ob der Gerd Imhoff hier wohne. Ich hab die Luft angehalten und nur nicken können, mit meinen verschmierten Händen. Sonst hätte ich meinen Namen genannt, dass sie mich nicht für einen Handwerker hält. Der Gerd ist sonst nicht so."

„Wie meinen Sie das?"

„Na, dass so elegante Frauen zu ihm kommen und so lange bleiben."

„Wie lange ist sie denn geblieben?"

„Ungefähr zwei Stunden. Ich stand zufällig hier am Küchenfenster und sah sie gehen. Christa, rief ich, da schau, jetzt geht sie wieder."

Imhoff erhob sich und ging zum Fenster. Klingle folgte ihm und blickte über das Basilikum und die Petersilie auf den Vorgarten, die Treppe ins Untergeschoss und die Straße.

„Aber meine Frau hat sich nicht gerührt und weiter das Geschirr abgewaschen. Am Samstag hat er mir ihren Namen genannt, als wir über sie sprachen."

„Wer wohnt denn in der Einliegerwohnung?", fragte der Kommissar.

„Ach, das ist auch so eine Geschichte", stöhnte Imhoff. „Setzen Sie sich doch wieder."

Er tat es ebenfalls und legte beide Ellenbogen auf die Tischdecke.

„Wir vermieten sie, haben aber kein Glück mit den Mietern. Sie bleiben nie länger als zwei Jahre. Obwohl es eine schöne

Wohnung mit Terrasse ist. Die letzte Mieterin ist drei Monate vor Ablauf des Mietvertrags spurlos verschwunden. Wir hätten ihr den Vertrag nicht verlängert, vielleicht ahnte sie das. Die Miete für Mai wurde noch überwiesen. Aber seit April ist sie weg. Zwei Monatsmieten hat sie unterschlagen und sich um die fällige Renovierung beim Auszug herumgedrückt. Meine Frau hat gleich gesagt, als die Yvonne sich vorstellte, Karl, nimm sie nicht. Da will man mal etwas für die Menschen aus den neuen Bundesländern tun, und dann wird man reingelegt."

Imhoff schüttelte den Kopf.

„Sie war noch recht jung, aber schon so dick und aufgetakelt, superblond und offenherzig, wenn Sie verstehen, was ich meine. Selbst im Winter trug sie keinen Schal und weiterhin ihre Blusen mit den tiefen Ausschnitten. Obwohl sie immer hustete, als stünde sie mit einem Fuß im Grab. Wenn es so weiter geht, sagte ich zu meiner Frau, dann müssen wir sie hier noch beerdigen."

„Warum wollten Sie den Mietvertrag nicht verlängern?", fragte Klingle.

„Weil sie unserer Meinung nach auf die schiefe Bahn geriet. Sie ging keiner geregelten Tätigkeit nach. Ursprünglich wollte sie sich zur Arzthelferin ausbilden lassen, aber nach einigen Monaten gab sie es auf und bewarb sich woanders. Einmal rief ein Zahnarzt bei uns an und fragte nach ihr. Sie war nicht zur Arbeit erschienen. Zum Schluss hat sie sich wohl von ihren diversen Freunden aushalten lassen. Der letzte, der bei ihr wohnte – wir haben uns den Nachbarn gegenüber geschämt. Der war auch so fettig dick und glatzköpfig, trug immer die grün-schwarzen Bundeswehrhosen und schwarze Stiefel. Die Heckscheibe seines VWs hatte er mit dem Wort ‚Süd-Rabauken' bemalt, in dieser altdeutschen Schrift. Das Auto war in Jena gemeldet. Jetzt habe ich Sie aber aufgehalten mit meinem Geschwätz, Herr Kommissar."

„Sie scheinen eine gute Beobachtungsgabe zu besitzen", sagte Klingle ungerührt. „Aber Sonntagnacht haben Sie nichts gesehen."

„Da lag ich doch schon im Bett und schlief. Wenn Sie es

meiner Frau nicht erzählen, Herr Kommissar. Sie will nämlich nicht, dass ich Alkohol zu mir nehme." Imhoff beugte sich vertrauensvoll vor. „Aber wenn sie mit ihren Freundinnen fortgeht, dann gönne ich mir ein Viertel Trollinger."

„Es wird wohl nicht bei einem bleiben", vermutete Klingle.

„Sie verstehen mich; Herr Kommissar, Sie kennen das Leben. Ich kann doch nicht die halb volle Flasche stehen lassen. Dann merkt sie es doch gleich. Wenn die Frauen einem das Trinken verbieten, dann wird man erst recht zum Alkoholiker. Dann freut man sich, wenn sie mal wieder ausgehen. Und dann muss man die Flasche leer trinken."

„Und sie anschließend entsorgen", ergänzte Klingle.

Imhoff nickte begeistert. „Genau. Ich spüle immer das Glas ab und stelle es in den Schrank zurück. Dann putze ich mir die Zähne, bevor ich ins Bett falle, wegen des Mundgeruchs. Die Kekse verstecke ich im Keller. So habe ich es auch am Sonntag gemacht. Jetzt wissen Sie, warum ich nicht merkte, wann meine Frau sich neben mich legte. Nach dem ersten Viertele dachte ich noch darüber nach, wie ich diese Yvonne Berger wieder zu fassen kriege, die mit dem tiefen Ausschnitt und dem dicken Hintern. Sie konnte mich immer so schelmisch anlächeln. Manchmal schaute sie hoch, wenn ich am Küchenfenster stand. Im Januar habe ich ihr die Heizung repariert. Sie lief nicht mehr heiß, und Yvonne hat gefroren. Sie hat sich sehr für meine Arbeit interessiert und sich immer zu mir herabgebeugt. Jetzt ist sie für immer weg. Das Autokennzeichen habe ich mir notiert. Glauben Sie, dass mir die Zulassungsstelle den Fahrzeughalter nennen wird?"

„Ja. Dazu ist sie befugt. Aber in Jena gibt es bestimmt viele, die Berger heißen. Herr Imhoff, noch einmal zurück zu Nora Stadler."

„Ich habe mir das Foto angeschaut. Eine tolle Frau", sagte Imhoff.

„Was hat Ihr Sohn am Samstag genau gesagt, als Sie über sie sprachen?"

„Er sagte nur: Das war Nora Stadler. Sie besitzt einen Friseursalon in Leinfelden und wird in Zukunft öfter kommen."

Draußen vor der Tür waren Stimmen zu vernehmen. Klingle erhob sich.

„Muss ich das alles noch zu Protokoll geben?", fragte Karl Imhoff.

„Nein. Was Sie mir heute anvertraut haben, bleibt unter uns."

Im Flur trafen sie auf die beiden Frauen.

„Wie hieß denn der Film, den Sie sich am Sonntag angeschaut haben?", fragte Linda Scholl gerade.

„Dracula", antwortete Frau Imhoff.

„Diese Komödie von Mel Brooks", fiel Klingle ein, „den haben meine Kinder auch gesehen."

„Und Sie sind wann aus dem Haus gegangen?"

„Es muss gegen 19.30 Uhr gewesen sein", antwortete Christa Imhoff nach kurzem Nachdenken. „Jedenfalls waren die Nachrichten im ZDF schon vorbei."

„Haben Sie vielen Dank, Frau Imhoff", schloss Linda Scholl. „Sie sind für uns, wie gesagt, eine wichtige Zeugin. Sie werden Ihre Aussage vor Gericht wiederholen müssen."

Frau Imhoff blickte sie entsetzt an. „Ich soll vor Gericht aussagen? Das ist mir aber gar nicht recht."

12

„Das ist der volle Wahnsinn", sagte Linda Scholl, als sie im Wagen saßen und sich gegenseitig über ihre Gespräche informiert hatten. „Sie hat eine Heidenangst, auszugehen und zu spät heimzukommen, weil er dann eine Szene macht, und er fürchtet sich davor, dass sie zu früh zurückkehrt und ihn beim Wein-Trinken erwischt."

„Nicht der volle Wahnsinn", widersprach Klingle, „nur der normale Ehealltag. Entweder er schläft schon seinen Rausch aus, oder er inszeniert einen Streit, um nicht aus seiner Tyrannenrolle zu fallen. Er kann seinen Wein nur heimlich trinken, sie kann nur sagen, dass sie sich mit einer Freundin trifft, wenn sie ins Kino gehen will. Das ist die harmloseste Art, sich gegenseitig zu betrügen."

Sie sah ihn von der Seite her an. „Du scheinst ja in diesen Dingen gut Bescheid zu wissen", sagte sie. „Ich dachte, du wärst problemlos verheiratet."

„Das dachte ich auch", antwortete er.

Linda Scholl ließ den Motor an, legte den Gang ein und parkte aus.

„Was fiel dir sonst noch auf?", fragte sie, als sie an der Kreuzung halten musste.

„Dass diese Yvonne Berger verschwunden ist, macht ihm mehr aus, als der Tod seines Sohnes. Er läuft durch das halbe Wohnviertel und beglückt die Hausfrauen mit seinen handwerklichen Fähigkeiten. Er steht hinter seinem Küchenfenster und wartet, bis Nora das Haus wieder verlässt. Sohn Gerd ist mir als Mensch nicht rübergekommen. Ob man als freier Mitarbeiter finanziell überhaupt leben kann?"

„Das ließe sich vielleicht überprüfen."

*

Kommissar Neumann rieb sich das Kinn. „Nora Stadler ist am Dienstag nach La Palma geflogen", sagte er zu Beginn der abendlichen Lagebesprechung im LKA. „Sie will dort in Los

Llanos eine Filiale ihres Haarstudios errichten. Ihre Arbeit in Stuttgart wird sie erst nächsten Dienstag wieder aufnehmen. Wir können sie also nicht vor Anfang der Woche vernehmen. Eine Reise nach La Palma ist in unserem Etat nicht drin."

„Schade", sagte Linda Scholl.

„Es gibt hier noch genug zu tun", fuhr Neumann fort, „und wir sollten uns nicht nur auf Portmann konzentrieren."

„Verfolgst du eine andere Spur?", fragte Klingle.

„Vielleicht ist es eine, ich weiß es nicht. In den letzten Tagen hat eine Einbrecherbande die Stadt unsicher gemacht. Von Donnerstag, dem 25. April, bis Sonntag, den 28., als Imhoff ermordet wurde, fand jeden Abend mindestens ein Einbruch in Stuttgart statt. Die Diebe gingen immer nach demselben Muster vor. Die Kollegen vom Einbruchsdezernat haben mir das Material gefaxt. Die Tatorte lagen jeweils am Stadtrand, in der Nähe von Grünanlagen oder Parks, also in vergleichsweise einsamen Gegenden."

„Das trifft für Birkach auch zu", warf Linda Scholl ein.

„Eben. Die Diebe stiegen durch offen stehende oder aufgeklappte Fenster ein; also jeweils in Parterre. Lasst mich das Material mal in Ruhe ausbreiten und sagt mir dann, was ihr davon haltet."

Neumann blickte seine beiden Mitarbeiter auffordernd an. Linda Scholl machte es sich im Sessel gemütlich. Rudolf Klingle spielte mit einem Bleistift, den er von Neumanns Schreibtisch genommen hatte. Die Körpersprache der beiden signalisierte Zustimmung.

„Du brauchst nicht mitzuschreiben, Rudi", sagte Neumann. „Also, es begann am Donnerstag gegen 14 Uhr. Das ist übrigens der einzige Tagestermin und der einzige Einbruchsversuch, der misslingt. Passanten verjagten zwei jugendliche Täter in der Waldäckerstraße in Zuffenhausen. Nur wenige Meter weiter, in der Straße Am Stadtpark, brachen dann zwischen 19.00 und 22.30 Uhr zwei Männer im Alter von 20 und 25 Jahren ein und stahlen Schmuck im Wert von 8000 Mark. Zeugen sahen die Täter, denen aber die Flucht gelang. Am Freitag wurden gegen 23 Uhr in einer Feuerbacher Wohnung in der Oswald-Hesse-Straße Münzen und Bargeld im Wert von 2000 DM gestohlen. Der Einbrecher ließ eine schwarze Lederjacke zurück und nahm stattdessen eine Trachtenjacke mit. Im Osten der Stadt nutzten Unbekannte Samstag Nacht ebenfalls ein offen stehendes Fenster für einen Einbruch. Aus einer Wohnung in der Sickstraße wurde ein Plattenspieler gestohlen. Und an demselben Abend erbeuteten sie im Filderblickweg in Rohracker Schmuck und Bargeld für rund 4000 Mark."

Neumann schwieg und legte das Blatt Papier, das er zur Unterstützung seines Vortrags benutzt hatte, vor sich auf den Tisch.

„Du meinst also, dass die Bande am Sonntag in Birkach auftauchte und in Imhoffs Haus einbrach", folgerte Klingle.

Neumann zuckte die Schultern. „Zuffenhausen, Feuerbach, Stuttgart-Ost, Rohracker, Birkach – die Richtung stimmt. Sie arbeiteten sich von Nord nach Süd durch die Stadt."

„Aber Imhoffs Wohnungstür wurde aufgebrochen", wandte Linda Scholl ein.

„Ja, das stimmt", gab Neumann zu, „doch nicht die Haustür. Wie sind sie in den Flur gekommen?"

„Entwirf ein Szenario, Kurt, so wie wir es damals auf der Tagung in Hannover gelernt haben", sagte Klingle.

„Die Methode ist bekanntlich nicht unumstritten", antwortete Neumann, „man versucht dabei unwillkürlich, alle Fakten in ein Bild zu pressen."

„Versuch es trotzdem", drängte Klingle.

„Also gut. Die Bande besteht aus zwei jungen Männern und einer dritten Person, die im Auto wartet und das Diebesgut aufnimmt. Die Häuser werden tagsüber beobachtet. Nachts, wenn niemand zu Haus ist, steigen sie durch die Fenster ein. Die Diebe gehen ziemlich dreist vor. Die zurückgelassene Lederjacke ist ja eine Provokation für die Kollegen. Und das Diebesgut wie Schmuck, Plattenspieler, muss verhökert werden, sonst haben sie nichts davon. Am Sonntag Abend nehmen sie sich das Imhoffsche Haus in Birkach vor. Sie sehen, wie Frau Imhoff das Haus verlässt, und glauben, dass sie ungestört einsteigen können. Doch sie werden von Gerd Imhoff überrascht. Dann passiert es. Jetzt hat die Bande einen Mann auf dem Gewissen und flieht in eine andere Stadt. Nach dem Sonntag ist in Stuttgart bis zum heutigen Tag kein Einbruch mehr gemeldet worden."

„Hmm", brummte Linda Scholl, „Frau Imhoff gibt an, dass Sonntag Nacht jemand durch ihren Garten gelaufen ist. Auf der Suche nach einem offenen Fenster. Fragezeichen."

„Dann soll der Mann im Mantel, den Christa Imhoff um 23 Uhr aus dem Haus kommen sah, einer der Einbrecher gewesen sein? Das kommt mir unwahrscheinlich vor", sagte Klingle. „Junge Leute tragen keine Mäntel."

„Aber auch keine Trachtenjacken", konterte Linda Scholl. „Im Ernst: Frau Imhoff hat vor lauter Angst, dass ihr Mann noch wach ist, so gut wie gar nichts gesehen. Ihr einzig verwertbarer Hinweis ist das defekte Rücklicht am Auto. Ich habe den Radtke vorhin noch schnell angerufen. Der untersucht ja das Lenkrad von Portmanns Wagen. Dessen Rücklicht ist nicht kaputt."

Klingle blieb skeptisch. „Und warum laufen sie nicht weg, als Gerd Imhoff sie überrascht? Am Donnerstag sind sie auch geflohen. Warum schießen sie ihn nieder und bringen ihn auf eine so brutale Art um? Warum haben sie nichts mitgehen lassen? Ihr wisst doch, dass Einbruch und Mord zwei ganz verschiedene Stiefel sind."

„Ja", sagte Neumann, „das wissen wir. Die Tür wird aufgebrochen, man schießt Imhoff junior zwei Kugeln in die Brust, nichts fehlt in der Wohnung, und der Verdächtige trägt einen Mantel. Das alles passt nicht ins Bild. Und doch sollten wir …"

„… die Einbruchstheorie im Auge behalten", schloss Linda Scholl. „Daran können die Kollegen weiterarbeiten. Wir konzentrieren uns auf Portmann."

„Ich habe die Lederjacke angefordert", sagte Neumann. „Es sind Fingerabdrücke dran. Radtke wird zu tun bekommen. Und ihr habt auch zu tun. Machen wir Schluss für heute. Ich danke euch."

Eigentlich haben wir nicht viel mehr zu tun, als unsere Gespräche bei den Imhoffs zu protokollieren, dachte Klingle. Aber wir stehen ja erst am Abend des zweiten Ermittlungstages.

Eigentlich können wir nur darauf warten, dass diese schöne Nora zurückkommt, dachte Linda Scholl, und in der Zwischenzeit so lange die Akten lesen, bis sie uns zum Hals heraushängen. Oder ins Kino gehen und diesen Dracula-Film anschauen. Aber der hatte keine guten Kritiken erhalten.

„Hast du eine Idee, wie wir weitermachen können?", fragte sie Klingle im Gang zwischen ihren Zimmern.

„Ja", antwortete Klingle verschmitzt, „ich gehe jetzt auf einen Sprung ins Bistro, kommst du mit?"

Linda Scholl lachte. „Auf einen Sprung? Und morgen muss ich dich wieder mit meinem Auto herumkutschieren."

„Wohin denn? Die Ermittlungen sind doch festgefahren, Frau Kollegin."

„Du meinst, wir können uns einen Seitensprung leisten?"

Klingle nickte. „Solange bis Radtkes Untersuchungen vorliegen."

„Das kann dauern", sagte Linda Scholl. „Gehen wir los."

*

„Darf ich dir einen Tipp geben?", fragte Klingle auf der Straße.

„Aber sicher."

„Klappere die Autowerkstätten ab. Portmann hätte zwei Tage Zeit gehabt, ein defektes Rücklicht reparieren zu lassen."

„Nicht schlecht", antwortete Linda Scholl, „das wird aber ein kurzer Seitensprung, wenn du mir im gleichen Atemzug solche Aufgaben zuschusterst."

Klingle lachte. „Alles nur Selbstschutz, Frau Kollegin. Und morgen helfe ich dir."

13

Da Andreas Franck noch bis zu seinem Treffen mit Portmann Zeit blieb, hatte er beschlossen, mit dem Auto eine kleine Erkundungsfahrt vorzunehmen, um die Orte der Handlung miteinander zu verbinden. Das Ergebnis der Spritztour war vielleicht nicht besonders originell, aber für jemanden, der die Strecke nicht täglich fuhr, doch überraschend: Von Noras Haarstudio in Leinfelden brauchte man selbst im abendlichen Berufsverkehr nur eine viertel Stunde bis zur Universität Hohenheim, wenn man über Plieningen fuhr und dort die Abkürzung durch die Paracelsusstraße wählte. Etwa genauso lange dauerte die Fahrt von Hohenheim über Birkach bis zur Melonenstraße in Riedenberg. Portmanns Stuttgarter Lebensraum, wenn man das so sagen durfte, schien relativ knapp bemessen zu sein. Allerdings war Portmann aufs Auto angewiesen, wenn er die wichtigsten Stationen, zu denen ja auch Noras Studio gehört hatte, problemlos erreichen wollte. Mit dem öffentlichen Personennahverkehr würde das nicht so schnell gehen.

Franck wusste nicht, ob diese Information für ihn noch einmal wichtig werden sollte. Auf jeden Fall taugte sie, um das Gespräch mit seinem Auftraggeber zu eröffnen.

„Wohnen Sie schon lange hier?", fragte er Portmann, nachdem sie sich begrüßt und die üblichen Höflichkeitsfloskeln ausgetauscht hatten.

Der Hohenheimer Kollege fasste die Frage anscheinend als Kritik auf, denn er beantwortete sie nicht, sondern sagte: „Wir haben noch ein Haus auf La Palma. Dort leben wir in der vorlesungsfreien Zeit."

Schon wieder La Palma, dachte Franck.

„Frau Stadler scheint zur Zeit auch auf La Palma zu sein", bemerkte er.

„Das würde mich nicht wundern", sagte Portmann, „wir haben uns dort kennen gelernt. Schon damals hat sie diese bemerkenswerte Insel geliebt."

„Würden Sie mir von Ihrer Beziehung zu Frau Stadler erzählen?"

Franck trank einen Schluck von dem mit Leitungswasser verdünnten Whisky, den Portmann ihm aufgenötigt hatte. Lieber wäre ihm ein Glas Rotwein gewesen.

„Kein Problem. Sie war frisch mit einem Hans-Jürgen Werner verheiratet, als ich sie 1990 traf. Die beiden hatten sich beim Camping in Österreich kennen gelernt. Nora war so verliebt gewesen, dass sie bereit war, alles für ihren Hans-Jürgen zu tun. Das war wohl ihr Hauptfehler, denn der Mann war ein Patriarch, wie er im Buche steht. Drei Monate vor der Hochzeit ließ er sich vom Jurastudium beurlauben, um in Paris die zu seinem Smoking passenden nachtblauen Lackschuhe zu kaufen. Am Hochzeitsmorgen stand er als Letzter auf. Beim Ankleiden stellte sich heraus, dass er nicht allein in seine neuen Schuhe kam. Nora, schon im ‚kleinen Schwarzen', holte den Schuhlöffel, kniete vor ihm nieder und half ihm in die Schuhe. Das hat sie mir mehr als einmal haarklein erzählt."

Portmann nickte, wie um sich selbst zuzustimmen.

„So ging es nach der Hochzeit weiter. Sie bemühte sich, ihm eine gute Ehefrau zu sein. Sie überschüttete ihn mit Liebe, Zärtlichkeit und Zuneigung. Um Punkt zwölf stand das Essen auf dem Tisch. Er aß nur Fleisch und Kartoffeln, kein ‚Unkraut', wie er Gemüse und Salat nannte. Acht Wochen nach der Heirat musste Hans-Jürgen mit Magenproblemen ins Sanatorium. Kein Wunder bei der Ernährung. Nora nahm ein Darlehen auf, um für ihn die Arztkosten zu bezahlen. Nach seiner Heilung setzte er das Studium nicht mehr fort, sondern arbeitete als Vertreter für Staubsauger. Er kam immer seltener nach Hause, und Nora wurde immer einsamer. Sie fuhr nach La Palma und begann eine Blütentherapie. Dort lernte ich sie kennen. Es war eine glückliche Fügung des Schicksals. Wir haben, wie gesagt, dort bei El Paso ein Haus, und sie lag in El Puerto am Strand und weinte. Gott weiß, warum sie gerade nach La Palma kam. Ich habe sie dann zum Essen eingeladen und zu trösten versucht. Ja, so war das damals. Ich denke oft darüber nach, denn es war auch für mich ein wichtiger Moment im Leben. Sie hätten sie damals sehen sollen, mit ihren

29 Jahren und dem knappen Bikini … Ich bin ja nur 14 Jahre älter als sie. Haben Sie jemals mit einer fremden Frau, die nur einen Bikini trägt, zu Mittag gegessen?"

Franck schüttelte den Kopf.

„Sehen Sie", fuhr Portmann fort. „Das habe ich nie vergessen. Man sagt doch, dass der Augenblick der ersten Begegnung über den weiteren Verlauf der Beziehung entscheidet. Nora und ich – das waren sechs Jahre voller Erotik und Leidenschaft, ja, ich möchte sagen, Lebensgier. Wir haben uns alles genommen, was das Leben zu bieten hat. Rücksichtslos."

„Was ist denn aus diesem Hans-Jürgen geworden?", fragte Franck, ein wenig verwundert, dass Portmann sich so offenherzig zeigte.

„Das ist ja das Tragische", antwortete Portmann. „Er ist ihr damals nachgereist und tauchte plötzlich bei uns auf. Wahrscheinlich brauchte er Geld. Aber dann ist er im Meer ertrunken. Am 11. August, einem Samstag."

„Wie bitte?"

„Ja, Hans-Jürgen kam nicht mehr an Land zurück. Der Atlantik ist dort tückisch, man darf ihn nicht unterschätzen. Ich habe Hans-Jürgen noch gewarnt. Es sterben jedes Jahr auf La Palma Touristen, die sich trotz der Brandung ins Meer wagen. Wir sind am nächsten Tag abgereist."

Portmann starrte an Franck vorbei aus dem Fenster.

Franck räusperte sich. „Erzählen Sie mir von Ihrer Arbeit, Herr Portmann. Pflanzenmedizin – heißt das, Sie stellen aus Pflanzen Medizin her?"

Portmann brauchte ein paar Sekunden, um aus der Vergangenheit wieder aufzutauchen. Dann antwortete er: „Im Gegenteil. Wir behandeln Pflanzen, die nicht gut wachsen, mit Medizin."

„Wie das?", fragte Franck.

„Wissen Sie, dass sich in einem Kubikmeter Mutterboden 20.000 Samen befinden?" Ohne eine Antwort abzuwarten, fuhr Portmann fort. „Aber nicht alle Samen können sich zur Pflanze entwickeln. Wir erforschen, mit welchen Mitteln wir welchem Samen zum Wachstum verhelfen können. Wenn wir so weit sind und es uns gelingt, die Nutzpflanzen zu fördern, dann können wir auch die Schmarotzer ausrotten."

Abrupt wechselte Portmann das Thema. „Nora wollte ein neues Leben beginnen, und ich versuchte ihr dabei zu helfen."

„Haben Sie ihr Geld geliehen, damit sie das Haarstudio eröffnen konnte?"

„Nicht direkt. Sie musste ja ihr Darlehen noch zurückzahlen."

„Was soll das heißen?"

„Das Studio gehört mir."

„Ach so ist das. Sie haben ihr Geld geschenkt. Vor Gericht würde das nicht gut aussehen. Gab es denn da keine Schwierigkeiten, als Sie sich vorigen Monat von ihr trennten?"

„Sollte man meinen, nicht wahr? Aber wir haben uns friedlich geeinigt. Nora ist jetzt Geschäftsführerin. Unsere Beziehung ist nur noch rein geschäftsmäßig."

„Wann waren Sie denn das letzte Mal bei ihr im Studio?"

„Das weiß ich nicht mehr. Auf jeden Fall nicht im Monat April."

„In Noras Terminkalender sind Sie am vergangenen Dienstag als letzter Kunde vermerkt. Carla hat Sie angerufen und den Termin abgesagt."

Portmann nickte. „Sie sind ein guter Detektiv, und ich habe mit Ihnen den richtigen Griff getan. Ja, Carla hat mich angerufen. Aber das war ein Missverständnis. Ich bin im April nach meiner Trennung von Nora nicht mehr in ihrem Studio gewesen. Das können Sie mir glauben. Wahrscheinlich hat Nora meinen Namen nicht ausradiert."

„Sie haben jede Menge Mordmotive", sagte Franck. „Nora wollte sich von Ihnen trennen, und Sie haben aus Eifersucht Ihren Rivalen Gerd Imhoff umgebracht."

„So war es nicht", protestierte Portmann. „Ich kannte Imhoff doch gar nicht. Das wissen Sie doch selbst am besten. Warum sollte ich denn Sie gebeten haben, Noras Freund zu suchen, wenn ich ihn gekannt hätte?"

„Sie wurden erpresst, wie Sie mir selbst berichteten, und haben Ihren Erpresser umgebracht."

„So war es nicht. Bei der Erpressung habe ich mich geirrt. Sie konnten mich überzeugen, dass es gar keine Erpressung war. Wir sind doch überein gekommen, dass Sie darüber schweigen werden."

„Sie haben die Nacktfotos mit einer Widmung Noras, die Sie entlastet hätte, vernichtet."

„Das war eine Dummheit von mir. Aber man will doch solche Fotos nicht überall herumliegen lassen. Sie würden auch so reagieren, Herr Franck, wenn Sie in eine solche Situation geraten."

„Das ist unerheblich. Der Staatsanwalt wird sagen, die Fotos existieren gar nicht. Die haben Sie erfunden. Und damit sind Sie in Noras Hand. Noras Aussage wird über Ihr Leben entscheiden. Da haben Sie sich aber fein in die Nesseln gesetzt."

„Aber es gibt doch das Foto aus der Wohnung von diesem Imhoff. Mindestens eins existiert also."

„Können Sie garantieren, dass keine weiteren Sie belastenden Fotos auftauchen?"

„Garantieren kann ich das nicht."

„Und Imhoffs Blut klebt an Ihrem Mantel."

„Es ist mein Blut, nicht das von Imhoff. Ich habe mich beim Abendessen mit dem Käsemesser geschnitten."

„Ja, essen Sie im Mantel zu Abend?"

„Ich bitte Sie, Herr Franck. So geht es doch nicht weiter. Ich bin unschuldig, und ich möchte, dass Sie meine Unschuld nachweisen."

„Was soll ich denn Ihrer Meinung nach tun?"

„Reden Sie mit meiner Frau. Sie hat mir verziehen, nachdem ich ihr versicherte, dass mit Nora Schluss ist und dass ich mich in einer existentiellen Grenzsituation für sie entschieden habe. Für meine Frau. Reden Sie mit Nora. Nora wird begreifen, wie wichtig ihre Aussage für mich ist. Und gehen Sie zur Polizei mit unserer Trumpfkarte: Ich habe den Ermordeten nicht gekannt, nie gesehen und nie aufgesucht."

„Und natürlich soll ich den wahren Mörder finden", ergänzte Franck.

„Richtig. Erforschen Sie das Leben von diesem Gerd Imhoff;

so lange, bis Sie ein Mordmotiv entdecken, das mit mir nichts zu tun hat."

Franck nickte. „Wie lange, glauben Sie, sind Sie noch auf freiem Fuß?"

14

Es gibt Tage, da steht auch eine Kommissarin morgens mit dem lähmenden Gefühl auf, dass nichts Entscheidendes geschehen und sie am Abend nicht wesentlich klüger wieder ins Bett sinken wird. Und es gibt Tage, wie den 3. Mai 1996, die dieses Gefühl Lügen strafen.

Ein Freitag. Linda Scholl starrte durch ihr Küchenfenster in einen nasskalten Morgen. Auch zur Eröffnung der Freibadsaison am Wochenende würde es regnen. Vor ihr lag die städtische Tageszeitung, der sie mit mäßigem Interesse entnommen hatte, dass die neue baden-württembergische Landesregierung unter dem Ministerpräsidenten Erwin Teufel (CDU) und dem Wirtschaftsminister Walter Döring (FDP) gebildet worden war. Im Bund regierte immer noch Helmut Kohl.

Linda Scholl war eigentlich kein ausgesprochen politischer Mensch. Natürlich würde sie sich am Montag darüber informieren, wie die Volksabstimmung in Berlin und Brandenburg über eine Fusion der beiden Länder ausgegangen war. Aber Wahlkämpfe und Regierungsneubildungen interessierten sie nicht sonderlich. Vielleicht hatte sie doch den Rückzug ins Private mit vollzogen, den die Menschen in der DDR nach dem Mauerbau angetreten hatten.

Nein, dachte sie. Ich bin 44 Jahre alt und lebe seit 35 Jahren im Westen.

Aber ich weiß, dass die „Süd-Rabauken" ein Fan-Club von Carl Zeiss Jena sind und dass sich unter ihren Mitgliedern rechtsradikales Gedankengut breitmacht. Rudi Klingle hat das nicht gewusst. Wir helfen uns gegenseitig, arbeiten gut zusammen und gehen am Abend miteinander Wein trinken. Ich lebe allein; er ist ein Jahr jünger als ich, hat eine Frau und zwei Kids, die am Dienstag wieder erst gegen Mitternacht nach Hause gekommen sind. So ist das.

Sie faltete die Zeitung zusammen, trank den letzten Schluck Kaffee und seufzte. Am Abend würde ihr eine neue Zusammenkunft mit den Nachbarn in Sachen Dachsanierung bevorstehen. Tagsüber würde sie endlose Telefongespräche führen, um die Werkstatt zu finden, bei der Portmann sein Auto pflegen ließ. Ihn selbst fragen konnte sie nicht, nachdem er mit ihnen nur noch im Beisein eines Anwalts reden wollte. Den anfangs guten Kontakt zu Portmann hatte sie selbst mit ihren kecken Bemerkungen zerstört. Aber die Polizei war nicht dazu da, Tatverdächtige mit Samthandschuhen anzufassen. Portmann hatte angefangen abzublocken, als sie von Erpressung sprach. Das würde sie sich merken.

Vor dem Spiegel im Flur presste sie ihre Lippen zusammen und strich sich durchs Haar. Sie schlüpfte in dieselben Schuhe wie am Vortag und nahm den Anorak von der Garderobe. Man konnte nie wissen, ob nicht doch ein Außeneinsatz nötig wurde. Nicht jede Werkstatt erteilte Auskünfte am Telefon. Im Auto legte sie sich eine Strategie zurecht. Portmann fuhr einen BMW. Sie würde mit den Vertragswerkstätten beginnen und dann eventuell denjenigen Car Service anrufen, der in der Nähe von Portmanns Wohnung lag.

*

Andreas Franck saß in seiner Degerlocher Wohnung am Schreibtisch und starrte auf das Telefon. Er hatte einen richtigen Klienten, Professor Dr. Peter Portmann, und hielt diesen für unschuldig. Wenn Portmann den Mord an Gerd Imhoff geplant hätte, ja, selbst wenn er nur in die Wohnung hätte einbrechen wollen, um das kompromittierende Foto zu stehlen, dann hätte er Franck nicht von der Erpressung berichtet. Genauer gesagt, von seinem Verdacht, erpresst zu werden.

Portmann kannte den Toten gar nicht. Sonst hätte er Franck nicht darum gebeten, nach einem Freund Noras zu suchen. Aber das alles konnte Franck der Kommissarin Scholl nicht auftischen. Er durfte nichts über eine mögliche Erpressung sagen, sonst würde er der Polizei ein Mordmotiv liefern. Auf dem silbernen Tablett. Er musste seinen Klienten schützen, der schon tief genug in der Tinte steckte. Aber er musste der Kommissarin gegenüber begründen, warum Portmann ihn beauftragt hatte, nach einem unbekannten Freund Ausschau zu halten. Und wenn er die Erpressung nicht erwähnen durfte, gab es keinen stichhaltigen Grund dafür, dass Portmann ihn engagiert hatte. Die ganze Sache war irgendwie verfahren, wie immer, wenn sich Franck in die Welt der Kriminalistik einmischte.

Ich hätte die Finger davon lassen sollen, dachte er. Aber jetzt ist es zu spät. Ich habe Portmann meine Hilfe zugesagt.

Er nahm den Hörer ab und wählte die Nummer des LKA, die er sich am Vorabend auf einem Zettel notiert hatte. Als er noch glaubte, der Auftrag sei leicht zu erledigen.

*

Linda Scholl ließ es viermal klingeln, bis sie sich meldete.

„Ein Dr. Franck möchte Sie sprechen", sagte die Dame in der Vermittlung. „Ausdrücklich Sie, Frau Kommissarin. In einer dienstlichen Angelegenheit. Wollen Sie das Gespräch übernehmen?"

„Stellen Sie es durch."

Andreas, dachte Linda Scholl. Schon ewig nichts mehr von dir gehört. Der rief nicht nur zum Spaß an. Wahrscheinlich würde er es auf die forsche Art versuchen, wie immer. Aber sie war ihm noch etwas schuldig. Er war es gewesen, der ihr vor drei Jahren in den Südtiroler Bergen das Leben gerettet hatte. Am besten schlug sie selbst einen leichten Ton an.

„Hallo, Andreas, ich unternehme keine Bergtouren mehr."

Sie hörte ihn lachen. „Das habe ich auch nicht erwartet", antwortete er. „Ich möchte eine Aussage im Mordfall Imhoff machen."

Linda Scholl zog die Augenbrauen hoch. „Woher kennst du denn den Namen des Toten? Der ist bis jetzt öffentlich nicht freigegeben."

„Tja", antwortete Franck, „du weißt doch, ich höre die Flöhe husten." Er räusperte sich. „Nein, im Ernst, Portmann ist mein Klient, und ich kann bestätigen, dass er diesen Gerd Imhoff gar nicht gekannt hat."

„Erzähle deine Geschichte von Anfang an, Andreas", sagte Linda Scholl, zog die Schreibtischschublade auf und schaltete das Aufnahmegerät ein.

„Ich nehme an, das Gerät läuft mit", antwortete er, „und Druberg muss die Aussage abschreiben. Ich grüße Sie, Herr Kriminalobermeister. Mein Name ist Dr. Andreas Franck; Franck mit ck, wie der Stuttgarter Buchhändler im Vormärz, der an der württembergischen Militärverschwörung beteiligt war. In meinen Adern fließt aufmüpfiges Blut. Ich bin außerplanmäßiger Professor für neuere Geschichte an der Universität Stuttgart und Lehrbeauftragter an der Landwirtschaftlichen Hochschule Hohenheim. Nicht Höhenheim, sondern Hohenheim."

„Jetzt reicht es, Andreas", warf Linda Scholl ein. „Druberg gehört diesmal nicht zu unserem Team." Franck fuhr unbeirrt fort.

„Am 24. April, einem Mittwoch, beauftragte mich mein Hohenheimer Kollege, Professor Dr. Peter Portmann, mit der Vertretung seiner Interessen. Er ist verheiratet und hatte sechs Jahre lang eine Geliebte namens Nora Stadler, von der er sich Anfang April gütlich trennte. Er wollte, dass ich für ihn herausbekomme, ob Frau Stadler einen neuen Freund hat. Am 2. Mai, also gestern, besuchte ich Noras Haarstudio und erfuhr von einer Angestellten, dass ein gewisser Gerd Imhoff am 25. April immer wieder mit Nora Stadler telefonierte. Diese Information gab ich meinem Klienten Portmann telefonisch weiter. Der Name sagte ihm nichts. Aber er wusste aus der Zeitung, dass Nora Stadlers Freund ermordet worden war, und er schloss daraus, dass es sich dabei um diesen Gerd Imhoff handeln musste. Ich kann also bestätigen, dass Portmann den Ermordeten nicht kannte und deshalb auch kein Motiv haben konnte, ihn umzubringen. Stuttgart, den 3. Mai 1996. Gezeichnet, Unterschrift."

„Ist das alles, was du zu sagen hast?", fragte Linda Scholl. „Es klingt wie auswendig gelernt. Da sind noch ein paar Fragen zu stellen."

„Das ist alles", bestätigte er.

„Warum interessiert sich Portmann denn so sehr für seinen Nachfolger bei Frau Stadler, wenn er sich im Einvernehmen mit ihr getrennt hat? Warum nimmt er denn gleich an, dass ein hartnäckiger Telefonanrufer der neue Freund ist? Und dass es der Anrufer ist, der drei Tage später ermordet wurde? Hast du darauf Antworten?"

„Nicht direkt", antwortete Franck, „auch wenn Portmann Interesse an seinem Nachfolger zeigt, bleibt es doch wahr, dass er dessen Namen erst vier Tage nach dem Mord erfahren hat. Und das ist der Kern meines Statements. Ob zwischen Imhoffs Anruf und seinem Tod ein innerer Zusammenhang besteht, solltet ihr herausbekommen."

„Du musst deine Aussage unterschreiben", sagte Linda Scholl. „Komm heute Nachmittag um 16 Uhr. Ich stelle jetzt das Gerät ab."

„Ich bin pünktlich. Treffen wir uns mal wieder auf ein Glas Wein? Vielleicht zusammen mit Conny und Antje? Erinnerungen auffrischen?"

„Im Prinzip gern", antwortete Linda Scholl, „aber nicht, solange du in dem Fall Imhoff drinsteckst. Du würdest mich doch nur aushorchen wollen."

„Verstehe. Mit Zeugen verkehrst du nur dienstlich. Kannst du mich wenigstens einladen, wenn ihr eine Pressekonferenz abhaltet?"

„Das ließe sich wohl verantworten, wenn du mir sagst, für welche Zeitung du schreibst."

„Für den *Uni-Kurier*", antwortete Franck, „und jetzt lasse ich dich weiter ermitteln. Und bitte in alle Richtungen. Portmann ist unschuldig."

15

Hauptkommissar Kurt Neumann nahm den Bericht mit den Ergebnissen der Tatortuntersuchung entgegen, der ihm von einer Sekretärin hereingereicht wurde. Es war kurz vor elf Uhr. Dr. Radtke hatte sich beeilt, und er drückte sich gelehrt wie immer aus. Was ein Normalsterblicher Fingerabdruck nannte, war für den Leiter des Instituts für Rechtsmedizin eine daktyloskopische Spur. Und wie immer würzte Radtke seinen Bericht mit Ausführungen, die für einen Kommissar, der seit zwölf Jahren solche Berichte las, inzwischen zu den Selbstverständlichkeiten gehörten.

„Eine daktyloskopische Spur", dozierte Radtke, „besteht zu 97 bis 99 Prozent aus Wasser, im Rest befinden sich Aminosäuren und Eisenbestandteile. Untersucht wurden drei Objekte, wobei – je nachdem, ob es sich um saugende oder nicht saugende Oberflächen handelt – unterschiedliche Methoden zur Anwendung kamen.

1. Die aufgeraute Lederjacke besitzt saugende Oberflächen. Diese bestrichen wir mit einer Ninhydrin-Lösung, die Bestandteile des Schweißes, insbesondere der Aminosäuren, zum Vorschein bringt. Gesichert wurden mehrere daktyloskopische Spuren zweier Menschen, vermutlich die einer Frau und die eines Mannes.

2. Die abmontierte Kunststoffverkleidung des Lenkrads" – Radtke meinte Portmanns BMW – „gehört zu den nichtsaugenden Oberflächen. Der Kunststoff wurde mit Cyanacrylat bedampft." Neumann wusste, dass es sich dabei um einen erhitzten Sekundenkleber handelte. „Schon nach wenigen Minuten zeigte sich ein Erfolg: Die Verkleidung ist übersät mit Fingerbeeren.

3. Auch die Badewanne in der Wohnung des Toten gehört zu den nicht saugenden, glatten Oberflächen. Sie ist sorgfältig, aber nicht gründlich genug abgewischt worden. Die Oberkante der Wanne wurde mit Rußpulver, welches mit Stärke vermischt worden war, bestrichen. Dazu verwendeten wir einen Zephirpinsel. Das Pulver blieb an den Rückständen einer Spur

hängen, und diese wurden mit einer Folie abgezogen. Es handelt sich ohne Zweifel um dieselbe Spur wie auf dem Lenkrad des BMWs. Zu den Spuren auf der Lederjacke gibt es am Lenkrad und im Bad keine Parallelen."

Neumann legte den Bericht auf den Schreibtisch zurück. Aus Erfahrung wusste er, dass Mordfälle, die man glaubte, schnell aufklären zu können, zumeist noch für Überraschungen gut waren. Aber so, wie die Dinge jetzt lagen, blieb ihm keine Wahl. Er musste handeln.

Da Linda Scholl schon seit Stunden ununterbrochen telefonierte, stand Neumann auf, umkurvte den Schreibtisch, verließ sein Zimmer und betrat das Zimmer der Kollegin ohne anzuklopfen. Linda Scholl hob den Kopf, nickte und beendete mit wenigen Worten das Telefongespräch.

„Portmanns Fingerabdruck befindet sich auf der Badewanne des Ermordeten", sagte er, „er muss sofort verhaftet werden."

„Ach nein", wunderte sich Linda Scholl, „weißt du, mit wem ich vorhin telefoniert habe? Dr. Andreas Franck. Er bezeugt, dass Portmann Imhoff nicht gekannt hat. Franck hat Portmann unter seine Fittiche genommen. Portmann ist Francks Klient."

Neumann schüttelte den Kopf. „Wir haben den Gegenbeweis. Portmann war in Imhoffs Wohnung. Also muss er ihn gekannt haben. Portmann oder Franck: Einer von beiden lügt. Wir können keine Rücksicht auf Francks Verdienste nehmen. Ich schicke zwei Beamte hin, um Portmann zu verhaften. Bereite du bitte zusammen mit Rudi das Material für den Oberstaatsanwalt vor. Wie ich ihn kenne, wird er noch heute eine Pressekonferenz abhalten wollen. Wo steckt Rudi überhaupt? Ich habe ihn heute noch nicht gesehen."

„Er ist im Außendienst; klappert Werkstätten ab, die Portmanns Auto repariert haben könnten. Es geht um das defekte Rücklicht. Du glaubst nicht, wie viele Personen sich weigern, am Telefon Auskunft zu geben. Ist ja eigentlich ein gutes Zeichen, erschwert aber unsere Arbeit enorm."

„Kannst du ihn telefonisch erreichen? Er sollte spätestens in einer Stunde zurück sein."

*

Kriminalkommissar Rudolf Klingle hielt vor der BMW-Niederlassung in Vaihingen und suchte nach dem Eingang zur Kfz-Werkstatt. Repräsentativ und dominant erstreckten sich vor ihm der Pavillon mit den fabrikneuen Limousinen und das Areal mit den billigeren Jahreswagen, die seit einiger Zeit mit deutlich erotischem Anklang „Junge Gebrauchte" genannt wurden. Es war die letzte Adresse auf Klingles Liste. Die anderen drei „Car Center" führten keinen Portmann unter ihren Kunden.

Schließlich fand Klingle einen zweiten Glaskasten, trat ein und legte wortlos seinen Ausweis auf den Tresen.

„Kriminalpolizei. Ich würde gern mit dem Verantwortlichen hier sprechen", sagte er zu der jungen Sekretärin, die an ihrem Schreibtisch damit beschäftigt war, auf den Bildschirm eines PCs zu starren.

„Sie meinen unseren Werkmeister, Herrn Herbstreit", antwortete diese und griff zum Telefonhörer.

„Sehr freundlich von Ihnen", meinte Klingle, „es wird auch nicht lange dauern."

Die Tür zur Werkshalle öffnete sich, und ein mittelgroßer Mann in blauem Overall erschien. Er ging schweigend zur Theke, wischte sich die Hände an der Arbeitskleidung ab und studierte sorgfältig Klingles Ausweis.

„Mein Name ist Herbstreit. Was können wir für Sie tun, Herr Kommissar?"

Er gab Klingle nicht die Hand.

„Ich wüsste gern, ob ein Dr. Peter Portmann zu Ihren Kunden gehört, und ob er in den letzten Tagen seinen BMW zur Reparatur gebracht hat."

„Müssen wir Ihnen in dieser Angelegenheit Auskunft erteilen? Es gibt doch schließlich einen Datenschutz."

Klingle hatte diese Bemerkung heute morgen schon drei Mal gehört.

„Sie müssen", sagte er ruhig. „Es geht um einen Mordfall. Ich kann Sie auch ganz offiziell ins Landeskriminalamt vorladen lassen. Dort werden Sie über Ihre Rechte und Pflichten belehrt. Das kostet Sie einen halben Arbeitstag. Jetzt wären wir in fünf Minuten fertig."

Die Sekretärin bekam große, runde Augen.

„Fräulein Steinbeis", sagte der Werkmeister, „geben Sie dem Herrn Kommissar die gewünschten Informationen." Und an Klingle gewandt: „Mich müssen Sie bitte entschuldigen. Meine Arbeit ruft."

„Na, der ist aber zugeknöpft", bemerkte Klingle, als Herbstreit den Raum verlassen hatte. „Vielleicht hätten wir das gleich unter uns regeln sollen, nicht wahr?"

„Ich kenne den Herrn, Herr Kommissar", sagte die Sekretärin eifrig. „Da brauche ich gar nicht erst in den PC zu schauen. Er ist ein alter Kunde von uns. Herr Professor Portmann hat sich ziemlich wichtig gemacht. Er wollte, dass wir seinen Rückfahrscheinwerfer sofort reparieren, als er am Montag kam. Wir konnten es nur mit Mühe reinschieben. Er hat hier gewartet, bis wir fertig waren. Ein aufdringlicher Mensch. Dauernd hat er mich angestarrt, so dass ich gar nicht weiterarbeiten konnte."

„Na ja", antwortete Klingle, „es wird nicht der erste Mann gewesen sein, der Sie angestarrt hat. So, wie Sie aussehen. Und wenn er sitzt, dann hat er doch vor lauter Tresen nur Ihren Kopf im Blick."

Die Sekretärin wurde ein bisschen rot. „Er ist ein attraktiver Mann", gab sie zu.

„Am Montag, also am 29. April?", fragte Klingle.

Die Sekretärin nickte.

„Und was ließ er reparieren? Das Rücklicht?"

„Nein, nicht das rote Rücklicht, sondern den linken weißen Rückfahrscheinwerfer. Ich weiß gar nicht, warum das für ihn so wichtig war. Es fahren viele mit defektem Licht herum. Selbst die Polizei ist da recht großzügig."

„Sie sind eine Perle, Frau Steinbeis. Sie dürfen Ihre Aussage vor Gericht wiederholen. Vor richtig vielen Leuten."

„Komme ich dann in die Zeitung?"

Klingle nickte. „Aber zunächst brauche ich noch Ihren Vornamen; für das Protokoll." Er zog theatralisch einen Notizblock aus dem Jackett.

„Inge Steinbeis. Ich gebe Ihnen auch gleich meine Telefonnummer."

„Wahrscheinlich werden Sie fotografiert; bei wichtigen Zeugen ist das so üblich. Gehen Sie vorher in Noras Haarstudio und lassen sich frisch frisieren, ziehen Sie Ihr schönstes Kleid an und sagen Sie dem Richter, dass an Portmanns BMW nicht das Rücklicht, sondern der Rückfahrscheinwerfer repariert wurde. Am nächsten Morgen steht Ihre Aussage in allen Zeitungen. Als ein wichtiger Beitrag zur Urteilsfindung."

„Von Noras Haarstudio habe ich schon gehört", sagte die Sekretärin. „Professor Portmann hat es mehrfach erwähnt. Ich solle doch einmal dort vorbeischauen, sagte er. Aber das ist ein Männersalon, soviel ich weiß. Glauben Sie, dass auch die *Bildzeitung* über mich berichten wird?"

„Das ist anzunehmen", bestätigte Klingle. „Wissen Sie noch, wann Professor Portmann Ihnen vorgeschlagen hat, das Haarstudio zu besuchen?"

„Das war am Montag, als er hier wartete. Er schlug mir vor, am Dienstag nach der Arbeit zu kommen. Ich habe natürlich abgelehnt."

16

In dem Konferenzraum des LKA hatte Franck schon einmal gesessen. Das war vor ziemlich genau elf Jahren und ebenfalls bei einem Pressegespräch gewesen. Das Zimmer befand sich gleich im Erdgeschoss, so dass man die komplizierten Sicherheitsvorkehrungen, die für den Eintritt in das Innere des Gebäudes vorgesehen waren, nicht über sich ergehen lassen musste. Franck legte der Dame am Empfang lediglich seinen Ausweis vor; sie schaute in eine Liste und nickte ihm zu. Er war angemeldet; und das hatte Linda Scholl besorgt, nachdem sie ihm mitgeteilt hatte, dass sein Klient, Professor Dr. Peter Portmann, verhaftet worden war. Franck wunderte sich eigentlich nicht darüber, aber er war gespannt darauf, was man öffentlich gegen Portmann vorbringen würde.

An den im Quadrat aufgestellten Tischen saßen schon etwa zehn Personen, vermutlich die Gerichtsreporter der städtischen und der überregionalen Presse. Franck setzte sich auf den hintersten Stuhl an der linken Seite, von dem er den Raum überblicken konnte, ohne den Hals zu verdrehen.

Ein hagerer Mann, der etwa vierzig Jahre alt sein mochte, fiel ihm auf. Der Mann wippte ungeduldig mit seinen Füßen und malte einen Kringel nach dem anderen auf den vor ihm liegenden Notizblock.

Um Punkt 14 Uhr betraten drei Personen den Raum. Franck kannte zwei von ihnen. Hauptkommissar Kurt Neumann trug immer noch seinen unscheinbaren Einreiher und behielt auch das Jackett zugeknöpft, nachdem er sich an der Stirnseite niedergelassen hatte. Franck musste lächeln. Er hatte nichts anderes erwartet. Kriminalkommissarin Linda Scholl verbreitete in ihrem schwarzen Hosenanzug den Eindruck von Kompetenz und Sicherheit. Franck fragte sich, ob sie sich schon am Morgen so elegant auf den Weg gemacht hatte. Die Kommissarin nahm an der Seite Neumanns Platz, schlug die Beine übereinander und blickte interessiert in die Gesichter der Anwesenden. Als sie Franck erkannte, nickte sie ihm lächelnd zu.

Die dritte Person umrundete mit eiligen Schritten das Karee und schüttelte jedem Anwesenden die Hand – eine Prozedur, die in dem engen Raum recht geräuschvoll ausfiel, da die meisten Männer aufzustehen versuchten. Franck blieb sitzen. Nachdem er das Schaulaufen beendet hatte, setzte sich Oberstaatsanwalt Heinz Schmidt neben Neumann an den Tisch, zog an seiner Krawatte und begann zu sprechen.

„Meine …" – er legte eine Kunstpause ein, um sich die Aufmerksamkeit aller Anwesenden zu sichern – „Damen und Herren!"

Die Tür öffnete sich, und eine Frau in Jeans und schwarzer Lederjacke trat ein. Schmidt unterbrach sich und wartete, bis die Journalistin Platz genommen hatte. Franck kannte sie, und er hielt den Atem an. Es war Petra Giseke. Vor drei Jahren, als er zuletzt von ihr gehört hatte, arbeitete sie immer noch bei der *Darmstädter Rundschau*. Vor elf Jahren hatten sie in diesem

Raum bei einer denkwürdigen Pressekonferenz nebeneinander gesessen. Aber da kriselte es schon zwischen ihnen, und es dauerte nicht mehr lange, bis ihre Beziehung zu Ende ging.

Petra, dachte er, ich kann doch nicht einfach so tun, als hätten wir uns nie gesehen.

„Meine Damen und Herren", begann Oberstaatsanwalt Schmidt erneut. „Wir haben Sie hergebeten, um Ihnen wichtige Informationen im Birkacher Mordfall mitzuteilen. Der Ermordete heißt Gerd Imhoff, ist 33 Jahre alt und von Beruf Journalist. Wir konnten heute morgen eine der Tat dringend verdächtige Person festnehmen. Es ist Professor Dr. Peter Portmann. Er arbeitet in der agrarwissenschaftlichen Fakultät der Universität Hohenheim."

Franck runzelte die Stirn. Dass der Oberstaatsanwalt Portmanns Namen öffentlich bekannt gab, hatte er nicht erwartet. Die Ermittler mussten sich ihrer Sache ziemlich sicher sein. Franck blickte zu Neumann hinüber. Der Kommissar saß mit unbeweglicher Miene auf seinem Platz. Linda Scholl zog ihre Mundwinkel herab und verfolgte im Übrigen anscheinend gleichmütig das Geschehen.

„Meine Damen und Herren", fuhr der Oberstaatsanwalt fort. „Dies ist eine Presseerklärung, die Sie auch schriftlich erhalten werden. Der Tatverdächtige hat für die Todeszeit Imhoffs, also für den 28. April, 23 Uhr, kein Alibi.

An seinem Mantel konnten Imhoffs Blutspuren gesichert werden. Die Mutter des Toten bezeugt, dass ein Mann in Portmanns Auto am 28. April gegen 23 Uhr einen Parkplatz vor ihrem Haus verließ. Im Badezimmer Imhoffs befindet sich ein Fingerabdruck Portmanns. Diese Indizien sind so erdrückend, dass der Untersuchungsrichter einer Verhaftung Portmanns zugestimmt hat."

Ein Fingerabdruck Portmanns in Imhoffs Badezimmer? Franck brauchte ein paar Sekunden, um diese Nachricht zu verdauen.

Mein Mandant hat mich belogen, dachte er dann. Von Anfang an; seit unserem Gespräch in der Cafeteria. Portmann kannte Imhoff.

„Woran hat Imhoffs Mutter den Wagen Portmanns identifiziert?", fragte einer der Anwesenden.

„Wir beantworten normalerweise keine Fragen, die die Presseerklärung erläutern", sagte Schmidt. „Aber in diesem Fall kann ich eine Ausnahme machen: an einem defekten Rückfahrscheinwerfer."

Petra Giseke hob ihre Hand. „Steht auf Portmanns Fingerabdruck auch ein Datum?"

Schmidt musterte die Fragestellerin schweigend. Dann entschloss er sich doch zu einer Antwort. „Der Fingerabdruck befindet sich auf der Badewanne, in der Imhoff ertränkt wurde."

Der hagere Mann hob seinen Blick von dem vollgekringelten Notizbuch. „Können Sie uns etwas über das Mordmotiv sagen?"

„Nein", antwortete Schmidt nach kurzem Zögern, „die Ermittlungen sind ja noch nicht abgeschlossen."

„Sie dürften doch kein Interesse daran haben, dass in der Öffentlichkeit wilde Spekulationen kursieren", fasste der Mann nach. Er wippte weiterhin mit beiden Fußspitzen auf dem Boden.

„Nach dem jetzigen Stand der Ermittlungen handelt es sich anscheinend um eine Eifersuchtsgeschichte", sagte Schmidt. „Sie ziehen mir aber alle Würmer aus der Nase." Er stand auf. „Die Pressekonferenz ist beendet."

Die Anwesenden erhoben sich; man sprach ein paar Worte mit dem Nachbarn, war aber bestrebt, schnell in die Redaktionen zurückzukehren.

„Hallo Petra", sagte Franck, als er vor ihr stand. Sie hatte offenbar auf ihn gewartet. „Was machst du denn hier?" Etwas Besseres zur Begrüßung fiel ihm nicht ein.

„Das wollte ich dich auch grad fragen", antwortete sie. „Imhoff hat für die *Rundschau* gearbeitet."

Warum soll ich es ihr nicht sagen, dachte er.

„Portmann ist mein Mandant. Ich bin von ihm engagiert worden, um seine Unschuld zu beweisen."

„Das wird dir aber schwerfallen."

Franck holte tief Luft. „Damals, das war nicht so ganz gut von mir. Es hätte noch mit uns weitergehen können."

„Ich habe auch nicht alles richtig gemacht", antwortete sie.

„Danke", sagte Franck und meinte es ernst. „Hast du einen Tipp für mich?" Er blickte sich um. Sie standen allein im Raum.

„Fang du an", forderte sie ihn auf.

„Das Blut an Portmanns Mantel kann auch von ihm selbst stammen. Er hat dieselbe Blutgruppe wie Imhoff. Sie haben es anscheinend versäumt, die Untergruppen zu bestimmen."

Petra zog die Augenbrauen hoch. „Was willst du wissen?"

„Hat Imhoff für euch an einer bestimmten Story gearbeitet?"

Sie nickte. „Es ging um die Gentechnik. Und um die Forschungen an der Uni Hohenheim. Aber er war noch nicht so weit, um etwas veröffentlichen zu können."

„Danke", sagte Franck ein zweites Mal. Und dann fügte er hinzu: „Neun Jahre sind eine lange Zeit."

„Ja", antwortete Petra Giseke, „aber ich habe weiterhin nichts dagegen, dass du mir deine Informationen exklusiv zukommen lässt."

Franck grinste. „Aus alter Freundschaft?"

„Aus alter Freundschaft", bestätigte sie und verließ den Raum.

Franck schaute ihr mit gemischten Gefühlen hinterher. Erleichterung breitete sich in ihm aus; darüber, dass es ihm wenigstens im Ansatz gelungen war, sich zu entschuldigen. Und dass sie ihm entgegengekommen war. Kein Streit mehr. Damit konnte man leben. Vielleicht sogar wieder zusammen arbeiten. Die rote Lederjacke trug sie nicht mehr. Sonst hatte sie sich kaum verändert.

Aber Portmann hatte ihn belogen. Es war unerheblich, von wann der Fingerabdruck stammte. Portmann war in Imhoffs Wohnung gewesen. Also kannte er ihn.

Ich werde mein Mandat niederlegen, dachte Franck. Ich kann doch nicht einen Mann vertreten, der mich belügt. Mindestens brauche ich Zeit zum Nachdenken. Ich muss ihn fragen, was er sich dabei gedacht hat.

Vor dem Konferenzraum wartete Linda Scholl auf ihn. Auch das noch. Am liebsten wäre Franck im Boden versunken.

„Hallo, Andreas", sagte sie, „kanntest du die Journalistin?"

„Von früher", antwortete er ausweichend. „Anscheinend gibt es hier heute ein Veteranentreffen."

„Fühlst du dich so alt?", fragte Linda Scholl.

„Steinalt und reingelegt", sagte er. „Aber du bist die blühende Jugend."

„Selbst wenn du am Abgrund stehst, kannst du noch Komplimente machen", antwortete sie, „das gefällt mir an dir."

„Ich stehe nicht am Abgrund", sagte er trotzig. „Portmann ist unschuldig, auch wenn er mich anscheinend belogen hat. Das kläre ich noch mit ihm."

Vor zwei Minuten hätte er Portmann noch auf den Mond schießen können, jetzt begann er schon wieder, ihn zu verteidigen.

„Ja, ja. Willst du deine Aussage immer noch unterschreiben?"

„Natürlich", antwortete Franck. „Ich stehe zu ihr, trotz des Fingerabdrucks. Wer weiß, was ein guter Verteidiger daraus macht. Noch habt ihr nicht gewonnen."

„Es geht nicht um Gewinnen und Verlieren, Andreas. Es geht um die Wahrheit, das weißt du. Wir suchen sie, genauso, wie du sie suchst."

„Ist das ein Angebot zur Zusammenarbeit?"

Linda Scholl beantwortete diese Frage nicht. Aber sie ließ nicht locker.

„Warum hat Portmann dich engagiert?"

„Ich weiß es nicht", antwortete er. „Das ist auch die Wahrheit."

„Hast du dir schon einmal durch den Kopf gehen lassen, dass Portmann Imhoff umgebracht und dich schon vorher als Entlastungszeugen eingeplant hat?"

Franck schüttelte den Kopf. „Nein, das kann nicht sein."

„Es fällt jedem schwer, einen Fehler einzugestehen", sagte Linda Scholl.

„Nein", wiederholte Franck, „Portmann ist unschuldig. Das werde ich euch beweisen."

„Du musst alle deine Karten aufdecken, Andreas. Portmann steht unter Mordverdacht. Du machst dich mitschuldig, wenn du uns wichtige Informationen verschweigst."

„Gehen wir ein paar Schritte?", fragte er. „Ich muss nach-denken."

Ich weiß nicht, wie ich mich verhalten soll, dachte er. Port-mann ist ein Lügner. Warum soll ich ihn weiterhin schützen? Portmann ist mein Klient, und deshalb hat er Anspruch auf meine Unterstützung. Aber ich mag es nicht, wenn man mich belügt. Aber ich kann ihn jetzt doch nicht einfach fallen lassen.

Franck blieb stehen. Sie waren in der Vorhalle auf und ab marschiert, wie zwei Wachen vor einem Sitz der Regierung. Linda Scholl hatte geduldig geschwiegen.

„Bei unserer ersten Begegnung sagte Portmann mir, dass er von einem Unbekannten erpresst werde. Der habe ihm zwei Nacktfotos geschickt. Portmann glaubte, dass Nora dahinter steckt, oder ein Komplize von ihr. Ich sollte den Komplizen finden. Die Nacktfotos hat Portmann leider zerrissen."

„Danke", sagte Linda Scholl. „Ich sehe ein, dass es dir schwerfällt, uns ein Mordmotiv zu schenken. Portmann hat Imhoff umgebracht, weil er von ihm erpresst wurde. So etwas Ähnliches kam mir schon in den Sinn. Als ich ihm gegenüber das Thema Erpressung anschlug, hat er plötzlich die Klappe zugemacht."

„Gib mir auch einen Tipp", bat Franck.

Linda Scholl zögerte, suchte nach einer unverbindlichen For-mulierung.

„Oberstaatsanwalt Schmidt gab sich doch ausgesprochen redselig", sagte sie dann.

Franck war enttäuscht. „Ist das alles? Soll ich etwa euren Staatsanwalt ausleuchten?"

„Nein, das nicht. Ich meine nur, dass er alles gesagt hat, was wir wissen."

„Wirklich alles?"

„Schau dir die Zeitungen aus der letzten Woche an. Es gab eine Serie von Einbrüchen in Stuttgart." Die Kommissarin reich-te Franck die Hand. „Lass uns den Fall schnell lösen, damit wir wieder zusammen ins Bistro gehen können. Dein Heil hängt doch nicht von der Unschuld Portmanns ab."

„Mein Heil nicht, aber meine Selbstachtung. Ich lasse mich nicht gerne instrumentalisieren."

Linda Scholl seufzte. „Ich gebe dir noch einen Tipp. Unterschreibe deine sogenannte Zeugenaussage lieber nicht. Und grüße mir deine Elke."

17

Andreas Franck stand in seiner Degerlocher Wohnung am offenen Fenster und schaute in den Regen, der schnurgerade aus den schwarzgrauen Wolken herabfiel. Es war windstill und relativ warm; der Frühsommerregen würde alle jungen Frauen, die sich ihm ohne Schirm auslieferten, auf natürliche Weise verschönern – mit Ausnahme derjenigen, die gar nicht mehr schöner werden konnten. Wie etwa Elke Simon.

Franck kannte Elke schon seit 1980. Damals saß sie als dreißigjährige Witwe mit zwei halbwüchsigen Kindern in einem viel zu großen Haus, und Franck versuchte den mysteriösen Tod ihres Mannes aufzuklären. Keine gute Konstellation für den Anfang einer lebendigen Beziehung, obwohl sie beide bereit gewesen waren, mit fliegenden weißen Fahnen alle Barrieren zu überwinden. Fünf Jahre später war Franck in einer existentiellen Grenzsituation ganz einfach bei Elke in Heidelberg aufgetaucht, und sie hatte ihn empfangen, als sei er schon immer bei ihr gewesen. Doch waren beide noch anderweitig gebunden, und ihre zweitägige Begegnung blieb nur eine Verheißung auf ein neues, zukünftiges Leben. Diese gemeinsame Zukunft hatte vor drei Jahren überraschend begonnen, und Franck fragte sich immer noch, wie es sein konnte, dass die Romanzen aus den Trivialromanen bei ihnen beiden Wirklichkeit wurden. Dreizehn Jahre hatten sie sich Zeit gelassen, andere Beziehungen ausprobiert und schließlich doch zueinander gefunden. Als seien sie füreinander bestimmt gewesen. Aufbewahrt worden für dieses neue Leben. Aber nein, so etwas gab es nicht, so etwas durfte man nicht einmal in Erwägung ziehen. Nein, man konnte zwar im Restaurant einen Zweiertisch fürs Abendessen bestellen, aber es gab keine Instanz, bei der man die gemeinsame Zukunft mit der Geliebten reservieren konnte.

„Haben sich die Herrschaften schon entschieden?"

„Ja, wir hätten übermorgen gern zweimal die Heiße Liebe."

Franck schloss das Fenster. In ihm war Freude, wie immer, wenn er sich mit Elke am Wochenende traf. Alle Sorgen des Alltags traten in diesen Stunden und Tagen zurück. Auch die Kränkung, die ihm Portmann zugefügt hatte. Nein, nicht alle Sorgen. Er lebte mit Elke nicht im Märchenland. Mit ihrem Sinn für das Realistische hatte Elke ihm schon in manchen schwierigen Situationen geholfen. Und er wusste ihre Ratschläge zu schätzen. Er würde mit ihr über seine Verwicklung in den Fall Portmann sprechen. Doch zunächst stand ein Abendessen zu dritt an.

Er hörte sie die Stiege emporkommen, am Treppenabsatz bei der Garderobe Halt machen, bevor sie die letzten, ziemlich steilen Stufen in Angriff nahm. Elke besaß einen Wohnungsschlüssel und ein Fach in seinem Kleiderschrank, so dass sie ihm nur mit der Handtasche über der Schulter entgegentrat. Sie legte beide Arme um seinen Hals, er zog sie an sich und spürte ihr nassfeuchtes Sommerkleid.

„Du musst dich umziehen", sagte er und begann an ihrem Reißverschluss zu nesteln. Bereitwillig ließ sie sich die Träger von den Schultern nehmen, damit das Kleid auf den Boden glitt. Sein Blick umfing ihre langen blonden Haare, wanderte zum Muttermal auf ihrer Oberlippe. Er kniete vor ihr nieder und küsste ihren Bauchnabel. Sie trug eins von den schwarzen Dessous, die er so liebte, und wurde nicht im mindesten rot im Gesicht.

„Sie können doch eine anständige Frau nicht gleich im Flur vernaschen, mein Herr. Lassen Sie mich erst einmal hereinkommen."

Andreas trat zur Seite und seufzte. „In einer halben Stunde erscheint deine Tochter", sagte er. „Die heiße Liebe wird es erst geben, wenn sie uns wieder allein gelassen hat."

„Dann reicht es ja noch für die Badewanne", antwortete Elke und öffnete ihren BH. „Bitte kümmern Sie sich um meine nassen Kleider, Sire. Und servieren Sie mir doch einen Willkommensschluck an den Beckenrand."

„Aber gern, Gräfin", sagte Franck, „hatten Sie eine angenehme Reise oder mussten Sie mit der Postkutsche Vorlieb nehmen?"

Eva-Maria Simon erschien pünktlich. Sie marschierte wie selbstverständlich in das Apartment und ließ sich auf dem Jugendstilsofa nieder. In Turnschuhen, Jeans und einem T-Shirt mit dem Konterfei Zapatas.

„Wow", sagte sie, nachdem sie den gedeckten Tisch mit der brennenden Kerze, den Tulpen von der Selbstpflückwiese und den gleichfarbigen roten Papierservietten inspiziert hatte. „Das volle Kontrastprogramm zum Gen-Acker."

„Ich hoffe, du kannst noch mit Messer und Gabel essen", bemerkte Andreas.

„Romantisch bin ich doch auch. Und es freut mich, wenn meine Eltern so gut miteinander umgehen. Auch wenn du nur mein Stiefie bist."

„Eva", sagte Elke. Sie trug jetzt ein bauchnabelfreies Top mit tiefem Ausschnitt und darüber eine leichte Leinenjacke.

„Ach, Mama, er ist schon ganz okay, obwohl er nur was von der französischen und der deutschen Revolution versteht. Und du wirst immer jünger, mit diesem Schmachtfetzen, den du da anhast. Das sehe ich doch, dass er dir gut tut."

„Eva, jetzt hörst du aber auf", sagte Elke.

„Red nur weiter, Eva", sagte Andreas.

„Ihr müsst am Sonntag zum Acker kommen. Wir haben einen Info-Tag. Es gibt eine Podiumsdiskussion, Infos über Gentechnik, und drei Drei-Sterne-Köche bereiten für uns kostenlos das Essen. Da könnt ihr mal erleben, dass wir nicht nur Müsli löffeln."

„Was gibt es denn?", fragte Andreas.

„Einer aus Nürtingen serviert uns Hahn in Trollinger-Sauce, einer aus Vellberg Gemüse-Spezialitäten und der vom Stuttgarter ‚Zauberlehrling' Gaisburger Marsch. Und was gibt es heute? Ich habe einen richtigen Hunger."

„Risotto mit grünem Spargel", antwortete Andreas.

„Leider hat sich kein Pfarrer bereit erklärt, am Morgen einen Gottesdienst auf der Wiese zu zelebrieren. Obwohl wir doch ein gottgefälliges Leben anstreben. Der Mensch soll in die natürlich gewachsene Ordnung nicht eingreifen. Gentechnik ist Gotteslästerung."

„Die grünen Spargel sind vom Bioladen, der Reis stammt aus dem fairen Handel", erklärte Andreas. Er tauschte einen Blick mit Elke. „Wir kommen am Sonntag zum Gegenbesuch. Aber jetzt wird erst mal richtig gegessen."

Eva-Maria thronte wie eine Königin auf dem Sofa und schaute mit ihren blitzblauen Augen abwechselnd Andreas und Elke an, die auf den beiden Stühlen Platz genommen hatten. „Das ist stark", sagte sie. „Die Eltern meiner Freundin Thea kommen nämlich nicht."

„Sind das die Portmanns?", fragte Andreas.

Eva-Maria nickte und schob sich eine Gabel Risotto in den Mund. „Hmm", machte sie, „das schmeckt wirklich gut."

„Portmann kann gar nicht kommen", sagte Andreas, „selbst wenn er wollte. Er sitzt wegen Mordverdacht im Gefängnis. Morgen wird es in allen Zeitungen stehen. Ich war heute bei der Pressekonferenz."

Eva-Maria legte ihre Gabel auf den Teller. „Hat er einen umgebracht?", staunte sie. „Echt geil. Das hätte ich ihm nicht zugetraut."

„Eva", sagte Elke pikiert.

„Das ist erst einmal nur ein Verdacht", wiegelte Andreas ab. Dann kam ihm eine Idee. „Eva, kennst du einen Gerd Imhoff?"

„Den Journalisten?", fragte sie zurück. „Klar, der war zweimal bei uns im Camp. Er ist der einzige Journalist, der auf unserer Seite steht."

„Imhoff ist tot, und Professor Portmann soll ihn umgebracht haben."

Jetzt blieb Eva die Spucke weg. „Was? Aber der Portmann hat mit der Gentechnik nichts zu tun. Er hat sich zwar für sie ausgesprochen, doch beruflich ist er nicht mit ihr befasst. Das macht alles der Herrlich."

„Habt ihr kein anderes Thema auf Lager?", fragte Elke. „Andreas, schenk mir noch ein Glas Wein ein. Es wird doch wohl nicht wieder ein kriminalistisches Wochenende geben?"

„Es gibt ein Wochenende aus lauter Lust und Liebe", sagte Andreas. „Und zwischendurch informieren wir uns über die Gentechnik. Aus lauter Lust an gesundem Essen und aus Liebe zur Natur."

„Das hast du voll gut gesagt." Eva-Maria nickte anerkennend. „Manchmal bist du wirklich Spitze."

„Danke. Aber darf ich mal fragen, warum ich deiner Meinung nach nur etwas von der französischen und der deutschen Revolution verstehe? Deinen Emilio Zapata da kenne ich auch. Piff, paff – und dann war er von Kugeln durchlöchert, weil er sich zu sehr für die Rechte der Bauern Mexikos eingesetzt hatte. Im April 1919."

„Kennst du auch die Zapatisten und den Subcomandante Marcos? Vor zwei Jahren haben sie in Chiapas, der ärmsten Provinz Mexikos, begonnen, für die Rechte der Landarbeiter zu kämpfen. Das sind die Nachfahren der Maya, die heute noch unterdrückt werden. Da geht es anders zu als bei uns in Renningen, wo die Aktivisten es nicht einmal wagen, den Gen-Acker zu betreten. Und wo es kaum Solidarität von Seiten der Bauern gibt. Immer wenn die Regierungstruppen anrücken, ziehen sich die Zapatisten in den Urwald zurück. Bis heute hat man sie nicht unter Kontrolle gekriegt. Aber sie brauchen auch internationale Unterstützung."

„Mir schwant Übles", warf Elke ein.

Eva-Maria holte tief Luft.

„Ja, Mama, du hast es erraten. Ich werde zum Wintersemester von Stuttgart nach Bonn gehen. Dort hat Professor Grube gerade die Maya-Schrift entziffert. Und er bietet Exkursionen nach Mexiko an. Dort kann man im Urwald weitere Tempel der Maya ausgraben." Sie bekam leuchtende Augen. „Ich beginne ein Zusatzstudium der Ethnologie. Vorher lerne ich Spanisch. Und nach dem Ende der Exkursion bleibe ich dort und gehe zu den Zapatisten."

„Das kann nicht dein Ernst sein", sagte Elke entsetzt und schaute Andreas Hilfe suchend an.

„Hast du dich bei Grube schon angemeldet?", fragte Andreas.

Eva-Maria nickte. „Er hat mich angenommen."

Andreas grinste. „Immer wenn dir ein Seminar wichtig ist, bist du die Erste bei der Anmeldung."

„Andreas, das kannst du doch nicht im Ernst unterstützen, dass sie zu diesen Aufständischen geht."

„Lass sie, Elke", sagte Andreas, „sie ist alt genug. Und sie hat das gut eingefädelt. Wie lange willst du denn bleiben, Eva?"

„Och, vielleicht ein, zwei Monate", antwortete sie.

„Mir wird ganz schlecht", ließ sich Elke vernehmen.

„Dürfen wir dich besuchen?", fragte Andreas. „Wir kommen nach Mexiko Stadt und besichtigen gemeinsam die Fresken von Diego Rivera. Die wollte ich immer schon mal sehen. Und du zeigst uns den Tempel, den du neu ausgegraben hast."

„Au ja", rief Eva und klatschte in die Hände. „Das ist abgemacht. Am 22. Dezember fliege ich los. Ihr könnt dann im Februar oder März kommen."

Elke schüttelte den Kopf. „Andreas, du verbündest dich mit meiner Tochter gegen mich."

„Dazu ist der Vater da, auch wenn er nur der Stiefie ist."

„Ich habe den süßesten Stiefie aller Zeiten", jubelte Eva und hüpfte auf dem Sofa herum. „Mama, sag doch Ja. Was hast du denn gemacht, als du in meinem Alter warst?"

„Das durfte jetzt nicht kommen", sagte Elke. „Ich war verlobt in einer Provinzstadt und dachte an dich, die du noch nicht geboren warst. Stimmt es, dass der Abflugtermin schon feststeht?"

Eva-Maria nickte.

„Ich kann noch absagen, Mama."

„Denk doch daran, Elke, was deine Tochter alles auf sich nimmt, um ihr Ziel zu erreichen. Sie lernt Spanisch. Sie beginnt ein neues Studium. Das ist keine Spinnerei. Sie meint es ernst. Bei mir kann sie ihr Examen sowieso nicht machen", sagte Andreas. Und zu Eva gewandt fuhr er fort: „Die Zeit bei den Zapatisten wird dir aber nicht als Praktikum angerechnet. Und die Zeit auf dem Gen-Acker hältst du durch. Der Mais darf nicht ausgesät werden."

„Land und Freiheit" , zitierte Eva die Parole Zapatas und hob dabei die linke Faust.

Elke schüttelte nur stumm den Kopf.

„Elke", sagte Andreas, „die Freiheiten sind alle miteinander verbunden. Wenn du eine verletzt, verletzt du sie alle. Sinnlichkeit und Revolte gehören zusammen, so wie die individuelle und die politische Freiheit. Du hast jetzt die Sinnlichkeit gewählt, meine Geliebte, und deine Tochter die Revolte. Lass deine Tochter revoltieren, sonst verlierst du deine Sinnlichkeit. Am Sonntag besuchen wir sie auf dem Gen-Acker und im März in Mexiko. Jetzt gibt es den Nachtisch. Vanilleeis und heiße Himbeeren. Ohne Sahne. Zur Zubereitung gehe ich in den Küchentrakt und lasse euch quasi allein."

Es waren nur drei Schritte bis zur Einbauküche.

„Mama", sagte Eva-Maria, „ich bin erwachsen. Ich kann tun, was ich will. Aber ich möchte trotzdem, dass du einverstanden bist. Ich will nach Mexiko und du ..."

„Und ich will mit Andreas ins Bett", vollendete Elke.

„Ich erlaube es dir", sagte Eva-Maria.

Elke schaute ihre Tochter entgeistert an. Schließlich sagte sie: „Wenn das so ist, dann fahr zu den Zapatisten."

„Stiefie, rück den Sekt raus", rief Eva.

„Heiße Liebe und Prosecco, bitte sehr, meine Damen", sagte Andreas.

„Seitdem du diesen Fall in Stuttgart bearbeitest, hast du dich verändert, Rudi", sagte Sylvia Klingle, seine Frau. „Du bist nicht mehr so lustig wie früher und kommst immer später nach Hause. Grad, dass es heute mal zu einem gemeinsamen Abendessen reicht."

Kriminalkommissar Klingle schaute sich im Wohnzimmer seines Göppinger Reihenhauses um. Es war Ende der siebziger Jahre erbaut worden, ganz im Sinne der damaligen Wohnvorstellung: mit einem übergroßen Raum im Erdgeschoss, der Wohn-, Ess- und Fernsehbereich für die gesamte Familie sein sollte, sowie mehreren kleineren Zimmern im ersten Stock, zum Schlafen, Arbeiten und Kinder-Aufbewahren. Er blickte seine Frau an, die ihm seit sechzehn Jahren blass und schwarzhaarig gegenübersaß, das Essen kochte und zwei Kinder zur Welt gebracht hatte, die nun zwischen ihnen am runden Tisch saßen und nur einen Gedanken im Kopf hatten: so schnell wie möglich das familiäre Kommunikationszentrum zu verlassen. Er sah in das ausdruckslose Gesicht seines fünfzehnjährigen Sohns Lars, das den ersten Flaum auf der Oberlippe aufwies, und betrachtete seine dreizehnjährige Tochter Birgit, die gerade in ihrer rosa Periode steckte. Das heißt, sie war vom Haarband bis zu den Turnschuhen ganz in Rosa gekleidet und biss nur auf rosafarbigem Kaugummi herum. Klingle schaute auf seinen Suppenteller, in dem zwei Maultaschen mit Petersilieverzierung schwammen, und nahm einen Schluck aus dem Trollingerglas mit dem grünen Henkel.

„Was hast du gesagt?", fragte er.

„Dass du dich verändert hast, seitdem du nach Stuttgart fährst", wiederholte sie eine Spur aggressiver.

„Können wir gehen", fragte der Sohn, „wir verpassen sonst unseren Zug nach Stuttgart. Wir wollen ins Kino."

„Ihr habt doch noch gar nicht alles aufgegessen", protestierte Frau Klingle.

„Schon wieder", wunderte sich Klingle, „ihr wart doch erst am Sonntag dort."

„Könnt ihr nicht warten, bis der Film in Göppingen gespielt wird?", fragte Frau Klingle.

„Mama, das geht nicht", erläuterte die Tochter, „dann können wir am Montag in der Klasse nicht mitreden. Außerdem ist Stuttgart in und Göppingen out."

„Aber kommt nicht wieder so spät wie am Sonntag zurück", sagte Klingle.

„Da fing der Film doch erst um 21 Uhr an", antwortete der Sohn. „Wir sind durch die Königstraße gelaufen, um den Zug zwei nach halb zwölf noch zu kriegen. Genau den, mit dem du am Mittwoch gekommen bist."

Nach dieser Bemerkung musste sich Klingle geschlagen geben. Er war seinen Kindern ein schlechtes Vorbild.

„Außerdem ist morgen Samstag", fügte die Tochter versöhnlich hinzu, „da können wir ausschlafen. Und wir sind ja nicht allein. Die halbe Klasse fährt mit."

„Es regnet", sagte Klingle und wusste im selben Augenblick, was das für ein albernes Argument war. Er schaute seinen Kindern hinterher. Am liebsten wäre er mit ihnen gefahren. Nach Stuttgart ins Bistro Journal, um seinen Trollinger dort mit der Kollegin Linda Scholl zu trinken. Oder wenigstens, um im LKA zu arbeiten und das Nacktfoto zu betrachten.

Der alte Imhoff, den er gestern verhört hatte, fiel ihm ein.

In zwanzig Jahren stehe ich am Küchenfenster und starre auf die Straße, in der nichts passiert, dachte er. Meine Frau pflegt hingebungsvoll den Garten, in dem ich jeden Abend die fleißigen Lieschen und die Stiefmütterchen gieße. Ich weiß nicht, welche von beiden Pflanzen ich mehr hasse.

Schneewittchen, seine Frau, sah ihn auffordernd an. Ihm fiel ein, dass er noch eine Antwort geben musste.

„Es ist doch erst zwei Tage her", brummte er. „So schnell kann man sich nicht verändern. Und morgen gehen wir wieder auf die Alb."

„Das Wetter wird erst am Sonntag schön", sagte Frau Klingle.

Immer war sie über das Wetter informiert. Weil sie tagtäglich mehrmals die Tagesschau über sich ergehen ließ.

„Dann wandern wir eben am Sonntag, was macht das schon

aus", antwortete er resigniert. Er warf einen verächtlichen Blick auf den Fernsehsessel, in dem seine Frau gleich Platz nehmen würde, nachdem sie das Geschirr abgeräumt hatte. Ihre Gestalt würde hinter der großen geblümten Rückenlehne verschwinden, aber irgendwann würde ihm ihr Schnarchen signalisieren, dass es sie noch gab. Und dabei war sie erst 38 Jahre alt. Er nahm noch einen Schluck Trollinger.

*

Hauptkommissar Neumann war ein ziemlich nüchterner, andere würden sagen, staubtrockener Zeitgenosse, aber er hatte eine Leidenschaft, und die hieß Patience. Immer, wenn er es erübrigen konnte, dann setzte er sich in seinem Apartment an den großen Tisch und gab sich den 104 kleinen bunten Karten hin. Die Patience konnte ihm das zurückgeben, was sein Eigen war, was er aber im Alltagsstress immer wieder verlor – die Fähigkeit, sich selbst im Spiel zu genügen. Die Patience war das einzige Tun, das Spannung und Genuss erzeugen konnte, ohne einen Gegner besiegen zu müssen. Wenn er also diese Vier-Sterne-Patience mit dem Namen *Der Scheidungsgrund* legte, dann erlebte er immer wieder das Gefühl persönlicher Freiheit, das Nicht-Angewiesen-Sein auf einen Partner. Natürlich konnte man auch gegen sich selbst spielen, aber Neumann besaß genug Disziplin, um dies nicht zu tun. Er mischte die Karten ausgiebig, wohl zehn Minuten lang, denn von den früheren, gescheiterten Versuchen lagen noch die halben Familien zusammen, und wenn man nachlässig mischte, würde das neue Spiel einfacher werden: Man hätte sich selbst betrogen.

Die Patience war für Neumann auch insofern ein Sinnbild seiner Arbeit, als sich das Erfolgserlebnis nicht zwangsläufig einstellte. Nur wenn man sich Zeit ließ, würde man allmählich alle Lösungsmöglichkeiten sehen, die in einem Kartenbild steckten. Man durfte nicht zu früh aufgeben und die neuen Karten vom Talon aufdecken. Eineinhalb Stunden volle Konzentration waren angesagt, Konzentration auf den nächsten Zug und darauf, wie dieser die weitere Entwicklung der Partie beeinflussen würde. Mit einer anspruchsvollen Partie Patience bereitete sich der Kommissar gern auf eine schwierige Vernehmung vor, wie etwa diejenige Portmanns, die am morgigen Samstag anstand. Er würde auch die Vernehmung nicht wie einen Zweikampf angehen, und andererseits aus dem Aufgehen oder Nicht-Aufgehen der Patience keine Schlüsse auf den Erfolg oder Misserfolg der Vernehmung ziehen. Den Patience-Karten wohnten keine magischen Kräfte inne.

Neumann dachte an die frisch verheiratete Frau, deren Schicksal seiner Lieblingspatience den Namen gegeben hatte. Erst als man der Frau eine leichtere Patience gezeigt hatte, war ihre Ehe gerettet worden. Neumann war nicht verheiratet, aber er nahm an, dass seine unregelmäßigen Arbeitszeiten auch ein Scheidungsgrund sein würden. Natürlich kannte er das Gefühl der Einsamkeit; es überfiel ihn vor allem abends in seinem Apartment. Dann trat er auf den Balkon, schaute über die Bäume hinweg in Richtung Autobahn und Flughafen und wartete darauf, dass sich dieses lästige Gefühl wieder verflüchtigte. Er hatte auch schon mehrmals mit dem Gedanken gespielt, eine Annonce in der Rubrik „Bekanntschaften" aufzugeben, sich aber ernstlich nie dazu aufraffen können. Mit seinen 52 Jahren war er wohl zu alt für solche Eskapaden. Bekanntschaften zu schließen und zu pflegen, das war etwas für junge Menschen.

Neumann setzte sich an den Tisch und begann die Karten auszulegen. Dieses verdammte Foto von Nora Stadler und Peter Portmann besaß eine ungeahnte Sprengkraft. Es war schuld an seiner tristen Stimmung. Es zwang ihn geradezu, über sein bisheriges Leben nachzudenken. Was er ausgesprochen ungern tat. Ob es Rudi mit dem Foto genauso ging?

19

Nach einer weitgehend durchwachten Nacht saß Professor Dr. Portmann alles andere als gut gelaunt im sogenannten Besprechungszimmer des Landeskriminalamts. Er vermisste sein allmorgendliches Aufwachbad mit der ersten Tasse Kaffee am Wannenrand und sehnte sich nach einem Satz frischer Kleidung. Neben ihm hatte sein Anwalt Dr. Heinrich Krüger Platz genommen, ein kleiner, dicker, schon in der Morgenfrühe schwitzender Mittvierziger in maßgeschneidertem Anzug. Hauptkommissar Kurt Neumann saß den beiden gegenüber und betrachtete das vor ihm auf dem Tisch stehende Aufnahmegerät, während er auf seine Kollegin Scholl wartete. Es war Samstag, der 4. Mai 1996, und sie waren auf neun Uhr verabredet. Kriminalkommissarin Linda Scholl kam drei Minuten zu spät, grüßte unbefangen in die Runde und setzte sich auf den letzten freien Stuhl.

Neumann schaltete das Gerät ein und sagte: „Vernehmung von Dr. Peter Portmann, 49 Jahre alt, Professor für Pflanzenmedizin an der Universität Hohenheim, in Anwesenheit seines selbst gewählten Anwalts Dr. Heinrich Krüger. Herr Dr. Portmann, Sie werden beschuldigt, am 28. April gegen 23 Uhr den Journalisten Gerd Imhoff in seiner Wohnung umgebracht zu haben. Geben Sie die Tat zu?"

„Mein Mandant hat Gerd Imhoff nicht umgebracht", antwortete Dr. Krüger.

„Kannten Sie den Toten?", fuhr Neumann fort.

Portmann schaute seinen Anwalt an. Der nahm den Blick als Aufforderung zu antworten und sagte: „Herr Dr. Portmann hat Herrn Imhoff einmal in seiner Wohnung aufgesucht."

„Wann war das?"

Diesmal antwortete Portmann selbst. „Am 25. April, einem Donnerstag, gegen 20 Uhr."

„Was war der Grund Ihres Besuchs?"

„Imhoff rief mich an. Er sammelte Informationen über die Gentechnik und die Forschungen an der Universität Hohenheim."

„Das ist recht ungewöhnlich", schaltete sich Linda Scholl ein. „In der Regel besuchen Journalisten ihre Informanten und nicht umgekehrt."

Portmann zog die Schultern hoch. „Das mag sein. Ich wollte nicht, dass ein Journalist zu mir nach Hause oder ins Institut kommt."

„Sie haben einen Tag vor diesem Besuch, also am 24. April, Ihren Kollegen Dr. Andreas Franck beauftragt, den neuen Freund Ihrer Geliebten Nora Stadler zu finden", stellte Linda Scholl fest.

„Meiner früheren Geliebten", korrigierte Portmann.

„Der neue Freund Ihrer früheren Geliebten war Gerd Imhoff."

„Das konnte mein Mandant doch am 24., als er den Auftrag erteilte, noch nicht wissen", sagte Dr. Krüger. „Insofern hat Dr. Portmann gar nichts Falsches gesagt."

„Sie lernten Imhoff also erst am 25. April kennen und wussten nicht, dass es Ihr Nachfolger bei Nora Stadler war, mit dem Sie über die Gentechnik sprachen."

Portmann nickte. „So ist es."

„Warum wollten Sie denn unbedingt wissen, wer Frau Stadlers neuer Freund war, und was wollten Sie mit diesem Wissen anfangen?"

„Nichts. Es hat mich ganz einfach interessiert."

„Und nur um Ihre Neugierde zu befriedigen, waren Sie bereit, 300 DM auszugeben?"

„Ja", sagte Portmann.

„Frau Kommissarin, das mag zwar unüblich sein", ergänzte Dr. Krüger, „aber ist doch kein Verbrechen. Mein Mandant war am 25. April in der Wohnung des ihm bis dahin unbekannten Journalisten Gerd Imhoff und konnte sich erst am 2. Mai aus den Informationen, die ihm Dr. Franck gab, zusammenreimen, dass Frau Stadlers neuer Freund Gerd Imhoff hieß und am 28. April umgebracht worden war."

„Ihr Mandant ist auch gestern, also am 3. Mai, gegenüber seinem Beauftragten Dr. Franck noch bei seiner Version geblieben, dass er Gerd Imhoff nicht kenne. Er ist von ihr erst abgewichen, als sein Fingerabdruck in Imhoffs Wohnung gefunden wurde."

Dr. Krüger nickte. „Da haben Sie recht. Aber da stand Herr Dr. Portmann schon unter Mordverdacht. Er verdrehte gegenüber Dr. Franck ein wenig die Wahrheit, um sich einen Vorteil zu verschaffen." Krüger hob den rechten Zeigefinger. „Wohlgemerkt: Es handelte sich um ein Privatgespräch. Mein Mandant hat vor der Polizei keine falsche Aussage gemacht."

„Können Sie sich erklären, Herr Professor, wie Ihr linker Daumenabdruck an die Badewanne des Ermordeten gelangte?", fragte Neumann.

„Gott im Himmel", stöhnte Portmann, „ich ging ins WC, setzte mich auf die Schüssel und stützte mich beim Aufstehen auf der Badewanne ab."

„Wie lange sind Sie am 25. April in Imhoffs Wohnung geblieben?"

„Etwa zwei Stunden. Kann ich eine Tasse Kaffee haben?"

Neumann nickte. „Wir unterbrechen die offizielle Vernehmung für ein paar Minuten." Er verließ den Raum, Linda Scholl folgte ihm und wartete, bis er abgeschlossen hatte.

„Merkwürdig, dass Portmann sich an die Szene im WC noch so genau erinnert, so etwas vergisst man doch im Allgemeinen", sagte sie, „oder weißt du noch, wie du vor zehn Tagen aufs Klo gegangen bist?"

Neumann ging neben ihr den Gang entlang in Richtung Cafeteria. „Ich besorge vier Tassen Kaffee", sagte er. „Ruf du schnell bei den alten Imhoffs an."

„Schon kapiert", antwortete sie und verschwand in ihrem Zimmer. Es wurde ein kurzes Gespräch. Am Tag, bevor Nora Stadler Gerd Imhoff besucht hatte, war niemand bei ihm zu Besuch gewesen. Ja, Gerd war am Donnerstagabend daheim geblieben. Nein, gegen acht Uhr war niemand gekommen. Da war sich Karl Imhoff ganz sicher, und seine Frau schloss sich der Meinung ihres Mannes an.

Linda Scholl wartete im Gang, bis Neumann mit dem Tablett kam. Sie nahm es ihm ab, damit er die Tür zum Besprechungszimmer öffnen konnte. „Sie haben niemanden gesehen", flüsterte sie.

Neumann nickte, und sie betraten das Zimmer. Portmann und Krüger waren in ein angeregtes Gespräch vertieft, schwiegen aber wie zwei ertappte Schüler während der Klassenarbeit, als die Kommissarin und der Kommissar hereinplatzten. Dankend nahmen sie den Kaffee entgegen. Nach den ersten Schlucken entspannte sich die Situation wieder. Man konnte ihnen ansehen, dass sie mit dem bisherigen Verlauf des Verhörs zufrieden waren.

„Herr Dr. Portmann", begann der Kommissar mit dem zweiten Teil der Vernehmung, „Sie haben im Vorgespräch mit meinen Kollegen Klingle und Scholl gesagt, am 28. April, als Gerd Imhoff ermordet wurde, fuhren Sie gegen 20 Uhr in Ihr Institut und kamen gegen 23.30 Uhr nach Hause zurück. Niemand hat Sie im Institut gesehen, und Sie haben dort mit niemandem telefoniert. Keiner kann bestätigen, dass Sie um halb zwölf zu Hause waren, denn Ihre Frau schlief schon."

Portmann nickte. Der Kommissar deutete auf das Aufnahmegerät.

„Mein Mandant hält diese Aussage in vollem Umfang aufrecht", erklärte Dr. Krüger umständlich.

„Ich nehme an, Sie sind mit Ihrem eigenen Auto, einem tiefblauen BMW mit dem amtlichen Kennzeichen S – AN 3745, gefahren."

Portmann blickte zu seinem Anwalt hinüber. Der beschloss, dass die Frage ungefährlich war, und nickte.

„Ja", antwortete Portmann knapp.

„Sie haben Ihren Wagen am 29. April, also einen Tag nach dem Mord, in die Reparaturwerkstatt gebracht. Was war denn kaputt?"

Portmann zögerte zunächst mit der Antwort. Schließlich bequemte er sich dazu. „Sie wissen es doch längst, Herr Kommissar, wenn Sie in der Werkstatt waren. Der linke Rückfahrscheinwerfer."

„Ein dunkelblauer Wagen mit einem defekten Rückfahrscheinwerfer stand am 28. April um 23 Uhr vor dem Haus der Imhoffs."

„Das war nicht meiner", sagte Portmann prompt. „Meiner stand noch auf dem Uniparkplatz. Ich brauche nur eine viertel Stunde bis nach Hause."

„Sie sind beobachtet worden, wie Sie gegen 23 Uhr aus Imhoffs Haus traten und in Ihr Auto stiegen", assistierte Linda Scholl.

„Das kann nicht sein", protestierte Portmann sofort.

„Einen Moment", unterbrach Dr. Krüger. „Wir stellen die Glaubwürdigkeit des Zeugen in Frage. Er konnte in der Dunkelheit die Person unmöglich genau erkennen."

„Es war ein großer, schlanker Mann im Mantel", sagte Linda Scholl. „Sie trugen doch einen Mantel in dieser Nacht, Herr Dr. Portmann." Es war eher eine Feststellung, als eine Frage.

„Ja, das gebe ich ohne weiteres zu", sagte der Professor. „Es war kühl am Abend. Viele Menschen trugen in Stuttgart einen Mantel."

„Aber an Ihrem Mantel und am Lenkrad Ihres BMWs klebte Imhoffs Blut", fuhr die Kommissarin fort.

Auf diesen Umstand schien der Rechtsanwalt vorbereitet zu sein. „Es war Portmanns und nicht Imhoffs Blut. Beide besitzen dieselbe Blutgruppe. Ich will erst einmal den Laborbericht sehen und prüfen, wie sorgfältig die Untersuchung vorgenommen wurde."

„Die Indizien sind erdrückend", schloss Neumann. „Es ist 10.53 Uhr; die Vernehmung ist beendet. Ich werde dem Herrn Oberstaatsanwalt Schmidt vorschlagen, Herrn Professor Portmann weiterhin in Untersuchungshaft zu behalten. Sie hören dann von uns."

Er erhob sich. Schweigend reichte man sich die Hand. Portmann wurde von einem Beamten in seine Zelle gebracht.

„Sie haben keine Beweise, Herr Kommissar", verabschiedete sich ein zufriedener Dr. Krüger. „Mein Mandant ist bald wieder draußen, das prophezeihe ich Ihnen."

„Recht hat er", sagte Linda Scholl, als Krüger außer Sichtweite war. „Portmanns Geschichte ist ziemlich unwahrscheinlich, aber das Gegenteil können wir ihm noch nicht beweisen."

„Machen wir Feierabend", antwortete Neumann, „Bewegung kommt erst wieder in den Fall, wenn Nora Stadler zurückkehrt."

20

Linda Scholl freute sich über den freien Samstagabend; konnte sie doch endlich mit ihrer Freundin Antje Holzwarth den verschobenen Kinobesuch nachholen. „Sinn und Sinnlichkeit" war auf der Berlinale mit dem „Goldenen Bären" ausgezeichnet worden, und der Film über zwei Schwestern, die den englischen Standesdünkel des 18. Jahrhunderts überwanden, hielt, was er versprach. Besonders gut gefiel Linda Scholl die weitgehend unbekannte neunzehnjährige Schauspielerin Kate Winslet in der Rolle der Marianne Dashwood.

Die beiden Freundinnen flanierten durch die immer noch belebte Königstraße, blieben stehen, um einem Straßenmusiker zuzuhören und landeten schließlich in einem nicht zu lauten, nicht zu verrauchten Lokal in der Altstadt hinter dem Rathaus. Linda Scholl hatte Antje Holzwarth vor drei Jahren kennen gelernt, und die pfiffige Lehrerin konnte damals sogar bei der Lösung eines komplizierten Mordfalls mithelfen. Seitdem trafen sie sich in unregelmäßigen Abständen, aber doch so oft, dass ihr Kontakt nicht abriss.

„Und aus welchen Banden brechen wir aus?", fragte Antje, als sie ihr Glas Rotwein vor sich stehen hatten. „Altersunterschied und Geldmangel sind ja nun heutzutage keine Hindernisse mehr, wenn es gilt, den Liebsten zu gewinnen."

„Du hast deinen Colonel Brandon ja schon gefunden, Marianne", lachte Linda. „Wie geht es Conny denn?"

„Immer gleich. Er macht unaufhaltsam Karriere. Aber er will nicht mit mir zusammenziehen. Ich glaube, er träumt davon, an eine angesehenere Uni als Karlsruhe berufen zu werden."

„Dann ziehen wir beide zusammen", sagte Linda. „Wir kaufen uns eine frei stehende Villa mit Garten in Stuttgart und gründen eine WG. Ich habe den ewigen Streit mit meinen Nachbarn wirklich satt. Den vorläufigen Höhepunkt konnte ich gestern Abend erleben."

„Erzähl, dann wird dir wohler."

„Es ist eine Farce. Du weißt, das Dach musste neu gedeckt werden. Das geht nur bei allen drei Häusern zusammen. Jetzt waren wir endlich so weit einig, und die Arbeiten konnten beginnen. Alles neue Dachziegel, nur die alten Stufen, auf denen man zum Schornstein emporsteigt, sollten wieder verwendet werden. Nun stellt der Nachbar zur Linken fest, dass die Dachdecker nicht seine, sondern meine Stufen auf sein Dach gesetzt haben. Krisensitzung. Ich sage, er solle doch meine Stufen behalten, die sind sogar größer, ich sei mit den kleineren von ihm zufrieden. Nein, er will partout seine alten Stufen zurückhaben. Jetzt müssen die Dächer neu gedeckt werden. Natürlich auf Kosten der Firma. Aber den Dreck haben wir am Hals. Ist das nicht der volle Wahnsinn?"

„Arme Linda", sagte Antje und streichelte ihre Hand. „Hast du das mit der WG ernst gemeint?"

Linda Scholl nickte. „Wir fragen Andreas und Elke, ob sie mitmachen. Dann brauchen wir drei Etagen. Ich bin mit der obersten zufrieden."

„Mir bleibt die Spucke weg", sagte Antje Holzwarth. „Komm, wir trinken noch ein Glas von dem Rotwein. Du bist doch mit der U-Bahn unterwegs und ich mit der S-Bahn. Nur den letzten Rest muss ich mit dem Auto fahren, vom Bahnhof in die Händelstraße. Hoffentlich wurde in der Zwischenzeit nicht eingebrochen."

„Wie bitte?", fragte Linda.

„Ach, Frau Kommissarin, das ist doch nicht Ihr Ressort. Gestern wurde in ein Haus in unserer Straße eingebrochen. Schmuck und Geld im Wert von rund 10.000 Mark sind verschwunden. Aber wir haben ja unseren Blockwart, den alten Gessler. Der sah ein fremdes Auto vor Haus Nummer drei stehen und rief gleich die Polizei an. Das macht er öfter, und deshalb ließen sich die Beamten reichlich Zeit. Sie kamen zu spät, um die Bande noch zu erwischen."

Der Rotwein wurde ihnen gebracht, und Linda Scholl lächelte den jungen Burschen dankend an.

„Gefällt er dir?", fragte Antje und hob das Glas. „Na dann, auf unsere WG."

„Wer", fragte Linda irritiert, „der Wein?"

„Nein, der Kellner. Jetzt erzähl du mal von deiner Jugendliebe, Elinor. Denkst du noch an deinen Edward?"

„Ach, hör doch auf", sagte Linda und wurde ein wenig rot im Gesicht. „Das ist lange her. Er hat sich für eine andere entschieden. So etwas passiert doch jedem zweiten jungen Mädchen."

„Im Film gibt es ein *happy end*. Wir lassen im oberen Stock ein Bett frei für ihn."

„Antje, jetzt gehst du aber zu weit", protestierte Linda lachend. „Aber im Ernst, du bringst mich auf andere Gedanken. Da gibt es doch ein Theaterstück von Ibsen mit dem Namen Nora. Kennst du das?"

„Nora (Ein Puppenheim)", antwortete Antje, „ein einfach gestricktes, aber für das ausgehende 19. Jahrhundert bemerkenswertes Emanzipationsstück. Nora verlässt ihren Mann und ihre drei Kinder. Sie hat aus Liebe zu ihm einen Schuldschein gefälscht, aber er kann darin nur ein Verbrechen sehen, das seine Karriere als Bankdirektor gefährdet. Mit dem Geld hatte sie ihm eine Kur in Italien finanziert, die ihm das Leben rettete. Was er nicht wusste. Warum willst du das denn wissen?"

„Ach, nur so", wich Linda aus.

„Dieser angehende Banker behandelt Nora wie ein Püppchen. Er nennt sie ‚meine Lerche', oder ‚mein Eichkätzchen', oder wenn sie Geld braucht, ‚mein lockerer Zeisig'. Und er verbietet ihr, Makronen zu essen, weil sie sonst schlechte Zähne bekommt."

Linda Scholl seufzte. „Dem wäre ich auch davongelaufen", sagte sie.

„Ich habe Ibsens Werke bei mir zu Hause. Wenn du das Stück lesen willst ...", Antje beendete ihren Satz nicht.

Linda trank einen Schluck Wein. „Der Film hat uns inspiriert", stellte sie fest. „Wir betreiben ein richtiges Themen-

Hopping. Noch einmal zurück zu dem Einbruch. Hat der Alte mit dem literarischen Namen den Fahrer des Wagens gesehen?"

„Die Fahrerin", korrigierte Antje. „Ja. Es war eine junge, blonde, füllige Frau."

Linda Scholl dachte nach. „Das ist interessant", sagte sie, „wir hatten vorige Woche eine Serie von Einbrüchen in Stuttgart, immer am Stadtrand. Du wohnst doch in Plochingen auch am Stadtrand. Am Sonntag hörten die Einbrüche plötzlich auf. Und gestern in Plochingen?"

„Ja", bestätigte Antje.

„Es könnte dieselbe Bande sein", sinnierte Linda.

„Aber was hat das mit deiner Arbeit zu tun?"

„Die Stuttgarter Einbrüche interessieren uns im Zusammenhang mit einem Mordfall."

„Es gibt nur einen aktuellen Mordfall in Stuttgart, und das ist der Fall Imhoff", sagte Antje.

„Du bist fix im Denken, das liebe ich an dir", antwortete Linda. „Eine junge, blonde, dicke Frau, sagst du?"

„Ja, der alte Gessler sprach von ihren dicken Brüsten, natürlich in Abwesenheit seiner Gattin."

„Wie hat er die denn sehen können, die Brüste?"

„Er benutzt seit einiger Zeit einen Feldstecher."

Linda Scholl drehte an ihrem Weinglas. „Von einer dicken Blonden habe ich vor kurzem schon einmal gehört. Aber ich weiß nicht mehr, in welchem Zusammenhang."

„Hör mal, Linda, warum kommst du nicht mit und übernachtest bei mir? Morgen ist Sonntag. Da kannst du in aller Ruhe Ibsens Stück lesen und den Adolf Gessler sprechen. Der freut sich über jedes Gespräch, besonders wenn er von der Polizei ernst genommen wird. Und wir beide probieren aus, ob wir in der WG zusammenpassen."

Linda registrierte Antjes Augenaufschlag. Sie nahm Antjes schwarzes, kurz geschnittenes Haar und ihre vollen Lippen wahr. In ihren Ohren klang Antjes dunkle Stimme nach.

„Ich habe keinen Pyjama dabei", sagte Linda.

„Und ich nur ein Doppelbett. Who cares?"

„Dann lass uns zahlen", sagte Linda und gab dem Boy ein Zeichen. Der junge Mann kam. „Was war das für ein Wein, den wir getrunken haben?", erkundigte sie sich.

„Ein Merlot-Syrah aus Frankreich. Wir haben jeden Tag einen anderen im Angebot."

„Gut zu wissen. Sind Sie auch jeden Abend hier?"

„Nur am Wochenende. Im Übrigen studiere ich Volkswirtschaft."

„Dann gibt es ja keine Standesunterschiede zwischen dir und ihm", frozzelte Antje, als sie draußen am Hans-im-Glück-Brunnen standen.

„Auf zur S-Bahn, Schwester", sagte Linda und legte ihren Arm um Antje.

„Er könnte mein Sohn sein."

21

Als Andreas Franck und Elke Simon auf dem Renninger Hof eintrafen, war es schon fast Mittag. Trotz des kühlen Wetters herrschte auf dem besetzten Acker ein reges Treiben. Ungefähr siebzig, zumeist junge Leute saßen, in dicke Anoraks gehüllt, auf Holzbänken, Klappstühlen und an Biertischen, ließen sich das Trollinger-Hähnchen mit den hausgemachten Vollkorn-Spätzle schmecken. Sie lauschten den musikalischen Darbietungen eines Trompeters und eines Geigers, die von einer älteren Frau assistiert wurden. Ihre Aufgabe war es, den Notenständer festzuhalten. Die Anwesenden waren beifallsfreudig, traten die beiden Künstler doch kostenlos auf. Die Stimmung konnte nicht besser sein, was auch den Kindern anzumerken war, die ausgelassen Fangen spielten und den Erwachsenen zwischen den Beinen herumkrochen.

Die Eröffnungsreden und Grußadressen waren schon gehalten worden, und nun bewiesen die Speisen ohne Worte, dass Bio-Lebensmittel besser schmeckten, als ihnen nachgesagt wurde. Und dass Gen-Versuche mit Pflanzen überflüssig waren. Worauf es vor allem ankam. Am Nachmittag wurde eine Delegation von Landwirten aus dem Kreis erwartet; Bauern, die eher zu den Befürwortern der Gen-Versuche gehörten und deshalb noch überzeugt werden mussten. Wenn das Wetter besser gewesen wäre, hätten sie wohl keine Zeit gehabt.

Andreas und Elke zahlten solidarisch zweimal acht Mark für das Essen und ließen sich am Rand eines Tisches nieder. Sie nickten den Nachbarn freundlich zu und gaben sich wortlos ihrer Speise hin. Die Hähnchen schmeckten wirklich köstlich.

„Um drei Uhr gibt es Gemüsespezialitäten für die Anhänger der vegetarischen Küche", sagte der Nebensitzer, ein Bär mit Vollbart und zotteligen Haaren, der einen etwa zweijährigen Knaben auf seinen Knien schaukelte und von der Last der Verantwortung einen krummen Rücken bekommen hatte.

„Dann bin ich satt", antwortete Elke.

„Wir müssen 300 Essen absetzen, sonst landen wir im Minus", erläuterte der Bär.

„Ich tue mein Bestes", antwortete Franck.

Er schaute sich um. Die Wiese reichte bis zum Waldrand, aus dem von links ein Sandsträßchen herausführte.

„Von dort sind die Saatmaschinen gekommen", sagte der Bär, der Andreas' Blicken gefolgt war. „Und von dort werden auch die Polizeiwagen vorfahren, wenn die Landwirte eintreffen. Die Bullen setzen grundsätzlich voraus, dass es Krawalle gibt."

Francks Blick schweifte weiter zum Bauwagen, der offensichtlich den Mittelpunkt des Lagers bildete. Er war mit einer großen Maispflanze bemalt worden, die mit erschrockenen Augen und bleckenden Zähnen entschiedene Abwehr demonstrierte. Auf seinem runden Dach stand mit schwarzen Lettern „Ge-Gen Camp 96" geschrieben. Vor dem Wagen war ein provisorisches Podest errichtet worden, auf das soeben eine junge, mollige Schönheit stieg. Sie steckte sich eine widerspenstige Haarsträhne hinters Ohr, griff mit der linken Hand an den Schal, den sie um den Hals gewunden hatte, und hob das Mikrofon in ihrer Rechten an den Mund. Neben ihr tauchte plötzlich Eva-Maria Simon auf. Andreas stieß Elke leicht in die Seite und deutete auf den Wagen.

„Hallo zusammen! Mein Name ist Thea Portmann. Ich bin von der Bürgerinitiative Renningen und studiere in Hohenheim Lebensmitteltechnologie. Vor einer Woche ist in Stuttgart der Journalist Gerd Imhoff ermordet worden. Ihr werdet es gestern in den Zeitungen gelesen haben. Was ihr aber nicht lesen konntet: Imhoff war einer der ganz wenigen Journalisten, der in unserem Kampf gegen die genmanipulierten Pflanzen auf unserer Seite stand. Er hat das Ge-Gen Camp besucht und plante einen großen Artikel über die schädlichen Auswirkungen dieser Technologie. Dazu ist es durch seinen Tod nicht mehr gekommen. Ich möchte euch jetzt einen Ausschnitt aus seinem unfertigen Artikel vorlesen – gleichsam sein Vermächtnis an die Nachwelt."

Die Rednerin hielt einen Augenblick inne. Gespannte Aufmerksamkeit schlug ihr entgegen.

„Es gibt ein sogenanntes Unkrautvernichtungsmittel namens *Basta*. Wo es gespritzt wird, wächst keine Pflanze mehr – aber auch kein Mais, den es eigentlich schützen soll. Deshalb wurden die Gene einer Maissorte so verändert, dass *Basta* ihr nichts mehr anhaben kann. Ob dies im Freiland genauso gut funktioniert wie im Labor, das möchte Professor Dr. Kurt Herrlich von der Universität Hohenheim auf dem Versuchsgelände Renninger Hof überprüfen lassen. Im vorigen Jahr hat das Robert Koch-Institut Berlin als zuständige Behörde seinen Antrag auf Freisetzung von gentechnisch veränderten Maispflanzen für die Zeit vom 13. Mai 1995 bis 30. November 1997 genehmigt. Aber der ausgesäte Genmais wurde von Unbekannten zerstört. In diesem Jahr haben Genmaisgegner das Versuchsfeld besetzt und die Aussaat bisher verhindert.

Bei der Idee, alles bis auf eine bestimmte Maissorte wegzuspritzen, geht es nicht darum, die Qualität von Lebensmitteln zu verbessern, sondern einzig und allein darum, den Anbau zu rationalisieren. Diese Art von Landwirtschaft löst keine Probleme. Im Gegenteil.

Das Herbizid *Basta* wurde von der Firma *Agrarrevo* entwickelt, einem Tochterunternehmen der Chemiekonzerne Hoechst und Schering. In diesem Unternehmen ist aber nicht nur *Basta* entstanden; es entwickelt auch jene genmanipulierten Pflanzen, die gegen *Basta* resistent sind, und lässt sie sich patentieren. Und das Unternehmen investiert gewaltige Summen, um über kurz oder lang alle wichtigen Nutzpflanzen dem firmeneigenen Herbizid anzupassen.

Die Bauern sollen also die von *Agrarrevo* manipulierten Pflanzen kaufen und sie mit dem von *Agrarrevo* entwickelten Herbizid besprühen. Doch dieser angebliche ‚praktische Doppelpack' führt zur weiteren Monopolisierung in der Chemieindustrie und in der Landwirtschaft. Die Bauern werden von diesen Konzernen abhängig. Der bäuerliche Familienbetrieb wird einer kapitalgesteuerten Landwirtschaftsindustrie geopfert, die nur ihren Profit erhöhen will, indem sie, um ein Produkt wie *Basta* absetzen zu können, die passende gentechnisch veränderte Pflanze gleich mitliefert. Es geht ausschließlich darum, der Firma *Agrarrevo* den Weg für ihr Produkt *Basta* zu ebnen, das bisher nur in einigen Sonderkulturen eingesetzt worden ist. Weil im letzten Jahr ein solcher Freisetzungsversuch von Genmais auf firmeneigenem Gelände misslang, sollen jetzt staatliche Versuchsflächen herhalten, um den Widerstand der Bevölkerung zu brechen."

Die Rednerin hielt inne und ließ das Blatt sinken.

„So weit war Imhoff gekommen, als er ermordet wurde."

Mit diesen Worten stieg sie vom Podest herab. Eine Weile herrschte andächtiges Schweigen.

„Recht hat er", rief einer dann aus dem Publikum.

„Das musst du noch einmal vorlesen, wenn die Landwirte da sind", rief ein anderer.

„Das war extrem effektvoll", befand Franck.

„Dafür musste er sterben", sagte der Bär neben ihm. „Wer Pflanzen manipuliert, bringt auch Menschen um. Die Bullen können sich die Bewachung des Ackers schenken. Die Gewalt wird in den Chefetagen der Konzerne geplant und in den Labors ausprobiert. Es gibt da eine Spezies Wissenschaftler, der ist nichts mehr heilig. Übrigens, ich bin der Bernd."

Er reichte Franck die Hand.

„Andreas", stellte sich dieser vor. „Ganz deiner Meinung. Schade, dass niemand von der Presse anwesend ist."

„Die schreiben doch sowieso nur, was der Chefredakteur ihnen verordnet", meinte Bernd. „Wir müssen die Gegenmacht von der Basis aus organisieren."

Er nickte zustimmend, und sein kleiner Sohn schlug mit der Hand auf den Tisch.

„Woher sie wohl den Artikel hat", überlegte Elke.

„Wir fragen sie", sagte Andreas und stand auf.

„Da kommt meine Mutter mit meinem Stiefie", sagte Eva-Maria zu ihrer Freundin Thea, als sie die beiden auf den Bauwagen zugehen sah. Und zu den beiden gewandt: „Schön, dass ihr da seid."

„Gratulation. Das war ein brillanter Auftritt", sagte Franck und gab Thea die Hand. „Mein Name ist Andreas Franck. Ihr Vater hat mich engagiert, um seine Unschuld zu beweisen. Ich bin sozusagen sein Privatdetektiv. Ich würde gern mit Ihnen sprechen, aber ich sehe ein, dass heute nicht der richtige Zeitpunkt ist. Passt es Ihnen morgen?"

„Morgen bin ich ausnahmsweise an der Uni", antwortete Thea Portmann. „Kommen Sie zur Vorlesung von Herrlich, danach können wir reden."

„Wir würden gern wissen, woher Sie das Manuskript von Imhoff haben", sagte Elke.

„Er hat es mir gegeben."

„Und wie ist es dazu gekommen?", fragte Franck.

Thea zuckte mit den Schultern. „Das müssen Sie selbst herausfinden, Herr Detektiv."

Franck grinste. „Das klappt nur mit Ihrer Hilfe. Und was ist das da?"

Er deutete auf eine überdimensionale Plastik zwischen den Zelten: einen giftgrünen, gewundenen Stamm mit gedrungenen, palmenartigen Blättern und einer zwiebelförmigen, leuchtend orangefarbenen Frucht an der Spitze – eine vier Meter hohe Fantasiepflanze, die aussah, wie von einem anderen Stern.

„Das ist ein Mahnmal für die vom Menschen vergewaltigte

Natur", antwortete Eva-Maria stolz. „Der Altdorfer Künstler Hans Bäurle hat sie uns ausgeliehen, um unsere Aktion zu unterstützen. Da kommt er." Sie zeigte auf einen älteren Mann mit weißem Bart und Käppi, der sich erhoben hatte und sich der Gruppe näherte.

„Ich finde es ganz toll, dass Sie Ihr Werk der Bürgerinitiative zur Verfügung stellen, Herr Bäurle. Elke Simon, die Mutter dieser Aktivistin hier."

Der Künstler nickte. „Ich habe mich informiert, die Sache für gut befunden und mich entschlossen, sie mit einem Werk zu unterstützen. Es ist eine Skulptur aus bemalter Glasfaser und Teil eines Ensembles mit dem Titel ‚Drei Grazien'."

„Was sicherlich ironisch gemeint ist", warf Franck ein und stellte sich ebenfalls vor.

„Schon lange setze ich mich in meinen Arbeiten mit Erscheinungsformen der Natur auseinander", antwortete Bäurle. „Eigentlich denke ich immer positiv und kreiere neue Formen. Aber bezogen auf das Thema Gentechnik erhält die Plastik möglicherweise eine ganz andere Bedeutung. So könnte dann das Resultat der Versuche aussehen. Das ist eben die Freiheit der Kunst, und die Deutungshoheit liegt immer beim Betrachter. Die Gruppe ist auf mich zugekommen, das hat mir imponiert."

„Mir imponiert, dass ihr von so vielen Seiten gefördert werdet", sagte Elke zu ihrer Tochter.

In diesem Augenblick traf eine Gruppe von etwa zehn, meist jüngeren Personen auf dem Gen-Acker ein.

„Karl Schmid, Landwirt aus Münchingen", stellte sich der Anführer vor. „Wir kommen ohne Transparente und Spruchbänder. Es soll keine Demonstration für die Gentechnik sein. Wir wollen uns vor Ort informieren. Die meisten Kollegen wussten gar nicht, wo das Versuchsfeld liegt."

„Seien Sie herzlich willkommen. Und fühlen Sie sich als unsere Gäste", sagte Thea Portmann.

„Wir sind schon der Ansicht, dass dieser Versuch durchgeführt werden muss", antwortete Schmid. „Er unterliegt strengster Kontrolle und ist seit zwei Jahren genehmigt. Aber schlimm wäre es, wenn wir nicht mehr miteinander reden könnten. Und es stört mich ungemein, dass die drei Polizeiwagen da vorfahren, kaum dass wir angelangt sind."

„Dann sind wir schon in einem Punkt einer Meinung", antwortete Thea Portmann.

22

Am Abend, als die Gäste wieder verschwunden waren, und die Nacht hereinbrach, campierte nur noch der harte Kern der Genmais-Gegner auf dem besetzten Feld. Thea und Eva-Maria lagen in ihren Schlafsäcken im Zelt und ließen den Tag Revue passieren.

„Das war doch der volle Erfolg", sagte Thea, die Hände hinter dem Kopf verschränkt. „Hätte nicht besser laufen können. Und mit den Landwirten haben wir schließlich die Adressen ausgetauscht. Die Bullen sind richtig enttäuscht wieder abgezogen. Kein Zoff. Gut, dass auch das Wetter mitgespielt hat."

Eva-Maria schwieg.

„Und dass deine Eltern gekommen sind, macht mich richtig neidisch", fuhr Thea fort.

„Na, du hast dich ja für deinen Vater mächtig ins Zeug gelegt", antwortete Eva-Maria. „Wie geht es dir denn damit, dass er unter Mordverdacht im Knast sitzt?"

„Wir haben schon seit langem kein gutes Verhältnis miteinander. Genauer gesagt, seit sechs Jahren. Und wenn er mir mein Studium nicht mehr weiter bezahlt, dann sehe ich alt aus. Aber dass er den Gerd umgebracht hat, kann ich nicht glauben. An dem Sonntag haben wir mal ausnahmsweise miteinander zu Abend gegessen. Die Atmosphäre war kühl, aber mein Vater schien nicht irgendwie aufgeregt zu sein, als er gegen acht das Haus verließ, um ins Institut zu fahren. Das macht er anscheinend öfter."

Eva-Maria schwieg abermals. Es kam ihr so vor, als würde ihre Freundin einen langen Anlauf nehmen, um etwas, das sie belastete, loszuwerden.

„Und dass du Spanisch lernst und nach Mexiko gehst, macht mir auch zu schaffen", gestand Thea. „Ich verliere meine beste Freundin."

„Ja", sagte Eva-Maria, „aber nicht für immer."

„Ich hätte auch gern Spanisch gesprochen, damals vor sechs Jahren", sagte Thea leise.

Eva-Maria richtete sich im Zelt auf und zog die Beine mit dem Schlafsack an. „Nun erzähl schon, was vor sechs Jahren passiert ist. Das ist ja nicht zum Aushalten, mit deinen Andeutungen. Wenn ich deine beste Freundin bin ... Und ich kann schweigen, wie ein Grab."

„Mach keine Witze, Eva", sagte Thea. „Das Wort ‚Grab' kann ich nicht ab."

Dann begann sie zu erzählen, unstrukturiert, stockend, wie es aus ihr herauskam, die ganze Geschichte.

„Es war der letzte Urlaub, den ich gemeinsam mit meinen Eltern verbrachte. Auf La Palma. Ich war sechzehn, und Miguel war auch sechzehn. Er sprach nur Spanisch. Es war das erste Mal, dass ... Wir haben nicht miteinander geschlafen, weißt du. Aber wir lagen nackt beieinander in einer einsamen Bucht. Es war Samstag, der 11. August 1990. Den Tag werde ich nie vergessen."

„Das erste Mal vergisst man nie", sagte Eva-Maria, und es hörte sich ein wenig altklug an. Thea nahm keine Notiz von der Bemerkung. Sie schien ganz in die Vergangenheit abgetaucht zu sein.

„Es war einfach himmlisch. Er war so ungeschickt, aber so zärtlich. Gleich fange ich an zu weinen. Am nächsten Tag wurde der Urlaub abgebrochen, und wir flogen zurück. Ich habe Miguel nie wiedergesehen."

Sie hielt ihre Hände immer noch unter dem Kopf verschränkt und sprach in die Luft, ohne Eva-Maria anzusehen.

„Ich kam natürlich viel zu spät nach Hause. Er hat mich auf seiner Vespa zurückgebracht. Der letzte Bus war längst weg.

Meine Mutter hat ihn gesehen. Eine Stunde später kam mein Vater; kreideweiß im Gesicht. ‚Wo bist du gewesen?', schrie er mich an. ‚Ich habe am ganzen Strand nach dir gesucht, ich habe die Restaurants abgesucht. Wo bist du gewesen? Morgen fliegen wir zurück!' Im Flieger habe ich die ganze Zeit geweint. Was sollte denn Miguel von mir denken? Ich bin doch nicht vor ihm weggelaufen! Ich wollte doch wieder zu ihm! Ich habe ihn doch so lieb gehabt."

Tränen traten in ihre Augen, und sie schniefte die Nase.

„Dafür hasse ich meinen Vater", brach es aus ihr heraus, „dass ich zurückfliegen musste. Er besaß ein Auto und ein Motorboot. Aber ich weiß nicht, ob er wirklich nach mir gesucht hat. Er hat sich früher einen feuchten Kehricht um mich geschert. Und jetzt plötzlich diese übertriebene Fürsorge. Schließlich war ich schon sechzehn."

„Was hätte dein Vater denn sonst machen können, wenn er nicht nach dir gesucht hat?", fragte Eva-Maria behutsam.

„Es ging das Gerücht, er hätte eine andere. Er saß mit ihr im Restaurant oder so."

„Nora Stadler", stellte Eva-Maria fest.

Thea nickte. „Wenn ich schon dabei bin … Da ist noch was. Ich … aber du darfst es nicht weitererzählen. Schwörst du?"

„Heiliges Ehrenwort!"

„Ich glaube, ich habe einen Mord beobachtet. Als Miguel das Boot zurückruderte. In einer Bucht. Da lag ein Motorboot. Zwei Männer kämpften miteinander im Wasser."

„Hast du nicht genauer hingeschaut?"

„Ich war doch nackt und versteckte mich auf dem Boden."

„Und Miguel?"

„Der ruderte mit dem Rücken auf die Bucht zu. Als er sie einsehen konnte, war nur ein Mann da. Miguel war ein Fischerjunge. Er hatte das Boot seines Vaters genommen, ohne ihn zu fragen. Er wird nichts über den Vorfall berichtet haben, sonst würde ja sein Vater … Und ich konnte auch nichts sagen, sonst wäre ja herausgekommen, dass wir ganz alleine in der anderen Bucht waren. Da versperrt ein Felsen den weiteren Weg auf dem Lande, und die einsamen Buchten kann man nur vom Meer aus erreichen. Es ist ein Paradies für … für Lieben-de."

„Und für Mörder", ergänzte Eva-Maria.

„Sei still. Ich habe sechs Jahre lang geschwiegen. Aber wem soll ich es denn erzählen, wenn … wenn du nicht mehr da bist?"

„Jetzt liegt doch kein Grund mehr vor, dass du schweigst", wandte Eva-Maria ein. „Ich habe dir mein Ehrenwort gege-ben, und das halte ich. Aber du kannst es zum Beispiel meinem Stiefie erzählen. Andeuten, meine ich. Der ist doch Historiker. Der kriegt raus, ob an diesem Tag dort eine Leiche gefunden wurde. Wenn du das Datum noch so genau weißt … Das wäre doch wenigstens etwas. Du kannst nicht dein ganzes Leben lang mit diesem schrecklichen Verdacht herumlaufen."

„Es war der 11. August 1990, ein Samstag. Und das Meer war spiegelglatt. Wir sind in die Sonne geschwommen. Neben-einander." Thea schloss die Augen. „Und dann hat er hinter mir gesessen und meine Brüste gehalten. Und dann meinen Bauch. Und ich habe mich mit geschlossenen Augen an ihn gelehnt und meine Hände auf seine Knie gelegt. Doch immer, wenn ich daran denke, kommen mir auch die Bilder von der anderen Bucht."

„Du kannst hinfliegen und Miguel suchen", fuhr Eva-Maria fort. „Der lebt dort immer noch."

„Das Boot hieß Santa Lucia", sagte Thea.

„Es liegt immer noch an derselben Stelle, glaub mir. Vorher lernen wir zusammen Spanisch, und du redest mit ihm."

„Ich will gar nicht viel mit ihm reden. Ich will mit ihm wie-der in unsere Bucht fahren. Und ganz glücklich zurückkom-men, ohne diese Bilder im Kopf. Ohne dass ich am nächsten Tag die Insel verlassen muss. Ich will nicht dafür bestraft wer-den, dass ich Miguel lieb habe."

Thea rannen die Tränen die Wangen herunter.

„Das scheint eine Insel für starke Gefühle zu sein", sagte Eva-Maria. „Flieg hin. Noch in diesem Sommer. Ohne deine Eltern."

„Meinst du wirklich?" Ein kleines Lächeln erhellte Theas trä-nennasses Gesicht. „Hast du dein Spanisch-Lehrbuch dabei?"

23

Bettina Eppelsheimer-Portmann war zu ihrem Mann zurückgekehrt, nachdem dieser sich von seiner Geliebten Nora Stadler getrennt hatte. Seitdem er in Untersuchungshaft saß, stand
sie noch fester an seiner Seite als vorher. Denn die Haft hatte
er nicht verdient. Es war natürlich ein schwerer Schlag für sie
gewesen, von der Existenz einer Rivalin Kenntnis nehmen zu
müssen. Obwohl ihr während des berüchtigten La Palma-Urlaubs ein Verdacht aufgestiegen war, hatte sie nur eine Ferien-
Romanze angenommen und sich nach der überstürzten Rück-
kehr wieder beruhigt. Doch nun stand es fest: Sechs Jahre lang
hatte Peter sie immer wieder hintergangen. Das war bitter und
für manch eine Frau zu viel. Aber er hatte sich im April ohne
Not von dieser Nora getrennt. Das sprach zu seinen Gunsten.
Als die Liaison durch den Mordfall aufgedeckt wurde, war sie
schon Vergangenheit. Und Bettina konnte sich nicht vorstellen, dass ihr Mann diesen Gerd Imhoff umgebracht hatte. Eifersucht war nicht mehr mit im Spiel, und auch darüber hinaus
gab es weit und breit kein Mordmotiv.

Deshalb war Frau Portmann, wie sie sich jetzt wieder nennen ließ, auch zur Zusammenarbeit mit diesem Dr. Franck bereit, der sie angerufen und sich als jemand vorgestellt hatte,
der die Interessen ihres Mannes vertrat.

Peter hatte sie zwar nicht darüber informiert, dass er einen
Privatdetektiv beschäftigte, aber sie konnte seine Entscheidung
nachvollziehen.

Bettina Portmann stand im Badezimmer ihres Hauses und
rieb ihr Gesicht sorgfältig mit einer Feuchtigkeitscreme ein. Ihr
Gesicht, das um die Mundwinkel die ersten Falten aufwies,
das aber – wie sie fand – immer noch ausdrucksstark war. Zur
Pflege der zarten, empfindlichen Augenpartie verwendete sie
ein Balsam mit Seidenprotein. Ihr festes, graues Haar fiel in
formvollendeter Welle vom Mittelscheitel bis zum Kinn herab
und kontrastierte wirkungsvoll mit den immer noch schwarzen Augenbrauen. Auf ihrer kleinen, spitzen Nase saß unauffällig eine Brille aus kreisrunden Gläsern.

Frau Portmann kultivierte seit einiger Zeit ihr intellektuelles Aussehen.

Sie trug mit Vorliebe Schwarz und wenig Schmuck, vielleicht eine Halskette über der Bluse oder dem T-Shirt, und manchmal sogar ein Jackett zu langen Hosen, aber nie diese zugeknöpften und dennoch ausgeschnittenen schwarzen Hosenanzüge, die im Stuttgarter Bankenviertel zwischen den Uni-Hochhäusern und dem Schlossplatz seit einiger Zeit das Straßenbild prägten.

Es war die Neuauflage einer abgedroschenen Geschichte, in der sie, Bettina Portmann, nun unversehens eine Hauptrolle spielte. Man kannte sich seit langem, etwa seit dem Studium, und stammte aus denselben Kreisen – Bettina Eppelsheimer hatte Literaturwissenschaft und Kunstgeschichte in Tübingen studiert, die klassischen Fächer für Töchter aus den höheren Schichten, die nie in den Schuldienst gehen würden, sondern in ausgelassener Schönheit auf eine akademische Ehe warteten. Bei ihr hatte es reibungslos geklappt. Man hatte glückliche Jahre miteinander verbracht, angeschafft (wie man in Schwaben sagte) – zum Beispiel je ein Haus in Birkach und auf La Palma, sowie eine gesunde Tochter großgezogen und den Aufstieg des Mannes in der universitären Hierarchie genossen. Doch mit einer zwölf Jahre jüngeren Geliebten, die naiv und ungezwungen ihre Kurven zur Schau stellte und mit hilflosen, blauen Augen an die Ritterlichkeit des Mannes, ihres Mannes, appellierte, war nicht zu konkurrieren. Auch nach all den gemeinsamen Jahren nicht.

Hatte Nora überhaupt blaue Augen? Bettina Portmann wusste es nicht.

Sie wusste nur, dass sie ihre eigenen Vorzüge ins Spiel bringen musste.

Nie würde Peter mit einer kupferbraunen Sexbombe zum Universitätsball gehen können, den der Hohenheimer Rektor alljährlich unter der Erntekrone veranstalten ließ. Nie würde Peter mit einer aufgetakelten Friseuse beim Kollegen Herrlich zum Abendessen erscheinen können; einer Frau, die zwar kurze Röcke trug, aber die Regeln der Konversation nicht beherrschte. Die gesellschaftlichen Verpflichtungen konnte Peter nur mit seiner Frau, Bettina Portmann, wahrnehmen. Er wusste das, und darauf ließ sich bauen.

Die Hausglocke schlug an; Frau Portmann warf einen letzten Blick in den Spiegel und ging ohne Eile die Treppe hinunter. Der Herr Privatdetektiv war überpünktlich. Sie öffnete die Tür. Ein etwa einsfünfundsiebzig großer Mann in Jeans, weißem Hemd und abgetragener Lederjacke stand im Eingang und stellte sich als Dr. Franck vor. Es war der Kollege ihres Mannes, den sie erwartete. Frau Portmann rümpfte die Nase.

Zum zweiten Mal trat Andreas Franck in das viktorianische Wohnzimmer, zum zweiten Mal fühlte er sich in dem angebotenen Sessel unwohl. Neben dem Kamin lag noch immer das aufgeschlagene Buch.

„Frau Portmann", eröffnete Franck das Gespräch, „ich danke Ihnen, dass Sie so kurzfristig Zeit für mich erübrigen konnten. Ich will Sie nicht über Gebühr aufhalten, deshalb gestatten Sie mir, dass ich gleich zum Thema komme. Wir beide glauben nicht, dass Ihr Mann diesen Gerd Imhoff umgebracht hat. Aber so wie es aussieht, sitzt er ziemlich tief in der Patsche. Er hat mich beauftragt, ihm zu helfen. Aber er hat mir nicht die Wahrheit gesagt. Er kannte den Toten. Er war in seiner Wohnung. Das belastet ihn. Wir müssen alle Kräfte mobilisieren, um seine Unschuld zu beweisen. Ich hoffe, dass Sie mir dabei helfen können."

Frau Portmann nickte. „Fragen Sie nur."

„Am 24. April, einem Mittwoch, habe ich mit Ihrem Mann zum ersten Mal gesprochen, am 28. April wurde Imhoff ermordet. Ist Ihnen in diesen Tagen etwas Ungewöhnliches an Ihrem Mann aufgefallen?"

Frau Portmann schüttelte den Kopf. „Nein, er war wie immer."

„Versuchen Sie doch bitte einmal, seinen Tagesablauf zu rekonstruieren."

„Er ging morgens ins Institut und kam abends nach Hause zurück." Frau Portmann dachte nach. „Donnerstag und Sonntag ist er nach dem Abendessen noch einmal ins Institut gefahren, um seine Versuchsreihe zu überprüfen. Das ist nichts

Ungewöhnliches. Am Samstag waren wir um 19 Uhr bei einem Kollegen eingeladen. Am Sonntag aß unsere Tochter Thea mit uns zu Abend. Da gab es zwischen ihr und meinem Mann eine Auseinandersetzung über die Gentechnik. Ich habe mich zurückgehalten. Es kommt nicht mehr so oft vor, dass unsere Tochter uns besucht, und man will dann nicht unbedingt im Streit auseinandergehen."

„Hat Ihr Mann je über diesen Gerd Imhoff gesprochen?"

„Nein. Der Name ist mir völlig unbekannt."

„Ihre Tochter hat gestern auf dem Gen-Acker in Renningen ein Manuskript Imhoffs vorgelesen. Thea hat Imhoff gekannt; da liegt es doch nahe, dass auch Ihr Mann ihn kannte."

„Ich weiß nicht, wie das Manuskript in Theas Hände gelangt ist", sagte Frau Portmann. „Sie hat es auch am Sonntag bei der Auseinandersetzung mit meinem Mann nicht erwähnt."

„Ist Ihre Tochter am Sonntag noch lange geblieben, nachdem Ihr Mann gegen acht Uhr das Haus verließ?"

„Nein; sie holte noch ein paar Sachen aus ihrem Zimmer im ersten Stock und fuhr dann ab."

„Liegt das Arbeitszimmer Ihres Mannes auch im ersten Stock?"

Frau Portmann nickte. „Warum stellen Sie diese Fragen?"

„Aus Imhoffs Beschäftigung mit der Gentechnik könnte sich ein Mordmotiv ergeben, das nicht in die Richtung Ihres Mannes weist", erläuterte Franck. „Ihre Tochter hat Ihren Mann sozusagen entlastet, als sie gestern das Manuskript vorlas."

„Das überrascht mich", sagte Frau Portmann. „Die beiden haben seit längerem kein gutes Verhältnis mehr zueinander."

„Kennen Sie Nora Stadler, die frühere Geliebte Ihres Mannes?"

„Nein. Ich habe sie nie gesehen. Mein Mann hat mir vor kurzem von ihr erzählt, als die Beziehung schon nicht mehr bestand. Alles, was ich über sie weiß, weiß ich von ihm."

Franck zögerte. Es war ein heikles Thema, das er angeschnitten hatte.

„Entschuldigen Sie Frau Portmann, dass ich auf Frau Stadler zu sprechen komme. Sie können sicher sein, dass ich mich nur für mögliche Mordmotive interessiere, die Ihren Mann entlasten. Vielleicht ist Imhoff umgebracht worden, weil er zu kritisch über die Gentechnik schrieb. Vielleicht ist er umgebracht worden, weil er Frau Stadler in die Quere kam. Ich weiß es noch nicht. Deshalb stochere ich überall herum und stelle Fragen, die Sie als indiskret empfinden könnten."

Frau Portmann nickte.

„Ich kann mir nicht so recht vorstellen", fuhr Franck fort, „dass jemand sechs Jahre lang eine Geliebte hat, und die Ehefrau merkt nichts davon."

Frau Portmann atmete tief durch. „So war es auch nicht", sagte sie. „Vor sechs Jahren, als er sie auf La Palma kennen lernte, habe ich schon etwas gemerkt. Aber wir sind dann früher abgereist, als geplant. Mein Mann wollte es so, und ich nahm an, er wollte es, um unsere Ehe zu schützen."

„Damals war Nora Stadler noch verheiratet", warf Franck ein.

„Davon weiß ich nichts", antwortete Frau Portmann.

„Dann wissen Sie auch nicht, dass Frau Stadlers Mann, ein Herr Werner, damals ebenfalls auf La Palma war?"

„Nein, das ist mir neu. Ich weiß auch nicht, wohin diese Frage führen soll."

„Dieser Herr Werner ist am 11. August 1990 während seines La Palma-Urlaubs im Atlantik ertrunken."

Frau Portmann wurde aschfahl im Gesicht. „Am 11. August, sagen Sie? Am 12. August sind wir abgereist. Ich erinnere mich noch genau. Es war nämlich der letzte gemeinsame Urlaub mit unserer Tochter Thea."

Franck schwieg.

„Ein tödlicher Badeunfall, wie schrecklich!", sagte Frau Portmann. „Mein Mann hat nie mit mir darüber gesprochen."

„Wahrscheinlich weiß er gar nichts über den Unfall", antwortete Franck wider besseres Wissen. Das Todesdatum hatte ihm Portmann selbst erzählt. Es war auch ziemlich unwahrscheinlich, dass sich jemand eine verheiratete Geliebte zulegte und nichts über den Tod ihres Mannes wusste. Und einen Tag nach dem Unfall seinen Urlaub abbrach. Das musste auch Frau Portmann merkwürdig vorkommen. Aber Franck fühlte, dass jetzt beschwichtigende Worte angebracht waren. Frau Portmann rang immer noch nach Fassung. Sie hatte die vorzeitige Abreise als Entscheidung zu ihren Gunsten interpretiert und begann sie jetzt anscheinend zu hinterfragen.

„Wie wollen Sie aus dieser alten Geschichte einen Vorteil für meinen Mann herausschlagen?", fragte sie schließlich.

„Das weiß ich auch noch nicht", antwortete Franck. „Ich muss möglichst viele Informationen sammeln, bevor ich sie zu einem Bild zusammenfügen kann. Mit Ihrer Tochter Thea werde ich auch noch sprechen."

„Thea hat sich damals gar nicht darüber gefreut, dass wir den Urlaub abbrachen. Es gefiel ihr sehr gut auf La Palma."

Franck wechselte das Thema. „Wie steht denn Ihr Mann zu seinem Kollegen Professor Herrlich, dem Leiter der gentechnischen Versuche?"

„Sie sind miteinander befreundet. Bei ihm und seiner Frau haben wir den Samstagabend verbracht, den 27. April, nach dem Sie vorhin fragten."

„Da stand das Thema Gentechnik doch sicher auch im Mittelpunkt der Gespräche", mutmaßte Franck.

„Nein, gar nicht", widersprach Frau Portmann. „Bei privaten Einladungen unter Kollegen wird nicht über Berufliches gesprochen. Das wäre für die Damen auch recht langweilig."

„Haben sich die beiden Männer mal eine Zeit lang zurückgezogen? Etwa um zu rauchen?"

„Nein, nicht dass ich wüsste. Es war ein sehr harmonischer Abend."

„Auch keine Telefonanrufe?"

Frau Portmann schüttelte den Kopf.

„Dann will ich Sie nicht länger aufhalten." Franck erhob sich. „Ich danke Ihnen für Ihre Auskünfte."

Frau Portmann begleitete ihn zur Haustür und gab ihm zum Abschied die Hand. „Ich fürchte, ich konnte Ihnen nicht sehr behilflich sein", sagte sie.

„Das kann man nie wissen", antwortete Franck. „Warten wir es einfach ab."

24

Linda Scholl war ausnahmsweise ein paar Minuten zu früh im LKA erschienen. Sie zog ihre Jacke aus, stellte den Regenschirm in den Papierkorb und warf noch einen Blick in die *Stuttgarter Nachrichten*. Die geplante Fusion von Berlin und Brandenburg war gescheitert; 62,9 Prozent der Abstimmungsberechtigten hatten in Brandenburg dagegen votiert.

Recht so, dachte Linda Scholl. Die Brandenburger wären doch nur von Berlin übervorteilt worden.

Sie blätterte weiter bis zum Sportteil. Nicht dass sie sich für Fußball interessierte, aber seitdem sie Andreas Franck kennen gelernt hatte, informierte sie sich – wenn auch unregelmäßig – über die Spiele von Werder Bremen. Einfach nur, um ihm ein paar Gedanken der Anerkennung oder des Trostes zu schicken.

Heute las sie nichts Gutes. Werder hatte am Samstag in Rostock zwei zu eins verloren und war zwei Runden vor Schluss auf Platz elf abgerutscht. Allerdings stand am morgigen Dienstag im Weserstadion noch ein Nachholspiel gegen Bayern München an.

Armer Andreas, dachte Linda Scholl. Ich wünsche dir wenigstens einen Erfolg gegen den Erzrivalen von der Isar.

Die Kommissarin interessierte sich also nicht besonders für Fußball, aber sie verfolgte doch mit Sorge, dass die Fremdenfeindlichkeit auf den Sportplätzen, besonders den ostdeutschen, immer wieder aufbrach. Afrikaner wurden, wenn sie ein Foul an einem Spieler der Heimmannschaft begangen hatten, als „schwarze Sau" beschimpft. Die Schiedsrichter vermerkten in ihren Spielberichten rassistische Rufe von der Tribüne nicht, und der Deutsche Fußball-Bund ließ in regelmäßigen Abständen erklären, dass die Fremdenfeindlichkeit in den deutschen Stadien abnehme. In Wirklichkeit wurden die Fan-Szenen von Halle, Chemnitz, Leipzig und Jena rechtsradikal unterwandert.

Warum kommen mir jetzt diese Fan-Clubs in den Sinn?, dachte sie. Richtig, ein Mitglied der „Süd-Rabauken" hatte in Stuttgart im Haus der Imhoffs gewohnt.

Linda Scholl faltete die Zeitung zusammen, als sie im Flur Schritte hörte.

Es klopfte, Rudolf Klingle steckte den Kopf zur Tür herein und grüßte.

„Na, wie bist du übers Wochenende gekommen?", fragte sie.

„Eigentlich ganz gut", antwortete er, „gestern sind wir wieder auf der Alb gewandert, und die Kinder sind ausnahmsweise früh daheim gewesen."

Er trat ein.

Klingle hatte wirklich mit seiner Frau einen guten Sonntag auf der Nordalb verbracht. Es war ihm gelungen, Ruhe zu bewahren, als Schneewittchen gleich bei der Ankunft noch schnell etwas einkaufen wollte. Er ließ ihr ihren Willen, und daraufhin war sie einige Stunden lang gut zu ertragen gewesen. Zwar gingen sie eine ganze Weile schweigend hintereinander, aber das war dem schmalen Anstieg geschuldet und führte zu keinen Protesten. Auch als sie immer wieder stehen blieb, um die Blumen am Weg in ihrem Bestimmungsbuch zu suchen, bewahrte er Geduld. Dafür wurde er beim bewirtschafteten Feuerwehrhaus auf dem Sommerberg mit einer Vesper belohnt.

Am Abend hatte er mit Schneewittchen geschlafen. Seine Frau hatte sich danach zufrieden auf die Seite gerollt, und bald hörte er ihre regelmäßigen, tiefen Atemzüge. Er selbst war neben ihr noch lange wach liegen geblieben.

„Gibt's was Neues?", fragte er Linda Scholl.

„Nein, Portmann ist weiter in Haft. Du kannst unser Vernehmungsprotokoll lesen. Es liegt auf deinem Schreibtisch."

Klingle seufzte. Akten studieren war nicht seine starke Seite.

„Vielleicht doch." Linda Scholl zögerte. „Am Freitag haben sie wieder eingebrochen. Diesmal in Plochingen; wieder am Stadtrand."

„Du meinst …?"

Linda Scholl nickte. „Eine junge, blonde Frau fuhr den Fluchtwagen."

Klingle zog die Augenbrauen hoch. „Blond und dick?"

„Woher weißt du das?", wunderte sich Linda Scholl.

„Yvonne Berger, die seit Monaten verschwunden ist. Schick die Spurensicherung in Imhoffs Einliegerwohnung."

Linda Scholl hielt schon den Hörer in der Hand.

*

Andreas Franck musste sich beeilen, um Thea Portmann noch rechtzeitig vor dem Ende der Lehrveranstaltung zu erwischen. Professor Herrlich, der Gentechnik-Forscher, hielt seine Vorlesungen natürlich im Schloss. Franck trat in das von schmucklosen Steinsäulen flankierte Erdgeschoss, das so groß gebaut worden war, dass Kutschen hatten hineinfahren können, und versuchte sich zu orientieren. An beiden Seiten führten ausladende Treppen ins Obergeschoss. Franck wählte den rechten Aufgang, ging am Grünen Saal, am Blauen Saal, am Balkonsaal und an der Aula vorbei – wahrscheinlich repräsentative Räume. Sie waren alle abgeschlossen. Der Hörsaal 1 befand sich im Obergeschoss des linken Seitenflügels. Vorsichtig öffnete Franck eine Tür, starrte auf die Rücken der Zuhörer und fing sich einen irritierten Blick des Vortragenden ein. Der Saal war mit ansteigenden Sitzreihen ausgestattet und sah richtig edel aus: Auf blauem Fußboden standen acht goldbraune Sitzreihen mit jeweils ungefähr zwölf Plätzen.

Aber nicht alle Plätze waren besetzt. Unten ordnete, das Pult vor sich und eine große Tafel hinter sich, der Vortragende seine Papiere. Es war ohne Zweifel Herrlich, der jetzt zu seinem Schlusswort ansetzte. Er trug einen hellgrauen Zweireiher und dazu unpassende kastanienbraune Schuhe.

„Im Unterschied zu einem weit verbreiteten Sprichwort sage ich Ihnen zum Schluss: Unkraut vergeht. Basta."

Mit mäßigem Klopfen reagierten die Studierenden auf diesen Kalauer. Im allgemeinen Aufbruchsgewirr sah Franck Thea Portmann sofort. Sie hatte in der ersten Reihe gesessen und stieg nun die Stufen zu ihm empor.

„Das stellt er am Ende jeder Vorlesung fest", sagte sie statt einer Begrüßung.

„Und was ist in diesem Semester sein Thema?", erkundigte sich Franck.

„Unkrautbekämpfung in landwirtschaftlichen Kulturen, was sonst?"

Sie traten durch die große Tür ins Freie und blieben unter dem Balkon, der von vier Säulengruppen getragen wurde, stehen. Es hatte aufgehört zu regnen.

„Kann man in Hohenheim auch Weinbau studieren?", erkundigte sich Franck.

Thea lachte. „Na klar. Sie züchten sogar eigene Sorten. Aber der Professor lässt sich meist von seinem Assistenten vertreten; zumindest bei der Ringvorlesung zum Thema ‚Qualitätssicherung in der Lebensmittelproduktion'. Acht Uhr morgens ist ihm wohl zu früh."

„Na ja, wenn er am Abend vorher alle Weinsorten durchprobieren musste", gab Franck zu bedenken. „Gehen wir ein Stück in den Park?"

Thea nickte. „Ich habe noch nie mit einem Privatdetektiv zu tun gehabt. Macht die Arbeit Spaß?"

„Sie ist doch nur ein Nebenjob. Hauptberuflich bin ich Historiker. Und ich habe gelernt, dass die Arbeit eines Historikers gar nicht so verschieden von der eines Detektivs ist. Auch als Historiker schnüffele ich hinter toten Leuten her."

„Jetzt also hinter Gerd Imhoff", stellte Thea Portmann fest. „Und das im Auftrag meines Vaters, wenn ich recht verstanden habe."

Franck blieb stehen. „Ja. An Imhoffs Todestag haben Sie mit Ihren Eltern zu Abend gegessen, bis Ihr Vater in sein Institut fuhr. Ist Ihnen da etwas Besonderes an ihm aufgefallen?"

Was für eine bescheuerte Frage, dachte Franck, kaum dass er sie gestellt hatte. So kriegst du nichts raus. Du hast zu viele schlechte Krimis gesehen.

„Eigentlich nicht", antwortete sie, „nur dass er hartnäckiger als sonst für die Gentechnik eintrat. Wir gerieten richtig in Streit. Ich habe kein gutes Verhältnis zu meinem Vater; aber ich glaube nicht, dass er Imhoff umgebracht hat. Dazu ist er nicht imstande."

„Gibt es an der Uni auch Professoren, die die Gentechnik kritisieren?"

Thea Portmann dachte nach. „Eigentlich nicht", antwortete sie dann, „jedenfalls findet keine öffentliche Debatte statt. Man lässt Herrlich experimentieren. Man mischt sich nicht in die Forschungen der Kollegen ein."

„Hat Gerd Imhoff über die Uni Hohenheim möglicherweise noch mehr herausbekommen als das, was Sie auf dem Gen-Acker vorgelesen haben?", fuhr Franck fort.

„Er sprach von Konkurrenten Herrlichs in der Fakultät, nannte die Abteilung für Pflanzenzüchtung, Saatgutforschung und Populationsgenetik. Aber da ist meiner Meinung nach nichts dran."

„Imhoff hat Ihnen sein Manuskript also gegeben."

Thea nickte.

„Einfach so?"

Wieder nickte sie.

„Merkwürdig", sinnierte Franck. „Ich würde niemandem ein halb fertiges Manuskript überlassen. Vor allem dann nicht, wenn ich zügig an dem Thema weiterarbeiten wollte."

„Hat er aber", sagte Thea fast ein wenig trotzig.

„Enthielt der Text denn etwas, das für eure Gruppe neu war?"

„Ja doch. Dass ein und dieselbe Firma die genmanipulierten Pflanzen und das Herbizid Basta produziert, das stand bei uns bisher nicht im Mittelpunkt der Argumentation. Die meisten von uns sind aus christlichen und ethischen Gründen gegen die Gentechnik. Andere haben schlichtweg Angst vor den unkalkulierbaren Folgen des Experiments. Gerd zeigte uns einen neuen Gegner, die Gen-Mafia in den Konzernetagen."

Schweigend gingen sie ein paar Meter nebeneinander weiter.

„Darf ich Sie als Historiker auch mal etwas fragen?", legte Thea dann plötzlich los. „Etwas ganz anderes?"

„Natürlich", antwortete Franck.

„Ich war doch vor sechs Jahren mit meinen Eltern auf La Palma. Kann man herausbekommen, was damals dort alles so geschah?"

„Wahrscheinlich gibt es eine Zeitung auf der Insel; aber die wird auf Spanisch geschrieben sein", mutmaßte Franck. „Worum geht es denn im Besonderen?"

Thea drückste herum. „Wenn jemand umgebracht wurde, dann müsste es doch in der Zeitung stehen."

„Das ist anzunehmen", sagte Franck. „In Stuttgart gibt es ein Institut für Auslandsbeziehungen, das führt ziemlich viele ausländische Zeitungen. Die kann man im Lesesaal einsehen. Nützlich wäre es natürlich, wenn Sie das genaue Datum wüssten."

„Der 11. August 1990", platzte Thea heraus.

„Wie bitte?" Franck blieb stehen und sah Thea Portmann entgeistert an. „Sie wollen wissen, ob am 11. August 1990 auf La Palma ein Mord geschah?"

„Ja", sagte sie, „was ist denn daran so schlimm?"

„Thea, am 11. August 1990 ertrank der Mann von Nora Stadler im Atlantik vor La Palma. Um das zu wissen, brauche ich nicht in die Zeitung zu schauen."

Jetzt wurde Thea Portmann kreideweiß im Gesicht. „Wer hat Ihnen das gesagt?", fragte sie mit leiser Stimme.

„Niemand anderes als Ihr Vater. Hans-Jürgen Werner, so hieß Noras Mann, ertrank an diesem Tag im stürmischen Meer. Die Wellen waren zu hoch, sodass Ihr Vater ihn nicht retten konnte. Was ist denn, Thea? Komm, setz dich auf die Bank da."

„Mein Vater konnte ihn nicht retten? Die Wellen waren zu hoch? Hat er Ihnen das gesagt?"

„Ja, genau das hat er gesagt. Was ist denn los, Thea?"

„Und dieser Mann war klein und dick?"

„Ich nehme es an. Jedenfalls hatte Hans-Jürgen Werner Schwierigkeiten, seine Schuhriemen alleine zuzuschnüren."

Thea, auf der Bank sitzend, schlug die Hände vors Gesicht.

„Es war ein Samstag, und das Meer war spiegelglatt", presste sie zwischen den Händen hervor.

Franck sah sie verständnislos an.

Thea nahm die Hände herab. „Ich schwöre Ihnen, das Meer war spiegelglatt. Am 11. August 1990 war es windstill. Es gab keine stürmische See. Ich bin in einem Ruderboot gesessen und dann auch geschwommen."

„Und du bist sicher, dass es der 11. August 1990 war?"

„Ganz sicher. Den Tag werde ich nie vergessen."

„Ach so", sagte Franck, „ich verstehe. Sie waren nicht allein."

„Lassen Sie mich nachdenken", bat Thea und legte wieder die Hände ins Gesicht. Franck saß neben ihr auf der Bank und schwieg. Auch er brauchte Zeit, um die neuen Informationen einzuordnen.

Nach einer Weile begann Thea: „Mein Vater hat Ihnen gesagt, er konnte den Ehemann von Nora Stadler nicht retten?"

„Ja", bestätigte Franck, obwohl er Portmanns Worte nicht mehr genau im Kopf hatte. „Es hörte sich so an, als sei er dabei gewesen."

„Ich konnte vom Boot aus sehen, wie zwei Männer miteinander kämpften. Aber ich habe sie nicht erkannt. Miguel, mein Freund, hat dann nur einen gesehen. Den Dicken nicht mehr."

„Thea", sagte Franck behutsam, „denken Sie über alles noch einmal nach. Ich will die Einzelheiten gar nicht wissen. Von Ihrer Aussage hängt aber viel ab."

Thea erhob sich, streckte sich und sagte, mehr zu sich selbst als zu Franck: „Mein Vater hat Noras Mann umgebracht. Am nächsten Morgen ist er mit uns nach Hause geflüchtet. Und ich habe bist heute gedacht, wir mussten den Urlaub abbrechen, weil ich zu spät zurückgekommen bin. Dieses Schwein."

„Thea", sagte Franck, „das können Sie über Ihren Vater nicht sagen. Es ist doch noch nichts bewiesen."

„So war es." Thea blieb hartnäckig. „Ich fühle es, dass es so war."

Schweigend gingen sie den kurzen Weg zurück. Als sie vor dem Schloss standen, blieb Thea stehen und sagte:

„Ich habe drei Fotos im Schreibtisch meines Vaters gefunden. Ein Foto hat Imhoff für das Manuskript gekriegt. War wohl ein Fehler von mir, das Foto wegzugeben."

Sie ging, gefolgt von Francks Blicken, mit gesenktem Kopf ins Schloss und auf der anderen Seite wieder hinaus, den schnurgeraden Weg an der Speisemeisterei, einem Luxusrestaurant, vorbei bis zu den Parkplätzen. Stieg in ihr Auto und ließ den Kopf auf das Lenkrad sinken.

Ich kann heute nicht mehr arbeiten, dachte sie. Ich muss zu mir kommen. Es ist nichts bewiesen, sagt der Detektiv. Ich habe meinen Vater nicht erkannt; die Entfernung war zu groß. Ich könnte vor Gericht nicht aussagen, dass ich ihn gesehen habe. Außerdem wäre ich nicht zu einer Aussage verpflichtet. Ich werde vor Gericht nicht aussagen. Aber wissen möchte ich, was geschah. Warum wir so plötzlich abreisen mussten.

Es gibt keinen Beweis; aber vielleicht gibt es – wie nennt man das? – Erkenntnisse, die meinen Verdacht entkräften. Schließlich geht es trotz allem um meinen Vater. Was habe ich davon, wenn er lebenslänglich im Knast sitzt? Genugtuung. Will ich das? Ich könnte sein Leben zerstören, so wie er meins mit Miguel zerstört hat.

Thea hob den Kopf.

Es wird doch bekannt sein, wo die Leiche von diesem Dicken ans Land geschwemmt wurde. Und wenn es nicht unsere Bucht gewesen wäre …

Sie ließ den Motor an.

„Ich fliege nach La Palma", sagte sie laut vor sich hin. „Und mein Vater rückt das Geld dafür raus. Und wenn er nicht blecht, weiß ich Bescheid."

25

Begonnen hatte der Montag für die 35 Jahre alte Nora Stadler schon früh am Morgen. Bereits um 5.30 Uhr fuhr sie mit ihrem Leihwagen von Los Llanos de Aridane, der heimlichen Hauptstadt La Palmas, nach Santa Cruz zum Flughafen. Im Flieger lehnte sie sich zufrieden zurück und gönnte sich noch ein kleines Schläfchen. Ihre Geschäfte hatten sich gut angelassen. In Los Llanos und Umgebung gab es eine recht große Kolonie deutschsprachiger Einwohner; eine Boutique, eine Arztpraxis und ein Restaurant wurden von Deutschen geführt. Hinzu würden die Touristen kommen, die sicher auch einmal einen Haarschnitt gebräuchen konnten. Alles in allem waren die Voraussetzungen für die Gründung eines Salons ausgezeichnet. Ein paar interessante Immobilien hatte sie sich angesehen; die Einzelheiten musste sie noch mit Peter besprechen. Im Übrigen war ihr in der Woche genug Freizeit geblieben. Bei angenehmen 24 Grad Lufttemperatur reichte es sogar für ein ausgiebiges Sonnenbad am FKK-Strand in der Nähe von Puerto Naos. Und es gab ausreichend Zeit zum Nachdenken. Sie hatte sehr gute Karten in der Hand, musste sie aber mit Bedacht ausspielen.

Gegen 11 Uhr landete sie wohlbehalten in Stuttgart. Ein Taxi brachte sie in ihr Leinfeldener Haarstudio, wo sie die Einnahmen der letzten Woche sorgfältig abrechnete. In Kleinigkeiten durfte ihr kein Fehler unterlaufen. Das Finanzamt kontrollierte sogar die verbrauchten Spraydosen und Shampootuben und verglich sie mit der Zahl der Kunden.

Anschließend trug sie das von Carla erwirtschaftete Geld auf die Bank und die etwa gleich große Summe aus dem schwarzen Schweinchen auf ein anderes Konto bei der Sparkasse. Von diesem gingen die monatlichen Rückzahlungen für das Darlehen ab. Zweieinhalb Jahre würde sie noch brauchen, wenn ihre Geschäfte weiterhin so gut liefen.

Nora ging durch die Hintertür des Haarstudios in ihre kleine Wohnung hinauf. Im Flur lagen die Zeitungen der vergangenen Woche. Nachdem sie am Tag ihres Abflugs wohl oder übel Portmann auf dem Foto hatte identifizieren und den beiden Polizeibeamten seine Adresse geben müssen, war sie über den Fortgang der Ermittlungen nicht mehr auf dem Laufenden geblieben.

Rasch blätterte sie den Lokalteil der verschiedenen Zeitungen durch, bis sie in der Samstagsausgabe die gewünschte Information fand. Portmann saß in Untersuchungshaft, und die Indizien, die für seine Täterschaft sprachen, schienen erdrückend zu sein. Nora seufzte. Sie hatte nichts anderes erwartet. Sie ging zum Wohnzimmerschrank, holte eine Tüte mit Makronen heraus und verdrückte drei von ihnen genüsslich. Es war natürlich ein Ammenmärchen, dass man von ihnen schlechte Zähne bekam. Oder es war eine gezielte Kampagne der Zahnärzte.

Dann griff sie zum Telefon und wählte eine Nummer, die sie auswendig kannte. Oberstaatsanwalt Heinz Schmidt meldete sich schon nach dem dritten Läuten.

„Wie steht es um Portmann?", fragte sie, ohne ihren Namen zu nennen.

„Schlecht", antwortete Schmidt, und in seiner Stimme schwang so etwas wie Genugtuung mit. „Er wird mit ziemlicher Sicherheit verurteilt werden. Er kann für die Tatzeit kein Alibi vorweisen, und auch sonst noch sprechen genug Indizien gegen ihn."

„Die Tat fand gegen 23 Uhr statt?", vergewisserte sie sich.

„Ja", sagte Schmidt kurz angebunden, „so stand es in der Zeitung."

„Ich möchte meine Aussage im Mordfall Imhoff zu Protokoll geben. Kann ich in einer Stunde zu dir kommen?"

Am anderen Ende der Leitung schnaufte es. „Ja, aber es geht nicht unter vier Augen. Das kann man nur in Anwesenheit der Sonderkommission vornehmen."

„Ist mir auch recht", antwortete Nora Stadler.

„Aber sei vorsichtig", mahnte der Oberstaatsanwalt, „und ziehe mich nicht mit rein. Wir haben doch einen prächtigen Tatverdächtigen."

„Das werden wir sehen. Eine Hand wäscht die andere. So war es bisher; so kann es meinetwegen auch weitergehen."

Nora legte auf. Sie hatte ihren ersten Trumpf ausgespielt.

*

Es gibt Sprüche und Sentenzen, die stellen sich im unpassendsten Moment ein, kommen ganz weit von der Kindheit her und wollen dann nicht mehr aus dem Kopf. Sie ergreifen Besitz von deinen Gedanken und bestimmen dein Handeln, obwohl du ganz etwas anderes tun willst.

Als Kommissar Rudolf Klingle um 14 Uhr zusammen mit Linda Scholl und Kurt Neumann im Besprechungszimmer des LKA saß und gespannt auf Nora Stadler wartete, fiel ihm das Lieblingslied aller Schwiegermütter ein.

„Schuster, bleib bei deinen Leisten, Leisten,
schöne Frauen kosten Geld.
Leider kostet stets am meisten, meisten,
was nur wenig Tage hält."

Klingle schickte einen schnellen Seitenblick zu seiner Kollegin, aber die saß anscheinend völlig entspannt auf ihrem Platz. Allerdings war Linda Scholl pünktlich gewesen, was an sich schon eine Besonderheit darstellte.

Vom Chef konnte man natürlich nichts anderes erwarten als ruhige Professionalität.

Die Tür wurde geöffnet; Oberstaatsanwalt Heinz Schmidt schob seinen kugeligen Körper in den Raum, und in seinem Schlepptau erschien sie endlich: Hans-Jürgen Werners Exfrau, Peter Portmanns Eichkätzchen, Gerd Imhoffs Schicksal: Kupferbraun und atemberaubend weiblich, auf Samtpfötchen und mit den wiegenden Bewegungen einer nie ganz zu domestizierenden Kreatur, selbstsicher und wachsam, neugierig und scheu, wild und verschmust. In ihrem Umkreis hatte es mindestens zwei Tote gegeben. Zwei ihrer drei Männer lebten nicht mehr; ein dritter saß in Untersuchungshaft.

Nora Stadler genoss offensichtlich ihren Auftritt, während der Oberstaatsanwalt überschwenglich alle vorhandenen rechten Hände schüttelte. Sie trug die dezente Kleidung der Nachrichtensprecherinnen im öffentlich-rechtlichen Fernsehen: das Kostüm mit dem jugendfreien Ausschnitt und langen Ärmeln, diesmal in Braun, keine Halskette, und dennoch begann die Luft bei ihrem Eintritt zu vibrieren.

Nora Stadler setzte sich, und ihre Beine verschwanden übereinandergeschlagen unter den gnadenlos undurchschaubaren Holztischen.

Es war klar, dass Neumann die Vernehmung nach seinem Dafürhalten leiten würde. Unbeeindruckt und unbestechlich. Wie jede andere Vernehmung auch. Nora Stadler fügte sich; überließ dem Hauptkommissar die Initiative.

„In welcher Beziehung standen Sie zu Gerd Imhoff, dem Ermordeten?"

„Er war ein Geschäftsfreund", antwortete Nora Stadler.

„Geschäftsfreund?", echote der Kommissar.

„Ja, auf jeden Fall gab es keine persönliche oder gar initime Beziehung zwischen uns beiden. Wenn Sie das vermuten, muss ich Sie enttäuschen."

„Seit wann kannten Sie Imhoff?"

„Seit Anfang April. Aber näher erst seit dem 25. April, einem Donnerstag. Da rief er mich im Geschäft an."

„Was wollte er von Ihnen?"

„Ich glaube, über geschäftliche Dinge muss ich nicht aussagen."

Der Oberstaatsanwalt nickte erleichtert.

„Stimmt es, dass Sie Imhoff am Tag darauf abends in seiner Wohnung besuchten?"

„Ja, wir haben die geschäftliche Angelegenheit, um die es ging, unter vier Augen besprochen."

„Sie sind dann am Dienstag, dem 30. April, nach La Palma geflogen. Stand diese Reise im Zusammenhang mit den Besprechungen, die Sie mit Imhoff geführt haben?"

Nora Stadler lächelte. „Sie sind sehr geschickt, Herr Kommissar. „Aber ich verweigere wieder die Aussage."

Neumann nickte. Er hatte nichts anderes erwartet. „Kommen wir zum 28. April, dem Sonntag, an dem Imhoff ermordet wurde."

„Ich war den ganzen Abend zu Hause, Herr Kommissar", fiel ihm Nora Stadler ins Wort.

„Allein?"

Die Frage hing im Raum wie das Schwert über Damokles. Klingle hielt den Atem an. Linda Scholl spielte die Unbeteiligte.

Schüttelschmidt nestelte nervös am Ende seiner Krawatte. Das Aufnahmegerät surrte unerbittlich. Alle Anwesenden hatten das Gefühl, dass sie am entscheidenden Punkt der Vernehmung angelangt waren.

Nora Stadler zuckte nicht mit der Wimper. „Nein, Herr Kommissar", sagte sie. „Gegen halb neun kam Herr Professor Portmann und verbrachte den weiteren Abend bei mir."

Wenn Neumann überrascht war, dann ließ er sich nichts anmerken.

„Würden Sie uns auch sagen, wie lange er blieb?", fragte er.

„Portmann ging kurz nach 23 Uhr", antwortete sie. „Als er mir den Abschiedskuss gab, schlug die Uhr elfmal."

„Haben Sie mitgezählt?", ließ sich Linda Scholl vernehmen.

Nora Stadler wendete irritiert den Kopf. „Portmann hatte es nicht eilig. Wir blieben noch einige Minuten im Flur stehen. Ich war nur noch leicht bekleidet, und er küsste mich nicht nur auf den Mund, wenn Sie es genau wissen wollen. Er konnte sich nicht von mir trennen. Als er gegangen war, schaute ich auf die Uhr. Es war zehn nach elf."

„Sie sagen also aus, dass der Angeklagte am 28. April zwischen 20.30 Uhr und 23.10 Uhr mit Ihnen in Ihrer Wohnung war", vergewisserte sich Neumann.

Nora Stadler nickte, blickte auf das Aufnahmegerät und ließ ein deutliches „Ja" folgen.

„Herr Professor Portmann behauptet, dass er den ganzen Abend in seinem Institut gewesen sei."

„Das sagt er wohl nur mit Rücksicht auf seine Frau."

„Dann hat er die Beziehung zu Ihnen Anfang April gar nicht beendet?"

„Sagen wir es so", antwortete Nora Stadler mit einem kleinen Lächeln. „Wir konnten sie am 28. April wieder auffrischen."

„Da gibt es diese Fotos von Ihnen und Portmann", warf Klingle ein.

„Ach ja", antwortete Nora Stadler. „Ihre Beamten haben mir eins gezeigt.

Ich ließ drei davon Portmann zukommen, damit er sich wieder an mich erinnert. Wie Sie sehen, war das erfolgreich." Und mit einem Augenaufschlag setzte sie hinzu: „Gefallen sie Ihnen?"

Klingle errötete wie ein Pennäler, der von seinem Lehrer mit einem Stapel erotischer Magazine erwischt wird.

„Können Sie uns erklären, wie eins dieser Fotos bei Gerd Imhoff gelandet ist?", sprang Neumann ein.

„Nein, Herr Kommissar", antwortete Nora Stadler.

Im Besprechungszimmer fiel niemandem mehr eine Frage ein. Drückende Stille lastete im Raum.

„Kann ich jetzt gehen?", ließ sich Nora Stadler schließlich vernehmen.

Neumann schaute Linda Scholl an, blickte zu Klingle hinüber und dann zum Oberstaatsanwalt. Alle schwiegen.

Der Oberstaatsanwalt seufzte. Er musste die Entscheidung fällen. Nickte vor sich hin. „Ja", sagte er.

Nora Stadler erhob sich. „Kann ich auf Herrn Professor Portmann warten?"

Wieder dieses Schweigen. Wieder richteten sich alle Blicke auf Schüttelschmidt.

Der erhob sich ebenfalls. „Ich werde das Notwendige veranlassen. In einer viertel Stunde ist er frei."

„Dann danke ich Ihnen", sagte Nora Stadler. An der Tür wandte sie sich um und blickte Klingle in die Augen. „Sie brauchen einen besseren Haarschnitt, Herr Kommissar."

26

Als der Oberstaatsanwalt mit Nora Stadler den Raum verlassen hatte, blieb eine ratlose Sonderkommission zurück.

„Wir müssen ganz von vorn anfangen", sagte Neumann.

„Falls sie die Wahrheit gesagt hat", wandte Linda Scholl ein.

„Zweifelst du daran?", fragte Klingle.

„Ich habe keinen Grund, daran zu zweifeln", antwortete sie, „aber ..."

„Aber Portmann ist jetzt in ihrer Hand", vollendete Klingle. „Mal sehen, was seine Frau dazu sagt."

„Entwirf ein Szenario", forderte Neumann die Kommissarin auf.

Linda Scholl legte ihre linke Faust auf den Mund und nagte an ihrem Mittelfinger. Dann faltete sie die Hände und kratzte mit dem Daumen ihre Unterlippe. „Der Portmann lügt alle an", begann sie, „uns Mitglieder der Soko, seine Frau, Andreas Franck und vielleicht auch seinen Rechtsanwalt. Ihm ist nicht zu trauen, vor allem bei Auskünften, die sich nicht abgleichen lassen. Er gibt nur das zu, was er ganz und gar nicht abstreiten kann. Portmann hat Gerd Imhoff am 28. April gegen 23 Uhr umgebracht. An seinem Mantel wurden Blutspuren von Imhoffs Blutgruppe gefunden. Ein Mann von seiner Statur stieg nach Aussage von Christa Imhoff zu diesem Zeitpunkt vor ihrer Haustür in ein Auto, das aufgrund eines defekten Rückfahrscheinwerfers als Portmanns Wagen identifiziert worden ist. An der Badewanne Imhoffs fanden die Kollegen der Spurensicherung Portmanns Fingerabdruck. Portmanns Behauptung, Imhoff am 25. April besucht und bei der Gelegenheit den Fingerabdruck hinterlassen zu haben, wird von dem notorisch aufmerksamen Herrn Imhoff senior nicht bestätigt. Überhaupt zeichnen sich Portmanns Ausreden durch ein hohes Maß an Unwahrscheinlichkeit aus. Erinnert euch an seine Verletzung beim Parmesankäseschneiden. Nora Stadler gibt ihm aus selbstsüchtigem Grund ein Alibi, aber das stimmt nicht. Portmann war nicht bis 23.10 Uhr bei ihr, vielleicht war er gar nicht da, vielleicht ging er früher. Vielleicht steckt er mit Frau Stadler unter einer Decke."

Klingle begann zu grinsen. „Das bestimmt", warf er ein.

„Ich meine im übertragenen Sinn", fuhr Linda Scholl ungerührt fort. „Nun zum Motiv. Von Franck weiß ich, dass Portmann sich angeblich von Imhoff erpresst fühlte. Mit den Fotos. Imhoff hat am 25. April mehrfach mit Nora Stadler telefoniert. Daraufhin besuchte sie ihn am folgenden Abend. Vielleicht hat er auch sie versucht zu erpressen."

„Was könnte Imhoff gegen Nora Stadler in der Hand haben?", fragte Neumann.

Linda Scholl zuckte die Achseln. „Ende der Fahnenstange."

„Was wissen wir über Nora Stadler?", fragte Neumann.

„Das ist dein Job, Rudi", sagte die Kommissarin.

„Wenig", antwortete Klingle. „Bis vor sechs Jahren war sie eine brave Hausfrau. Dann starb ihr Mann. Sie lernte Portmann kennen, der ihr half, ein Haarstudio zu errichten, das auch Schüttelschmidt besucht. Der Herr Oberstaatsanwalt scheint seine Fittiche über sie ausgebreitet zu haben. Oder sie wickelt auch ihn ein, wie Portmann und Imhoff. Auf jeden Fall wandelte sie sich von Saula zu Paula, wenn ich das so formulieren darf."

„Eine ziemlich verunglückte Formulierung", konstatierte Linda Scholl. „Woher stammt das Geld zur Errichtung des Studios?"

„Sie nahm ein Darlehen auf, das wissen wir. Aber Portmann hatte wohl auch ein lockeres Händchen. Dann entwickelt sich die klassische Dreiecksgeschichte. Portmann will sich Nora zuliebe nicht von seiner Frau trennen. Er betrachtet die neue Nora aber als sein Geschöpf. Nora lässt ihn fallen und wendet sich Gerd Imhoff zu. Auch sie lügt, wenn sie ihn nur als einen Geschäftsfreund bezeichnet. Portmann bringt seinen Rivalen Imhoff um. Nora gibt ihm ein Alibi, weil sie kapiert, dass sie ihn damit in die Hand bekommt. Seine Frau wird sich von ihm endgültig trennen, und Nora erreicht das, was sie immer wollte. Außerdem erhält sie umgekehrt durch Portmann ein Alibi. Ganz schön clever, die Dame."

„So eine Story kann sich nur ein Mann ausdenken", kommentierte Linda Scholl. „Unter der Maske der *femme fatale* schlummert die treue Hausfrau und erwacht zu neuem Leben, nachdem der Auserwählte ihr zuliebe einen Mord begeht. Außerdem ist es eine Viereckgeschichte. Frau Portmann gehört mit ins Bild."

„Aber die hat dem Imhoff nun wirklich nicht zwei Kugeln in den Leib geschossen und ihn anschließend in der Badewanne ertränkt. Alles, was Recht ist", protestierte Klingle. „Abgesehen davon, dass sie nicht die Kraft dazu hätte, gibt es auch kein Motiv für sie."

Neumann hörte die ganze Zeit schweigend, aber aufmerksam zu. Die kleinen Spitzen, die sich seine beiden Mitarbeiter austeilten, schienen ihn zu amüsieren. „Was wissen wir über Gerd Imhoff?", fragte er.

„Noch weniger, als über Nora Stadler", antwortete Linda Scholl. „Er war Journalist, arbeitete für verschiedene Zeitungen und Zeitschriften als freier Mitarbeiter und beschäftigte sich in der letzten Zeit mit dem Thema Gentechnik. Aus diesem Grund nahm er zu Professor Portmann von der Landwirtschaftlichen Hochschule Hohenheim Kontakt auf. Seine Arbeit zu diesem Thema war noch nicht abgeschlossen, als er starb. In seiner Wohnung befand sich eins dieser ominösen Fotos von Portmann und Nora Stadler, aber wir wissen nicht, auf welchem Weg er in den Besitz des Fotos kam, und was er mit ihm beabsichtigte. Es sei denn, wir nehmen wieder an, dass Imhoff Portmann mit den Fotos erpresste."

„Was gibt es sonst noch?", fragte Neumann.

„Die Einbrecherspur", antwortete Klingle. „Mit einer interessanten chronologischen Parallele. Ich mache schon die ganze Zeit daran herum, komme aber nicht weiter. Die Serie der Einbruchsdiebstähle beginnt am 25. April. Das ist genau der Tag, an dem Gerd Imhoff mit Nora Stadler telefonischen Kontakt aufnimmt. Sollte das ein Zufall sein? Die Serie reißt an dem Tag ab, an dem Imhoff starb. Wieder ein Zufall? Jetzt bist du dran, Linda."

„Wir nehmen an, dass die Bande aus drei Mitgliedern besteht und haben die Fingerabdrücke eines Mitglieds auf der zurückgelassenen Lederjacke. Ich habe die Spurensicherung in Imhoffs Einliegerwohnung geschickt und deren Funde im Institut für Rechtsmedizin untersuchen lassen. Radtke versprach, uns seine Ergebnisse noch heute zu übermitteln. Du weißt es noch nicht, Kurt: Auch in Plochingen ist am Freitag eingebrochen worden. Eine junge, blonde und dicke Frau fuhr den Fluchtwagen. Gack, gack, gack: Hört ihr das blinde Huhn nach Yvonne Berger picken?"

„Huhn Linda ist derzeit unser bestes Pferd im Stall", scherzte Klingle.

„Das ist ja schon wieder eine deiner brillanten Formulierungen", gab die Kommissarin zurück. „Gib du nur acht, dass du nicht in Noras Harem landest."

„Du könntest dir wirklich die Haare schneiden lassen, Rudi", nickte Neumann. „Aber halte die Augen dabei offen, damit du nicht als blinder Gockel zurückkehrst."

„Dass du auch Humor hast, hätte ich von dir nicht erwartet, Chef", staunte Linda Scholl. „Es macht ja richtig Spaß, mit euch zu arbeiten."

„Und wir werden immer spaßiger, je weniger wir durchblicken", ergänzte Klingle.

„Kommt, wir gehen auf einen Sprung ins Bistro", schlug Neumann vor, „ich gebe euch einen aus. Ihr habt den Stand unserer Ermittlungen richtig gut zusammengefasst."

*

Als Portmann aus dem Aufzug trat, mit einem Dreitagebart und in drei Tage alten Kleidern, sah er Nora Stadler sofort.

„Wie konntest du ...", wollte er sie anfahren, aber sie ging auf ihn zu, legte die Arme um seinen Nacken und küsste ihn auf den Mund, sodass ihm die Worte im Hals stecken blieben.

„Wärst du lieber lebenslänglich im Gefängnis?", fragte sie, nachdem sie ihn frei gelassen hatte.

„Nein, aber ich wäre auch ohne dich herausgekommen."

„Da irrst du dich aber gewaltig. Ich musste meine Beziehung

zu Schüttelschmidt spielen lassen. Es sah gar nicht gut für dich aus."

Portmann drehte sich misstrauisch nach allen Seiten um. „Komm, lass uns gehen, der Vorraum wird sicher videoüberwacht."

Sie hakte sich bei ihm ein, und so verließen sie wie ein glückliches Paar das Landeskriminalamt.

„Jetzt steht uns die Welt offen, Schatz", sagte sie.

„Ich muss sofort nach Hause", wandte Portmann ein, als sie auf der Straße standen.

„Ganz und gar nicht", widersprach Nora Stadler, „du musst sofort mit zu mir kommen. Ich kann nicht mehr länger auf dich warten."

Portmann zögerte. Er wollte nach Hause, seiner Frau alles erklären. Ihr sagen, dass das Alibi eine absprochene Sache war. Damit er nicht verurteilt wurde. Ihr sagen, dass er sie nicht angelogen hatte. Dass er längst mit Nora Schluss gemacht hatte.

„Komm", sagte Nora, „da steht mein BMW, steig ein. Du weißt, wie wohl du dich bei mir fühlst. Ich bin doch immer noch dein Eichkätzchen. Ich sehne mich nach deinen Zärtlichkeiten."

Portmann spürte, wie sein Widerstand schwand. Er hatte es längst geahnt. Er war zu Noras willenlosem Werkzeug geworden; nicht erst seit heute. Willenlos? Nein. Wahrscheinlich wollte er es so. So und nicht anders. Und er wollte sie allein besitzen. Allein und für immer.

Er ging die paar Schritte neben ihr bis zum Wagen wie durch einen Nebelschleier, sah, dass sie den BMW aufschloss, einstieg und ihm einladend die Tür öffnete. Er ließ sich in den Beifahrersitz sinken. Das Leder war sonnenwarm. Er beobachtete, wie sie die Kupplung durchdrückte, den ersten Gang einlegte, die Handbremse löste und mit dem Gas spielte. Er hatte es tausendmal selbst so gemacht, und doch kamen ihm alle ihre Bewegungen unendlich neu vor. Ihr Rock glitt noch weiter die Oberschenkel hinauf. Sie trug keine Strumpfhose. Er konnte nicht anders; legte seine linke Hand zwischen ihre warmen Schenkel.

Da ließ Nora Stadler die Kupplung kommen und fuhr los.

27

Kurz vor 18 Uhr stand Professor Dr. Peter Portmann mit gemischten Gefühlen vor seinem Haus in der Melonenstraße. Vor drei Stunden war er aus der Untersuchungshaft entlassen worden. Vor einer halben Stunde hatte Nora ihn frei gegeben. Zunächst hatte er Noras Zärtlichkeiten ziemlich unkonzentriert entgegengenommen, aber dann war er in ihrem Feuer aufgetaut. Nun musste er sich auf die Begegnung mit seiner Frau vorbereiten. Wenn er Glück hatte, dann wusste sie noch nicht, dass er wieder in Freiheit war.

Er hatte kein Glück. Das wurde ihm sofort klar, nachdem er die Haustür hinter sich ins Schloss fallen gelassen hatte. In ihrem Schlafzimmer im ersten Stock rumorte es unheilverkündend. Portmann stieg die Treppe hoch, stieß mit der Schulter die Tür weiter auf und lehnte sich erschöpft gegen den Rahmen. Der Aufstieg hatte ihn Nerven gekostet. Er war beileibe kein Held.

Was er sah, munterte ihn nicht auf. Bettina Eppelsheimer-Portmann packte ihre Koffer.

„Was ...“

„Du brauchst mir gar nichts zu sagen“, fiel sie ihm ins Wort. Sie richtete sich auf und sah ihn mit kalten Augen an. „Dein Rechtsanwalt hat vor zweieinhalb Stunden angerufen und mir gesagt, wem du die Freiheit verdankst. Ich will auch gar nicht mehr wissen, wo du in der Zwischenzeit gewesen bist.“

„Betty, hör mich doch an. Es ist nicht so, wie du denkst. Ich war am 28. nicht bei Nora. Sie hat mir nur das Alibi gegeben, damit ich überhaupt wieder herauskomme aus dem Gefängnis. Glaub mir, ich hatte wirklich mit ihr Schluss gemacht.“

„Nein, Peter.“ Frau Portmann schüttelte den Kopf. „Damit kommst du bei mir nicht durch. Ich glaube dir nicht mehr. Du hast mich sechs Jahre lang hintergangen. Du hintergehst mich immer noch. Soll ich zum Gespött von ganz Stuttgart werden? Alle werden wissen, dass du nur deinem Flittchen die Freiheit verdankst. Was macht es da aus, ob sie die Wahrheit sagt oder nicht.“

Sie schloss den ersten Koffer. „Du hast nur noch eine Chance, unsere Ehe zu retten. Erkläre öffentlich, dass Nora Stadler lügt."

„Aber dann muss ich zurück ins Gefängnis."

„Lieber einen Mann, der unschuldig im Gefängnis sitzt, als einen Mann, der mich ständig betrügt. Und nun lass mich allein. Ich fahre zu meiner Mutter. Du kannst es dir überlegen. Du trittst mir nicht mehr unter die Augen, bevor du nicht öffentlich erklärt hast, dass du am 28. nicht bei dieser Nora warst."

Portmann stieg die Treppe wieder hinunter und ließ sich in den Sessel fallen. Er schaute sich im Wohnzimmer um, als sähe er es zum letzten Mal. Im dreiarmigen Leuchter auf dem Kamin brannten die Kerzen. Der dunkelbraune Korb aus Weidengeflecht war noch halb mit Holzscheiten gefüllt. Über dem zweiten Sessel lag eine nachlässig zusammengefaltete weiße Wolldecke. Auf dem Beistelltisch stand eine gläserne Teekanne, die noch zur Hälfte gefüllt war – als ob die Person, für die der Tee zubereitet worden war, nur kurz den Raum verlassen hatte. Portmann stand auf und berührte die Kanne; sie war kalt. Wahrscheinlich packte Betty schon seit Stunden. Aber die Kerzen hatte sie nicht gelöscht; welche Nachlässigkeit. Er ging zum Getränkewagen und goss sich einen Whisky ein.

Genau in dem Moment, als er das Glas zum Mund hob, klingelte es an der Haustür. Portmann zögerte, ging dann aber doch mit schweren Schritten zur Tür und öffnete sie.

„Darf ich eintreten?", fragte Andreas Franck. „Es hat sich herumgesprochen, dass Sie wieder frei sind."

Portmann trat wortlos zur Seite.

Ein Abwasch, dachte er. Das kriege ich auch noch hinter mich.

„Ich bleibe nicht lange", sagte Franck. „Beantworten Sie mir nur die eine Frage: Sie kannten Gerd Imhoff. Warum haben Sie mich angelogen?"

Er blieb mitten im Raum stehen.

„Ich habe Sie nicht angelogen", widersprach Portmann. „Als ich Sie am 24. April in der Cafeteria traf, kannte ich Imhoff noch nicht. Und als er mich am 25. anrief, um Informationen über die Gentechnik zu erhalten, wusste ich nicht, dass er der neue Freund von Frau Stadler war. Das konnte ich mir erst zusammenreimen, als Sie mich am 2. Mai anriefen."

„Am Abend des 2. Mai, als ich hier bei Ihnen war, Herr Portmann, blieben Sie weiterhin bei der Version, dass Sie Imhoff nicht kannten."

„Da habe ich mich inkorrekt ausgedrückt, aber nichts Falsches gesagt. Zu dem Zeitpunkt, als dieser Imhoff umgebracht wurde, kannte ich ihn zwar, wusste aber nicht, dass er Frau Stadlers Freund war. Glauben Sie mir doch. Was hätte es denn für einen Sinn gegeben, dass ich Sie beauftrage, nach jemandem zu suchen, den ich längst kenne?"

„Das frage ich mich auch", sagte Andreas Franck. „Die einzige Antwort, die ich mir vorstellen kann, lautet: Sie haben Imhoff vorsätzlich umgebracht, die Tat von langer Hand geplant und mich zuvor als Ihren Entlastungszeugen aufgebaut. In der Sonderkommission ist man dieser Ansicht."

„Das ist doch Unsinn", widersprach Portmann. Er schickte einen Blick die Treppe hinauf in den ersten Stock. „Kommen Sie, Herr Kollege", fuhr er dann fort. „Lassen Sie uns unter vier Augen sprechen." Er schob Franck in den Windfang. „Ich habe nur einmal die Unwahrheit gesagt, als ich erklärte, den ganzen Abend des 28. April im Institut gewesen zu sein. Ich tat das, um meine Ehe zu retten. Ich war bei Frau Stadler; sie hat es heute im LKA bestätigt. Also kann ich diesen Gerd Imhoff nicht umgebracht haben. Deshalb bin ich ja wieder frei. Basta."

Er nahm einen Schluck aus dem Glas, das er immer noch in der Hand hielt.

„Sie haben mich zu einer Falschaussage verleitet", insistierte Franck. „Am Freitag habe ich vor der Soko erklärt, dass Sie Imhoff nicht kannten. Sie sind von dieser Version erst am Samstag abgewichen, als man Sie mit Ihrem Fingerabdruck konfrontierte. Sie haben mich ins Messer laufen lassen."

„Nun seien Sie doch nicht so streng mit mir, Herr Franck. Es tut mir leid, wenn ich Sie in irgendetwas hineingeritten haben sollte. Bleiben Sie auf meiner Seite. Ich habe doch sonst niemanden mehr. Meine Frau verlässt mich. Selbst mein Anwalt glaubt mir nicht mehr. Ich bitte Sie inständig, arbeiten Sie weiter für mich! Arbeiten Sie an meiner Entlastung."

Mit Wut im Bauch war Franck zu dieser Auseinandersetzung aufgebrochen. Nun fand er ein Häufchen Elend vor, das um Mitleid bettelte. Portmann stand das Wasser bis zum Hals, obwohl er aus der Untersuchungshaft entlassen worden war.

„Vermitteln Sie mir ein Gespräch mit Nora Stadler", sagte Franck, „gleich morgen in der Frühe. Danach will ich entscheiden, ob ich weiter für Sie arbeite oder nicht."

„Das lässt sich arrangieren", antwortete Portmann. Die Erleichterung war ihm anzusehen. „Kommen Sie zurück ins Wohnzimmer. Darf ich Ihnen einen Versöhnungschluck anbieten?"

Ehe Franck ablehnen konnte, drehte sich ein Schlüssel in der Haustür. Sie öffnete sich, und im Flur stand Thea Portmann. Wie ein Racheengel.

„Vater, ich muss mit dir reden. Bleiben Sie ruhig hier, Herr Franck. Vielleicht ist es gut, einen Zeugen dabeizuhaben."

Portmann runzelte irritiert die Stirn.

„Thea, was ist denn? Du weißt doch, dass ich immer für dich da bin. *Du* hast dich doch in den letzten Jahren rar gemacht."

„Keine Vorwürfe jetzt. Gib mir den Schlüssel für das Haus in El Paso. Und 500 Mark für den Flug nach La Palma."

Portmann sah seine Tochter entgeistert an. „Ja, was willst du denn dort?", brachte er lahm heraus.

Franck hielt den Atem an. Im ersten Stock wurde eine Tür geöffnet. Bettina Portmann blieb am Treppengeländer stehen und überblickte schweigend die Szene.

Portmanns Blicke hetzten zwischen Frau und Tochter hin und her.

„11. August 1990", sagte Thea, „der Tag, an dem Nora Stadlers Mann im Meer ertrank und sie deine Geliebte wurde. Als ich zu spät nach Hause kam und du angeblich nach mir gesucht hast. Als du mich mit leichenblassem Gesicht angeschrien hast und wir die Koffer packen mussten."

„Das war nicht der Tag, an dem Nora meine Geliebte wurde", widersprach Portmann. „Der Tod von Hans-Jürgen hat damit gar nichts zu tun."

„Keine Ausflüchte jetzt." Thea wurde immer sicherer. „Warst du dabei, als er im Atlantik ertrank?"

„Es war ein Unfall."

„Warst du dabei?"

„Es war ein Unfall. Ich habe versucht, ihn zu retten; aber das Meer war zu stürmisch."

„Du warst also dabei", stellte Thea fest. Sie nickte. Dann sagte sie mit immer noch fester Stimme: „Am 11. August 1990 war das Meer spiegelglatt. Das ist das Einzige, was ich vor Gericht beschwören könnte."

„Thea, was soll das? Was willst du damit sagen? Vor welchem Gericht?", stotterte Portmann.

„Unterlassene Hilfeleistung", stellte Thea fest, „das ist strafbar. Aber du kannst ganz beruhigt sein; ich werde als deine Tochter die Aussage verweigern."

„Thea, du glaubst doch nicht ...", rief Portmann.

„Wo hat sich dieser ... Unfall, wie du sagst, ereignet?"

„Ja, was weiß denn ich? Das ist doch schon so lange her. An irgendeiner gottverlassenen Bucht."

„Vater, ich kann auch in La Palma zur Polizei gehen. Da werde ich erfahren, wo die Leiche an Land gespült worden ist. Aber es wäre besser für dich, wenn du es mir jetzt sagst. Wenn du unschuldig bist, kannst du es mir ja sagen, wo es war."

„Wie redest du mit mir? Es war nördlich von Tazacorte. Man kommt dort nur mit dem Motorboot hin."

Thea blieb unerbittlich. „Das muss ich genauer wissen. Könnte man vom Hafen aus auch dorthin rudern?"

Portmann starrte seine Tochter an. „Ich habe dich nie gefragt, Thea, wo du am 11. August 1990 warst. Aber jetzt stelle ich dir diese Frage."

„Mit einem spanischen Fischerjungen in einem Ruderboot; nördlich von El Puerto. Auf dem Rückweg sahen wir ein Motorboot vor der Küste."

„Was hast du noch gesehen?"

„Zwei Männer, die miteinander im Wasser kämpften. Ein Dicker und ein Schlanker."

Portmann schüttelte den Kopf. „Das waren nicht Hans-Jürgen und ich. Der Unfall ereignete sich viel weiter nördlich. Man kommt dort mit dem Ruderboot nicht hin."

Im ersten Stock wurde eine Tür zugeknallt. Bettina Eppelsheimer-Portmann hatte offensichtlich genug gehört.

„Wenn das so ist, dann kannst du mir ja leichten Herzens den Schlüssel und das Geld geben"; sagte Thea. „Du hast ja nichts zu befürchten. Ich werde mir bei der Polizei den genauen Fundort der Leiche zeigen lassen. Und dann mit Miguel ausprobieren, ob man dorthin rudern kann."

„Du glaubst mir also nicht", stellte Portmann fest. „Das ist bitter für einen Vater, wenn die eigene Tochter ihn für einen Mörder hält."

„Mörder hast du gesagt. Ich sprach nur von unterlassener Hilfeleistung."

„Ja", korrigierte sich Portmann, „aber du hast von einem Ringkampf im Wasser gesprochen und unterstellt, dass er zwischen mir und Hans-Jürgen Werner stattfand."

„Eins muss ich noch wissen", sagte Thea. „Hast du an jenem Abend, als du eine Stunde nach mir zurückkamst, nach mir gesucht?"

„Nein", gab Portmann zu, „da hast du Recht. Ich war von dem Unfall, den ich miterleben musste, so … so geschlaucht, dass ich …"

„Okay", sagte Thea. „Was ist nun mit dem Schlüssel und dem Geld?"

„Du kannst beides haben", antwortete Portmann. „Ich bin doch unschuldig."

28

Als Neumann und Klingle das Bistro verlassen hatten, griff Linda Scholl mit schlechtem Gewissen zu ihrem Handy. Eigentlich hatte sie vor drei Jahren beschlossen, es nur in Notfällen zu benutzen. Aber handelte es sich jetzt nicht um einen Notfall?

„Ich sitze hier in einem Bistro, von zwei Männern allein gelassen. Kannst du mir umgehend Gesellschaft leisten?"

„Welch eine Wendung der Dinge", spottete Andreas Franck. „Ich denke, du willst dich nicht mit mir treffen, solange ich im Fall Imhoff mitmische."

„Um der Wahrheit die Ehre zu geben", antwortete Linda Scholl, „wir sitzen fest."

„Und ich darf euch aus dem Schlamassel befreien", folgerte Franck, „ich bin gerührt."

„Also, was ist? Ja oder nein?"

„Gibt es dort etwas Anständiges zu trinken?"

„Ich bin bei ‚Lacrima Cristi' gelandet. Aber du wirst doch nicht bloß wegen des guten Weins kommen wollen?"

„Nenn mir die Adresse; in einer halben Stunde bin ich da."

*

Die Hochhäuser im Asemwald waren mit allem ausgerüstet worden, was der Mensch zum Leben braucht. Der Fehler bestand nur darin, dass der Mensch diese Stadt am Rande der Großstadt Stuttgart zum Arbeiten verlassen musste und dann doch regelmäßig mit prallen Einkaufstaschen zurückkehrte. So fristeten Bäcker, Supermarkt, Friseur, Kleiderladen, Elektrogeschäft, Kosmetiksalon und Bank im sogenannten Ladenzentrum ein eher bescheidenes Leben, regelmäßig nur besucht von den Pensionären und Alten, die sich nicht mehr trauten, in die City zu fahren.

Auch Kommissar Neumann hatte nichts mehr einzukaufen, aus dem einfachen Grund, weil er sein Wohnsilo erst nach Ladenschluss erreichte. Er ging den menschenleeren Weg bis zum Wasserbecken mit der Möchte-Gern-Skulptur, querte den überdachten Gang, der zwischen Rosenbeeten zum linken Hochhaus führte und stand dann vor dem Eingang zur Nummer 12. Er öffnete ihn mit seinem Schlüssel und trat in den Vorraum. Ein runder Tisch mit vier Stühlen lud zum Verweilen ein, vielleicht um nachzudenken, in welchem Stockwerk man eigentlich wohnte, oder um die Reklame zu lesen, die man aus seinem Briefkasten geangelt hatte, nachdem man ihn unter den vielen gleichartigen Kästen glücklich gefunden hatte.

Neumann verspürte wie schon mehrfach den Wunsch, alle Schriften ohne Adresse in den Nachbarbriefkasten zu werfen. Im Vorraum hatte er noch nie jemanden sitzen sehen, obwohl es hier angenehm kühl war. Während er mit dem Aufzug in den 10. Stock fuhr, dachte er darüber nach, ob Architekten, die solche Ungetüme planten, der Anonymität des menschlichen Daseins Vorschub leisteten oder ihr nur die adäquate Umhüllung schufen.

Gott sei Dank besaß er ein Telefon, das ihn liebevoll mit der Außenwelt verband. Er hörte es schon klingeln, als er vor der Tür seines Apartments stand.

Viele Menschen gab es nicht, die ihn abends anrufen würden. Eigentlich konnte es nur etwas Dienstliches sein. Deshalb beeilte er sich nicht, aber der Anrufer war so hartnäckig, dass Neumann es noch rechtzeitig schaffte, den Hörer abzunehmen.

„Also doch", tönte ihm eine männliche Stimme entgegen, die er unschwer als die seines Kollegen Radtke identifizierte. „Wo stecken Sie denn? Ich versuche Sie schon seit einer halben Stunde zu erreichen. Möchte Ihnen doch gern eine frohe Botschaft überbringen. Sie dürfen heute noch weiterarbeiten, während ich mein Pensum geschafft habe." Der Leiter des Instituts für Rechtsmedizin lachte. Er schien gut gelaunt zu sein.

„Wollen Sie sie hören?"

„Immer zu", sagte Neumann und sank in den Sessel. „Sie haben wohl im LKA niemanden mehr erreicht."

„So ist es", antwortete Radtke. „Diese Fingerabdrücke aus der Einliegerwohnung sind eine wahre Pracht und leicht zu untersuchen. Ich fühlte mich vollkommen unterfordert. Sie stammen von einer Frau und einem Mann."

Radtke hielt beifallsheischend inne. Neumann tat ihm nicht den Gefallen und schwieg. Radtke stöhnte und fuhr fort. „Dieselben Fingerabdrücke wie auf der schwarzen Lederjacke, die Sie mir am Donnerstag zukommen ließen."

„Oh", entfuhr es Neumann, „das ist allerdings interessant. Meine Kollegin Scholl wird sich freuen."

„Ich hoffe doch, Sie auch", mokierte sich Radtke.

„Ja, sicher. Aber sie hatte die Idee. Und es war wieder einmal die berühmte Nadel im Heuhaufen, nach der sie suchte."

„Na also. Diese Lederjacke gehört aller Wahrscheinlichkeit nach einem Mann, der seine Spuren in der Einliegerwohnung hinterlassen hat. Wohingegen es keine daktyloskopische Spur von diesem Portmann in der Wohnung gibt. Sie erhalten morgen meinen ausführlichen Bericht."

„Ich freue mich darauf", sagte Neumann gelassen.

„Na, na, Herr Kollege. Ein bisschen mehr Begeisterung könnten Sie schon an den Tag legen."

„Ich freue mich immer, mit Ihnen zu sprechen", sagte Neumann verbindlich. „Ihre Berichte …"

„Ich weiß", unterbrach ihn Radtke. „Aber ich tue nur meine Pflicht. Es muss doch schließlich alles seine Ordnung haben. Ich wünsche Ihnen noch einen guten Abend."

Jetzt ist er wohl ein wenig pikiert, der Herr Rechtsmediziner, dachte Neumann. Wenn er bei der Untersuchung von Imhoffs Blut seine Pflicht getan hätte, dann wären wir vielleicht ein Stück weiter. Wir haben schließlich einen Mord aufzuklären und nicht eine Serie von Einbrüchen.

Neumann zog sich einen Anorak an und verließ sein Apartment, in dem er kaum eine viertel Stunde zugebracht hatte. Der Aufzug stand noch auf dem Stockwerk. Neumann ließ sich von ihm herabfahren, trat ins Freie und suchte nach seinem Fahrrad. Er fand es im Ständer. Er schob das Rad am ökumenischen Gemeindezentrum vorbei, über den Spielplatz und durch das kurze Waldstück bis zum Fahrradweg nach Hohenheim. An Sonnenblumenfeldern vorbei radelte er Richtung Birkach.

*

Linda Scholl gehörte nicht zu den Frauen, die einen Mann zwar begrüßen, indem sie ihn umarmen und sich auf die Wangen küssen lassen, im Übrigen aber weiteren Körperkontakt vermeiden. Und so hielt Andreas Franck die Kommissarin fest in seinen Armen, als er 35 Minuten nach ihrem Anruf im Bistro Journal auftauchte. Die fünf Minuten Verspätung stammten von der Suche nach einem Parkplatz. Seit drei Jahren waren sie miteinander befreundet, und da sie sich nicht jede Woche trafen, fiel die Begrüßung immer besonders herzlich aus.

Der Wirt trippelte eilfertig heran, und Franck bestellte ohne in die Karte zu schauen einen italienischen Rotwein – „aber keinen Chianti" – und einen Schweizer Wurstsalat. Das Lokal war um diese frühe Abendstunde erst mäßig besucht. Der Wirt brachte einen Nero d'Avola. Die Kommissarin und der Amateurdetektiv prosteten sich zu, sprachen über die schönen Dinge des Lebens und tauschten Komplimente aus. Sie fanden erneut Gefallen aneinander. Linda Scholl erzählte von ihrem Wochenende mit Antje Holzwarth.

Erst als Franck seinen Wurstsalat verzehrt hatte und sich genüsslich zurücklehnte, sagte die Kommissarin: „Jetzt wird es ernst."

„Ich bin bereit", antwortete Franck.

„Bitte schildere mir den Fall Imhoff aus deiner Sicht, Andreas. Ich höre so lange wie möglich schweigend zu."

„Also gut", begann Franck. „Professor Portmann hat Gerd Imhoff nicht umgebracht. Er war zum Zeitpunkt der Tat bei seiner Geliebten Nora Stadler. Er reagierte so, wie sich 90 Prozent aller Ehemänner in dieser Situation verhalten würden: Um seine Ehe zu retten, gibt er den Besuch bei der Geliebten nicht zu. Er hatte sich entweder überhaupt nicht von Nora Stadler getrennt, oder sich zu trennen versucht und ist ihrem Charme erneut erlegen. Ein Umstand, der nur für mich relevant ist, nämlich bei der Abwägung, wie viele Unwahrheiten Portmann auftischt. Wenn ich das Beste für ihn annehme, dann hat er mir die Wahrheit gesagt. Er trennte sich Anfang April von ihr. Dann schickte sie ihm drei Nacktfotos zur Erinnerung und rief ihn am 28. im Institut an. So wie sie unbekleidet ausschaut, ist es schwer, ihr zu widerstehen. Portmann fuhr also wieder zu ihr.

Das Blut an seinem Mantel und Lenkrad stammt aus seinem eigenen Finger. Es ist sein Pech, dass er dieselbe Blutgruppe wie der Ermordete hat; sonst hättet ihr gar nichts gegen ihn. Die Aussage von Imhoffs Mutter hält keinem Kreuzverhör stand. Bei vielen Autos ist der Rückfahrscheinwerfer defekt. Ich würde sie als Portmanns Verteidiger so verunsichern, dass sie gar nicht mehr weiß, ob sie Männlein oder Weiblein ist. War es ein weißes oder ein rotes Licht, das hinten am Wagen fehlte? Wie weit standen Sie vom Auto entfernt? Waren die Straßenlaternen an? Was, das wissen Sie nicht? Leuchtete der Mond? Was, das wissen Sie nicht? Kennen Sie überhaupt den Unterschied zwischen Rücklicht und Rückfahrscheinwerfer?

„Sie hat in der Tat von Rücklicht gesprochen", warf Linda Scholl ein.

„Da siehst du es", fuhr Franck fort. „Und nun zu Portmanns Fingerabdruck an Imhoffs Badewanne. Es steht kein Datum dran. Portmann besuchte Imhoff am 25. in seiner Wohnung. Imhoff wollte Informationen über die Gentechnik. Portmann ging zwischendrin aufs Klo. Basta ... Jetzt verwende ich auch schon dieses blöde Wort ... Vielleicht hat ihn niemand gesehen. Das berechtigt aber nicht zum Umkehrschluss, dass Portmann Imhoff nicht besucht hat. Auch der neugierigste Mitbewohner steht nicht immer hinter der Gardine am Fenster. Und welches Motiv sollte Portmann haben? Am 24., als er mich engagierte, kannte er Imhoff nicht. Am 25. lernte er den Journalisten Imhoff kennen, hatte aber keine Ahnung, dass er etwas mit Nora Stadler zu tun hatte. Ich sollte nach Noras neuem Freund suchen; ein Auftrag, den schon tausend Detektive zu erledigen hatten. Ich fand den Freund und teilte Portmann am 2. Mai seinen Namen mit. Das heißt, als Imhoff ermordet wurde, wusste Portmann noch nicht, dass er Noras Freund war. Warum sollte er ihn umbringen?

Nun gut: Portmann hat mir erzählt, dass er glaube, erpresst zu werden. Wenn er cool genug ist, wird er das vor Gericht verheimlichen, und ich werde es nicht noch einmal ausplaudern.

Portmann bekam die Fotos und nahm an, man wolle ihn erpressen. Tatsächlich hat Nora ihn an schöne gemeinsame Stunden erinnert. Sie schickte ihm drei Fotos. Portmanns Tochter hat ein Foto Imhoff gegeben, um sein halb fertiges Manuskript über die Gentechnik zu bekommen."

„Wie bitte?", fragte Linda Scholl.

„Ja", sagte Franck, „das ist meine erste Information für dich. Imhoff erhielt von Thea Portmann das Foto, das ihr in seiner Wohnung gefunden habt."

„Dann hätte ja die Tochter dem Imhoff die Möglichkeit verschafft, den eigenen Vater zu erpressen", staunte die Kommissarin.

„Das wundert mich auch. Aber da ist noch eine Unklarheit. Bei unserer ersten Begegnung erzählte mir Portmann, er habe zwei Fotos zugeschickt bekommen, und bei unserer zweiten Zusammenkunft, dass er diese beiden zerrissen habe. In Wirklichkeit muss er drei erhalten haben. Wahrscheinlich wollte er nicht zugeben, dass ihm eins abhanden gekommen ist."

„Du machst mich richtig mutlos", klagte Linda Scholl, „und ich dachte, du würdest mich aufbauen."

„Da ist noch etwas", sagte Franck, „die Geschichte von Nora und Peter."

29

Franck nippte an seinem zweiten Glas Rotwein.

„Peter Portmann und Nora Stadler lernten sich vor sechs Jahren auf La Palma kennen. Damals war Nora noch mit einem Hans-Jürgen Werner verheiratet. Als ihr Mann krank wurde, nahm sie ein Darlehen auf, um ihm einen Aufenthalt im Sanatorium zu bezahlen. Als er wieder heraus kam ..."

„Ich dachte, das Darlehen sei für die Errichtung ihres Haarstudios gewesen", unterbrach ihn Linda Scholl.

„Nein, das Geld für das Haarstudio hat ihr Portmann gegeben. Die Geschichte mit dem Darlehen war vor seiner Zeit."

„Weißt du auch, von wem sie das Darlehen bekam?"

Franck schüttelte verneinend den Kopf.

„Weißt du, ob sie es inzwischen zurückgezahlt hat?"

„Wieder nein. Aber ich habe den Verdacht, sie zahlt noch. Ich war am Donnerstag im Studio und ließ mir von ihrer Assistentin die Haare schneiden. Ich zahlte 40 Mark und bekam eine Quittung für 20 Mark. Die andere Hälfte war Trinkgeld. Wenn sie das bei jedem Kunden so praktizieren ..."

„... dann stecken nach einem Jahr zehntausend bis zwanzigtausend im Schweinchen", vollendete Linda Scholl.

„Genau", sagte Franck. „Ist das illegal?"

Linda Scholl zuckte die Schultern. „Auch Trinkgeld muss versteuert werden. Aber wie will man überprüfen, wie viel gegeben wird ..."

„Frag deinen Oberstaatsanwalt", schlug Franck vor, „der ist doch auch Kunde bei Nora."

„Oh Gott!", seufzte Linda Scholl, „jetzt wird's heiß."

„Du wolltest doch eine heiße Spur, oder?", grinste Franck. „Ich bin noch nicht fertig. Lass mich weiter erzählen. Noras Mann starb am 11. August 1990 im Atlantik vor La Palma. Portmann war dabei, konnte ihn aber nicht retten. Natürlich war es Portmann gerade recht, dass Werner starb, denn nun hatte er freie Bahn bei Nora. Am nächsten Tag brach Portmann seinen Urlaub ab und flog mit Frau und Tochter zurück nach Stuttgart."

„Dass Portmann dabei war, als Werner starb, wussten wir nicht. Glaubst du, Portmann hat ein wenig nachgeholfen?"

„Was ich glaube und auch was Portmanns Tochter glaubt, ist ziemlich unerheblich. Aber ihr habt die Möglichkeit, die spanische Polizei zu fragen. Wo die Leiche gefunden wurde, ob sie Wunden aufwies, wie das Wetter war; was weiß ich. Überlasst das nicht Portmanns Tochter Thea. Die hat sich gerade heute von ihrem Vater den Schlüssel für das Haus auf La Palma und das Geld für den Flug geben lassen."

„Erst legst du mir ein Plädoyer für Portmanns Unschuld im Fall Imhoff hin und dann servierst du mir Portmann als den Mörder von Werner." Linda Scholl schüttelte den Kopf. „Wer hat Imhoff umgebracht?"

„Imhoff arbeitete an einem Artikel über die Gentechnik. Er war der einzige Journalist, der die Machenschaften dieser Firma *Agrarrevo* schonungslos aufdecken wollte. Aber ich glaube nicht daran, dass die Bosse einen Killer beauftragt haben; die schicken ihre Rechtsanwälte vor, das reicht in der Regel."

„Dann haben wir nur noch die Einbruchsserie in Stuttgart", sagte Linda Scholl. „Doch Einbrecher morden nicht. Sie laufen weg, wenn sie erwischt werden."

„Darfst du mir darüber erzählen?", fragte Franck.

Linda Scholl nickte. „Ich verantworte es. Du hast dir eine Gegengabe verdient. Die ganze Geschichte von Zuffenhausen bis Plochingen, wenn du magst."

„Plochingen?", wiederholte Franck.

„Ja, in der Händelstraße, und der alte Gessler ist unser einziger Zeuge."

Franck grinste. „Ist er wieder mit dem Krückstock hinter Einbrechern hergelaufen?"

„Er hat die Fahrerin des Fluchtautos gesehen."

Franck lehnte sich behaglich zurück. „Rollentausch, wie aufregend. Dann schießen Sie mal los, Frau Kommissarin."

*

Kommissar Neumann lehnte sein Fahrrad an den Zaun, öffnete eine gut geölte Tür zum Vorgarten, durchmaß ihn in drei Schritten und klingelte an der Haustür. Imhoff senior war über die Unterbrechung seines Fernsehalltags sehr erfreut und ging mit dem Kommissar bereitwillig in die Einliegerwohnung. Neumann erwartete nicht, dort irgendetwas Weiterführendes zu finden; dazu arbeitete die Spusi zu gewissenhaft. Aber er wollte mit Karl Imhoff unter vier Augen sprechen.

Das etwa 40 qm große Zimmer besaß eine Küchenzeile und war mit Bett, Schrank, Tisch und zwei Stühlen – alle Gegenstände aus hellem Holz – eingerichtet. Ein großes Fenster und eine Tür ließen den Blick zu einer Terrasse und, ein paar Steintreppen höher, zu Imhoffs Garten schweifen.

„Wir vermieten die Wohnung halb möbliert", sagte Imhoff. „Ihre eigenen Möbel muss sie irgendwann abtransportiert haben; wahrscheinlich in der Nacht. Wir haben davon nichts bemerkt. Schauen Sie sich diese Sauerei an, Herr Kommissar", fuhr er fort.

Imhoff schlug einen Bettvorleger zur Seite. Auf dem Teppichboden zeigten sich große, schwarze Flecke mit roten Spritzern. Neumann beugte sich hinab und stellte sofort fest, dass es sich nicht um Blut, sondern um Kerzenwachs handelte.

„Sie haben hier wilde Orgien gefeiert. Einmal schrie die Yvonne so, als würde sie gefoltert. Als ich sie am nächsten Morgen zur Rede stellte, sagte sie, es sei alles nur Spaß gewesen. Ich muss den ganzen Teppichboden erneuern lassen, wenn ich die Wohnung wieder vermieten will. In Jena gibt es drei Personen namens Berger, die einen Telefonanschluss besitzen. Ich habe sie angerufen, aber eine Tochter Yvonne haben sie nicht."

„Warum Jena?", fragte der Kommissar den redseligen Alten.

„Wegen ihres Autokennzeichens. Ich habe mit dem Haus- und Grundbesitzerverein gesprochen. Da bin ich nämlich Mitglied. Es lohnt sich nicht, sie anzuzeigen. Mietschulden sind nach drei Monaten verjährt. Und wenn sie erwischt wird und kein Geld hat, um die ausstehende Miete und die Renovierungskosten zu zahlen, lässt sich auch nichts machen."

„Haben Sie vielleicht ein Foto von ihr?", fragte der Kommissar.

„Nein, wo denken Sie hin! Ich habe sie doch nicht fotografiert! Obwohl …"

„Sie können es mir ruhig sagen, Herr Imhoff. Bleibt alles unter uns. Wir suchen Frau Berger in einem anderen Zusammenhang. Dazu wäre ein Foto von ihr zweckdienlich."

„Ach, hat sie noch etwas ausgefressen? Das tät mich nicht wundern. Also, da ist noch Post für sie gekommen, als sie schon weg war. Sie liegt bei uns oben; für den Fall, dass sich eine Adresse zum Nachsenden findet. Ein Brief vom Amtsgericht und mehrere große Umschläge. Sie hat sich doch überall hin beworben, und ich denk, da sind ihre Bewerbungsunterlagen zurückgekommen. Ein Umschlag war schon aufgerissen, als er im Briefkasten steckte. Und da habe ich … also das Briefgeheimnis ist mir ganz heilig und steht auch im Grundgesetz … aber sie schuldet mir 700 DM und die Kosten für einen neuen Teppichboden, und es ist doch auch mein Grundrecht, dass ich das Geld bekomme, Herr Kommissar. Sie glauben doch nicht etwa, dass ich den Umschlag aufgerissen habe?"

„Nein, nein", beeilte sich Neumann zu versichern. „Wenn wir Frau Berger aufgreifen, erhalten Sie vielleicht Ihr Geld zurück."

„Also, wenn Sie in den Umschlag hineinsehen wollen", sagte Imhoff, „da ist ein farbiges Passfoto von ihr drin."

Na also, dachte Neumann. Mission erfolgreich abgeschlossen. Noch heute Nacht kann die Fahndung nach Yvonne Berger beginnen; deutschlandweit und mit den Schwerpunkten in Baden-Württemberg und Thüringen.

Ganz förmlich sagte er: „Herr Imhoff, Sie haben uns mit Ihrem staatsbürgerlichen Verhalten sehr geholfen. Die Post an Frau Berger wird bis auf weiteres beschlagnahmt."

30

Nora Stadler hatte gleich am Dienstagmorgen um neun Uhr Zeit für ein Gespräch mit Andreas Franck. So früh stellten sich zumeist noch keine Kunden bei ihr ein. Sie betrachtete den Mann, der seinen Fiat auf einem Parkplatz vor dem Haus abgestellt hatte und nun zielstrebig die Tür zum Haarstudio öffnete.

Typ gebildeter Spät-68er, dachte sie, im Schlabberlook mit rotem Pullover, Jeans und abgetretenen schwarzen Schuhen. Die braunen Haare an den Ohren schon grau geworden und unmodisch lang. Mindestens fünfzehn Jahre älter als ich. Kein Problem.

Sie entspannte sich.

Andreas Franck trat ein, ließ die Tür ins Schloss fallen, grüßte, stellte sich vor und sah sich suchend nach einem Stuhl um. Es gab keinen.

„Setzen Sie sich doch", sagte Nora Stadler, deutete auf den ersten Arbeitsplatz und fügte überflüssigerweise hinzu: „Er lässt sich vom Spiegel in den Raum drehen." Sie trug dieselbe Kleidung wie Carla am letzten Donnerstag: eine eng anliegende schwarze Stoffhose, schwarze hochhackige Stiefel und ein kurzärmeliges, schwarzes T-Shirt.

„Schon in Dienstkleidung?", fragte Franck, nur um das Gespräch irgendwie zu eröffnen. Er musste zu Nora Stadler, die sich gegen das Waschbecken lehnte, emporblicken und fühlte sich unbehaglich. Dies war kein Ort für ein gutes Gespräch.

„Ich habe eine halbe Stunde Zeit für Sie", antwortete Nora Stadler, „dann wird das Studio geöffnet."

„Dann will ich mich beeilen", fuhr Franck fort. „Wie Sie sicher wissen, bin ich von Herrn Portmann beauftragt worden, den Verdacht, er habe Imhoff ermordet, zu entkräften, und das kann ich natürlich am besten dadurch erreichen, dass ich Imhoffs wahren Mörder finde. Insofern haben Sie und ich dieselben Interessen."

Nora Stadler nickte. „Das sehe ich auch so."

„Haben *Sie* denn einen Verdacht?", wollte Franck wissen.

„Nein", antwortete Nora Stadler. „Auf jeden Fall hängt der Mord an Imhoff nicht mit meinem Verhältnis zu Portmann zusammen. Da müssen Sie in einer ganz anderen Richtung suchen."

„Sie haben doch Imhoff am vorletzten Freitag Abend getroffen", versuchte es Franck erneut. „Damit sind Sie die letzte uns bekannte Person, die ihn vor seinem Tod gesehen hat. Seine Eltern ausgenommen."

„Wir haben nur Geschäftliches miteinander besprochen", antwortete sie.

„Geht es nicht etwas genauer?"

„Imhoff plante eine Artikelserie über Prominentenfriseure. Mein Haarstudio sollte den Anfang bilden. Darüber habe ich mich natürlich gefreut."

Franck dachte nach. „Und Sie erzählten ihm alles, von der Gründung des Studios bis heute?", fragte er.

„So ist es."

Franck erinnerte sich an sein Gespräch mit Carla. „Sie mussten doch sicher eine mehrjährige Ausbildung vorweisen."

„Damit begann ich schon vor meiner Heirat. Ich war gerade mit ihr fertig, als ich Hans-Jürgen kennenlernte."

„Den Sie 1990 heirateten", fuhr Franck fort. Langsam tastete er sich an sein zweites Thema heran.

Nora Stadler nickte. „Mein größter Fehler."

„Wie sind Sie eigentlich nach La Palma gekommen?", fragte Franck.

„Ich begann eine Blütentherapie bei Anna Carolina. Anna lernte ich auf einem Workshop in Tübingen kennen. Interessiert Sie das wirklich? Aristolochia gigantea. Blüte und Blatt der Pflanze sehen wie ein Herz aus. Herzensliebe. Der Weg zu einer glücklichen Liebesbeziehung führt über die Selbstliebe. Erst wenn ich mich selbst liebevoll annehmen kann, werde ich auch andere von ganzem Herzen lieben können. Die Therapie hat mir sehr geholfen."

„Aha", brachte Franck lediglich hervor. „Ihr Mann wurde kurz nach der Heirat krank und musste ins Sanatorium", lenkte er das Gespräch wieder auf das eigentliche Thema. „Sie haben ihm den Aufenthalt dort finanziert, weil er selbst kein Geld besaß."

„Richtig", nickte Nora Stadler. „Das wird Ihnen Portmann erzählt haben. Ist aber auch kein Geheimnis. Ich nahm ein Darlehen auf."

Franck zögerte. „Bei einer Bank?", fragte er dann.

„Nein, von privat", antwortete sie.

„Kenne ich die Person?", fragte Franck.

Nora Stadler schaute an Franck vorbei in ihr Spiegelbild, bevor sie antwortete. „Portmann war es nicht, wenn Sie das vermuten. Aber warum soll ich es Ihnen nicht sagen? Es war ein Studienfreund meines Mannes, der jetzt Oberstaatsanwalt ist. Ich weiß nicht, ob Sie ihn kennen. Er heißt Heinz Schmidt."

„Wie bitte?", wunderte sich Franck. „Sie sprechen doch nicht von Schüttelschmidt?"

„Genau von dem. Hans-Jürgen und Heinz haben in Tübingen zusammen Jura studiert. Aber während mein Mann sein Studium abbrach, fiel Heinz die Karriereleiter hinauf. Schüttelschmidt war schon damals sein Spitzname. Wahrscheinlich hat er den richtigen Leuten die Hand geschüttelt."

„So ist das also", überlegte Franck. „Und heute ist er auch Kunde bei Ihnen. Zahlt er ebenfalls 40 Mark für einen Haarschnitt?"

„Er zahlt wie alle anderen Kunden 20 Mark und gibt ein Trinkgeld, dessen Höhe er selbst bestimmt."

„Haben Sie das Darlehen inzwischen abgezahlt?"

„Das geht Sie nun aber gar nichts an, Herr Dr. Franck. Außerdem sehe ich keinen Zusammenhang zwischen Ihren letzten Fragen und dem Mord an Imhoff. Es sei denn, Sie wollten den Herrn Oberstaatsanwalt verdächtigen. Aber das ist doch absurd. Welches Motiv sollte er denn haben?"

„Nein, nein", beeilte sich Franck zu sagen und erhob sich. Er schaute auf seine Armbanduhr. Es war Zeit zu gehen.

Noch einer von Noras Männern, dachte er. Werner, Schmidt, Portmann, Imhoff. Zwei sind tot, die andern beiden ihre Gönner.

Als er wieder in seinem Fiat saß, das Gespräch noch einmal Revue passieren ließ und die neu gewonnenen Informationen in das Mosaikbild seines bisherigen Wissens einzuordnen versuchte, kam ihm der Gedanke, dass vielleicht gar nicht Portmann und Imhoff miteinander um Noras Gunst rivalisiert hatten, sondern Portmann und Schmidt. Das würde erklären, warum der Oberstaatsanwalt den Journalisten in der Pressekonferenz so bereitwillig Portmanns Namen genannt hatte. Warum er überhaupt so freigiebig mit Informationen war, die Portmann belasteten. Schließlich hatte er auch den Zeitpunkt, an dem Imhoff ermordet worden war, hinausposaunt.

Das konnte als Unerfahrenheit oder Inkompetenz bezeichnet werden, im Lichte der neuen Informationen aber auch ein kluger Schachzug sein, mit dem der Oberstaatsanwalt den Brennpunkt des Geschehens auf einen anderen Teil des Spielfelds verlagerte.

Im Haarstudio wurden die Lamellen vor dem Schaufenster geschlossen. Franck ließ den Motor an, setzte zurück und steuerte seinen Wagen in Richtung Innenstadt. Er war sich immer noch nicht klar geworden, ob er weiterhin für Portmann arbeiten sollte. Vor allem: Er wusste nicht, was er als Nächstes unternehmen könnte, falls er sich entschied, Portmann weiterhin zu vertreten. Er konnte doch jetzt nicht Oberstaatsanwalt Schmidt verhören. Das war eine Angelegenheit für die Sonderkommission.

Franck nickte vor sich hin. Er würde Linda Scholl über sein Gespräch mit Nora Stadler informieren und dann abwarten. Erst einmal wieder ein paar Tage ganz normal an der Universität arbeiten. Am 24. April hatte er in der Cafeteria zum ersten Mal mit Portmann gesprochen; dann war für ihn eine Woche lang in dieser Angelegenheit Ruhe gewesen. Aber seit letztem Donnerstag ging es Schlag auf Schlag, und Franck befand sich den ganzen Freitag und den ganzen Montag mittendrin im Mordgeschehen.

Ja, dachte er. Erst einmal durchatmen. Die Arbeit an der Uni ist ja die reine Erholung im Vergleich zum Detektiv-Spielen. Aber vielleicht wäre es doch gut, auch noch die Presse einzuschalten.

31

Linda Scholl schüttelte den Kopf. „Das finde ich merkwürdig", sagte sie in der Lagebesprechung am Dienstag Nachmittag. „Uns gegenüber verweigert sie die Aussage, und Franck erfährt von ihr ohne Weiteres, was der Inhalt ihrer geschäftlichen Besprechung mit Imhoff gewesen ist. Und dann geht es angeblich nur um so etwas Unspektakuläres wie eine Artikelserie über Friseursalons. Schließlich verrät sie Franck auch noch, dass Schüttelschmidt ihr das Darlehen gegeben hat."

„Wir haben Nora Stadler nicht danach gefragt", wandte Klingle ein. „Und was den Inhalt der geschäftlichen Besprechung betrifft: Bei uns lief das Aufnahmegerät."

„Nein, nein", wehrte sich Linda Scholl. „Sie zeigt Franck ganz bewusst eine falsche Spur, um von Portmann abzulenken. Und Franck lässt sich von ihr einwickeln."

„Sie muss doch damit rechnen, dass Franck uns postwendend anruft; was er ja auch getan hat", antwortete Klingle.

„Dann hätte sie indirekt uns auf die Schüttelschmidt-Spur geschickt."

„Weil wir sie nicht direkt danach gefragt haben", wiederholte Klingle. „Diese Aussage ließe sich übrigens leicht überprüfen."

Zwei Augenpaare richteten sich auf Neumann. Er hatte die Diskussion zwischen Scholl und Klingle schweigend, aber aufmerksam verfolgt.

„Ihr meint, ich soll …?" , fragte er und seufzte. „Habt ihr nicht eine leichtere Aufgabe für mich? Ich soll den Herrn Oberstaatsanwalt fragen, ob er jahrelang Steuerhinterziehungen in einem Friseursalon gedeckt hat? Dann kann ich gleich meine Entlassung beantragen."

„Wir vertrauen ganz auf dein diplomatisches Geschick, Kurt", sagte Linda Scholl.

„Und wenn das Darlehen wirklich von ihm stammt, und wenn er das zugibt, sind wir immer noch keinen Schritt weiter", protestierte Neumann.

„Hör mal, Kurt", meldete sich Klingle zu Wort, „ich weiß,

wie schwer dir das Gespräch mit Schüttelschmidt fällt. Ich möchte auch nicht in deiner Haut stecken. Aber du bist der Chef. Und du weißt ganz genau, welcher Verdacht hier im Raum schwebt."

„Sprich ihn aus", forderte Neumann Klingle auf.

„Meinetwegen. Schmidt hat Nora vor zirka sechs Jahren ein Darlehen gegeben, damit ihr damaliger Mann Hans-Jürgen Werner im Sanatorium geheilt werden konnte. Schmidt hat ein Interesse daran, dass er das Geld zurück erhält. Deshalb deckt er Nora Stadlers Steuerhinterziehungen. Plötzlich erscheint Gerd Imhoff auf der Bildfläche und will einen Artikel über Noras Salon schreiben. Nora erzählt ihm zu viel; er kriegt die Geschichte mit den veruntreuten Trinkgeldern heraus und beginnt Nora Stadler zu erpressen."

„Kompliment", sagte Linda Scholl, „so habe ich das noch nicht gesehen.

Vielleicht ist es doch keine falsche Spur. Sie kann nicht zugeben, dass sie erpresst wird, weil sie dann auch ihre Steuerhinterziehung zugeben muss."

„Ich soll wohl den Herrn Oberstaatsanwalt auch noch fragen, ob er für die Tatzeit ein Alibi hat", folgerte Neumann. „Doch wir haben überhaupt keine Beweise, nicht einmal Indizien."

„Du weißt, Kurt, dass ich bei der Abteilung für Wirtschaftskriminalität arbeite, wenn du mich nicht gerade anforderst", sagte Linda Scholl. „Ich könnte Frau Stadlers Steuererklärungen einsehen. Obwohl ich das nicht gern tue. Man arbeitet dabei mit Methoden, die fast genauso illegal sind wie die der Verdächtigen. Die Freiheit des Individuums gegenüber dem Staat ist ein hohes Gut, das ich nur verletzen würde, wenn es um die Aufklärung eines Mordes geht."

„Wie soll ich das verstehen?", fragte Neumann.

„Dass jeder sein Päckle trägt", antwortete Klingle anstelle von Linda Scholl.

„Gut", sagte Neumann und erhob sich. „Schau dir ihre Steuererklärung an."

*

Oberstaatsanwalt Heinz Schmidt war ein großer Mann von bulliger Gestalt, der schon einen stattlichen Bauch vor sich her schob, obwohl er das vierzigste Lebensjahr noch nicht erreicht hatte. Er saß in einem taubenblauen Anzug an seinem Schreibtisch, hatte das Jackett geöffnet und sah Hauptkommissar Neumann unwirsch an.

„Sie haben mich gebeten, immer auf dem Laufenden gehalten zu werden, Herr Oberstaatsanwalt", sagte Neumann entschuldigend. „Es gibt eine aktuelle Entwicklung im Fall Imhoff. Ich halte es für meine Pflicht, Sie sofort darüber zu informieren."

„Nehmen Sie doch Platz. Ich kann eine halbe Stunde für Sie erübrigen", antwortete Schmidt, blieb aber in seinem Sessel sitzen und übersah Neumanns ausgestreckte Hand.

„Ich werde nicht so lange brauchen", fuhr dieser fort und setzte sich auf einen Besucherstuhl, der vor dem Schreibtisch stand. „Im Zuge unserer Ermittlungen ist der Verdacht aufgetaucht, dass Nora Stadler die Einnahmen aus ihrem Haarstudio nicht korrekt abrechnet. Wir überlegen, ob wir eine Steuerprüfung vornehmen lassen sollen."

„Um Gottes willen", rief Schmidt aus, „man muss doch nicht gleich mit Kanonen auf Spatzen schießen." Er zog seine Krawatte enger um den Hals. „Worauf gründet sich Ihr Verdacht?"

Neumann ignorierte die Frage und sagte stattdessen: „Sie sind doch auch mehrere Male in diesem Haarstudio gewesen. Ist Ihnen da nichts Besonderes aufgefallen?"

„Was soll mir denn aufgefallen sein? Der Haarschnitt kostet seit ewigen Zeiten 20 Mark."

„Und das Trinkgeld?"

Der Oberstaatsanwalt massierte seine Hand. „Das Trinkgeld ist Ermessenssache, Neumann, das wissen Sie doch ebenso gut wie ich."

„Es besteht der Verdacht, dass überhöhte Trinkgelder eingefordert und nicht abgerechnet wurden", erklärte Neumann.

„Von Nora", rief Schmidt, „das kann ich nicht glauben. Ich lege meine Hand für sie ins Feuer. Da gibt es doch diese Assistentin namens Carla, vielleicht dass sie … Aber nein, das kann ich mir auch nicht vorstellen. Worauf gründet sich Ihr Verdacht, Neumann?"

„Ein Kunde musste 40 Mark zahlen und bekam eine Rechnung über 20 Mark ausgehändigt."

„Von Nora?", wiederholte Schmidt.

Neumann schwieg. Dann fragte er: „Hat Nora Ihnen das Darlehen schon zurückgezahlt?"

„Welches Darlehen?", brauste Schmidt auf.

„Herr Oberstaatsanwalt", sagte Neumann ruhig, „ich will nur Schaden von Ihnen abwenden. Es würde in der Öffentlichkeit kein gutes Bild ergeben, wenn herauskommt, dass Frau Stadler ihr Darlehen aus einer schwarzen Kasse an Sie zurückzahlt. Das wissen Sie genauso gut wie ich."

„Wer …"

„Frau Stadler selbst. Sie gibt an, dass das Geld, mit dem sie den Sanatoriumsaufenthalt ihres früheren Mannes bezahlt hat, von Ihnen stammt."

„Es waren 50.000 Mark", bestätigte der Oberstaatsanwalt. „Sie hat es noch nicht ganz zurückgezahlt. Aber was hat denn diese Geschichte mit dem Fall Imhoff zu tun?"

„Das wissen wir nicht", antwortete Neumann, „haben *Sie* vielleicht eine Idee?"

„Neumann, Sie vergreifen sich im Ton!"

„Entschuldigen Sie bitte, Herr Oberstaatsanwalt. Ich stelle mir nur vor, wie Sie in der Öffentlichkeit dastehen würden, wenn heraus käme …"

„Wenn was heraus käme?", schrie Schmidt.

„Mir wäre wohler, wenn Sie mir bestätigen könnten, dass Sie Gerd Imhoff nicht gekannt haben."

Bevor der Oberstaatsanwalt antworten konnte, klingelte das Telefon auf seinem Schreibtisch. Schmidt nahm den Hörer ab und hörte zu. Als Neumann sich erhob, um zu gehen, winkte ihn Schmidt auf den Stuhl zurück.

Er drückte den Lautsprecherknopf und sagte. „Können Sie das bitte noch einmal wiederholen?"

„Hier ist Petra Giseke von der *Darmstädter Rundschau*. Wir werden morgen einen Artikel über neuere Entwicklungen im

Mordfall Imhoff bringen. Ich möchte Sie um eine Stellungnahme bitten. Stimmt es, dass Sie vor sechs Jahren Nora Stadler ein Darlehen über 100.000 DM gegeben haben?"

„Nein, es waren nur 50.000", korrigierte Schmidt und hielt sich dann erschrocken die Hand vor den Mund. Neumann schloss resigniert die Augen.

„Sie haben Frau Stadler also 50.000 DM geliehen. In unserem Artikel wird der Verdacht erhoben, dass Frau Stadler das Darlehen mit Einnahmen aus ihrem Geschäft zurückzahlt, die nicht versteuert wurden, und dass Sie, Herr Oberstaatsanwalt, darüber Bescheid wissen."

„Das ist doch absurd", widersprach Schmidt, „außerdem hat Frau Stadler keine Schulden mehr bei mir."

„Herr Oberstaatsanwalt", fuhr Petra Giseke fort, „in dem Artikel wird gefordert, dass Sie angesichts Ihrer Verstrickungen im Fall Imhoff als Leiter der Ermittlungen zurücktreten. Wir nehmen an, dass der Ermordete von den Unregelmäßigkeiten in dem Haarstudio erfuhr und deshalb sterben musste."

„Nein, ich werde ganz und gar nicht zurücktreten. Und wenn Sie schreiben, das Darlehen sei noch nicht zurückgezahlt worden, werde ich Sie wegen Verleumdung verklagen."

„Dann erscheint der Artikel mit der Überschrift ‚Stuttgarter Oberstaatsanwalt tritt nicht zurück'. Ich danke Ihnen für Ihre Stellungnahme." Die Journalistin legte auf.

Der Oberstaatsanwalt sank in seinen Sessel zurück. Er schwankte zwischen Empörung und Hilflosigkeit. „Was nun?", fragte er.

„Ich habe Ihnen gleich gesagt …"

Schüttelschmidt reckte seinen massigen Körper hervor.

„Sie arbeiten wohl mit der Presse zusammen, Neumann. Das wird ein Nachspiel für Sie geben."

„Herr Oberstaatsanwalt, ist das Darlehen nun zurückgezahlt worden oder nicht?", fragte der Hauptkommissar ungerührt. „Mir haben Sie das Entgegengesetzte gesagt, wie der Journalistin. Soll ich das vor Gericht verschweigen?"

„Ich konnte doch nicht öffentlich zugeben …", versuchte

sich Schmidt zu rechtfertigen. „Ich rufe Nora sofort an und erlasse ihr den Rest."

Neumann stand auf. „Unter diesen Umständen kann ich Ihnen nur den Rat geben, Herr Schmidt, den Fall Imhoff solange einem Kollegen zu übertragen, bis der öffentlich aufgekommene Verdacht gegen Sie entkräftet ist. Und überlegen Sie sich, wo Sie am 28. April um 23 Uhr gewesen sind."

„Das ist doch … Sie glauben doch nicht …", stammelte der Oberstaatsanwalt.

„Herr Schmidt", sagte Neumann, „meine Aufgabe ist es, den Mord an Gerd Imhoff aufzuklären, und zwar ohne Ansehen der Person. Wenn Sie Steuerhinterziehungen gedeckt haben, dann geben Sie es so schnell wie möglich zu. Nur so können Sie verhindern, dass Sie unter Mordverdacht geraten. Ich hoffe, dass ich Sie in der Mordsache nicht vernehmen muss."

32

Der Artikel der *Darmstädter Rundschau* sorgte am Mittwoch im Landeskriminalamt Stuttgart für heftige Betriebsamkeit. Am Nachmittag entzog der Präsident des LKA nach einer mehrstündigen Krisensitzung, an der auch Hauptkommissar Neumann teilgenommen hatte, dem Oberstaatsanwalt Heinz Schmidt die Zuständigkeit für den Fall Imhoff. Weitere Maßnahmen gegen Schmidt, der bis zuletzt an seinem Sessel geklebt hatte, wurden zunächst nicht eingeleitet. An seiner Stelle verantwortete nun Oberstaatsanwalt Werner Dörflinger den spektakulären Mordfall. Dörflinger war ein älterer, erfahrener Mann, der Fingerspitzengefühl mit Hartnäckigkeit verband. Von ihm wurde erwartet, dass er die Ermittlungen in ein ruhigeres Fahrwasser zurücksteuern würde. Neumann hatte noch nie mit ihm zusammengearbeitet, war aber zuversichtlich, dass der neue Mann die Aufgabe meistern würde.

Linda Scholl präsentierte in der Lagebesprechung am Donnerstag die Ergebnisse ihrer Recherchen. Nora Stadler hatte jahrelang korrekte Steuererklärungen abgegeben. Zumindest fand das Finanzamt nichts zu beanstanden. In den ersten beiden Jahren waren zwar hohe Kosten für die Anschaffung von Möbeln und die Einrichtung des Salons geltend gemacht worden, aber das war bei der Neugründung eines Gewerbes allgemein üblich. Seit 1993 beschäftigte Frau Stadler eine Mitarbeiterin und erwirtschaftete einen Gewinn, von dem in bescheidenem Umfang gelebt werden konnte.

In jedem Jahr wurde eine Pauschale von 5000 DM für Trinkgelder angeführt; ein Posten, für den es naturgemäß keine Belege gab. Wenn man annahm, dass im Durchschnitt zehn Kunden pro Tag kamen, bedeutete das, jeder Kunde gab etwa zwei DM Trinkgeld. Kosten für die Miete des Salons, für Strom und Wasser fielen nicht an. Die hatte, wie den Mitgliedern der Soko bekannt war, Portmann übernommen. Die Erklärungen waren so perfekt und wurden regelmäßig so pünktlich eingereicht, dass sie wohl von einem Steuerberater erstellt worden waren.

Das eigentliche Highlight des Donnerstags war der Auftritt von Kriminalkommissar Rudolf Klingle. Grinsend und bestens gelaunt erschien er am Morgen und präsentierte seinen neuen, modischen Kurzhaarschnitt. Gutmütig ließ er auch die verschiedenen Hänseleien über sich ergehen. Zur Aufklärung des Mordfalls konnte sein Besuch in Noras Haarstudio allerdings wenig beitragen. Er hatte 20 Mark für die Frisur bezahlt, ein Glas Prosecco getrunken und Nora in ihrer schwarzen „Dienstkleidung" bewundern dürfen. Das war alles. Er hatte auch ihre Assistentin Carla gesprochen.

Carla lachte laut, als Klingle auf Dr. Andreas Franck zu sprechen kam. „Ein cooler Typ. Wir haben ein wenig miteinander geflirtet. Dann wurde ich keck und sagte einfach mal 40 DM, und er hat sie auch gezahlt. Super. Er will wiederkommen. – Nein, wo denken Sie hin, das habe ich zum ersten Mal ausprobiert. Es war ein Scherz."

„Es hat den Anschein", resümierte Klingle, „dass da Hals über Kopf alles wasserdicht gemacht wurde. Carla sagte ein auswendig gelerntes Sprüchlein auf. Sie stand da herum wie bestellt."

„Pelzmäntel und teure Autos sind bei dem angegebenen Verdienst nicht drin", stimmte Linda Scholl zu. „Übrigens", fuhr sie fort, „ich habe mich an der Uni Hohenheim umgehört. Imhoff hat dort mit niemandem gesprochen. Mit niemandem außer Portmann. Wenn Imhoff einen kritischen Artikel über die Gentechnik schreiben will, dann muss er doch vor allem Herrlich interviewen. Hat er aber nicht."

Bei diesen nicht in die Akten aufgenommenen Erkenntnissen blieb es bis zum Dienstschluss am Abend.

Am Freitag traf ein Fax von der Policia Criminal aus Santa Cruz ein. Die Leiche von Hans-Jürgen Werner wurde am 12. August 1990 etwa eine Seemeile nördlich von El Puerto in einer Bucht gefunden. Sie wies keine Merkmale auf, die auf einen Kampf hindeuteten. Die spanischen Kollegen von der Kriminalpolizei hatten sich mit dem Toten überhaupt nicht befasst und wunderten sich über das plötzliche Interesse der Deutschen. Nach Rücksprache mit der Küstenwacht und dem Wetterdienst konnten sie mitteilen, dass es am 11. August 1990 windstill gewesen war.

Dann wissen wir das, dachte Neumann und legte das Fax zu den Akten. Es war nicht ihr Auftrag, den Tod Werners zu untersuchen.

Die Fahndung nach Yvonne Berger und ihrem Komplizen verlief bis zum Freitagabend ergebnislos. Junge, füllige Blondinen hatten es in diesen Tagen schwer, besonders, wenn sie in Begleitung eines Mannes im VW spazieren fuhren. Manche von ihnen wurden drei, vier Mal am Tag kontrolliert, obwohl ihre Heckscheibe nicht die Aufschrift „Süd-Rabauken" trug.

Ein VW mit dieser auffälligen Schrift war in ganz Deutschland nicht aufzufinden. In Jena erhielten die drei Familien, die den Namen Berger trugen, Besuch von freundlichen Polizisten. Aber keine von ihnen hatte eine Tochter, die den Namen Yvonne trug. Oder besser gesagt, kein Ehepaar Berger gab zu, dass es eine Tochter namens Yvonne hatte. Zwei Paare waren in dem Alter, dass sie eine 23-jährige Tochter hätten haben können.

Bei dieser gesamtdeutschen Razzia fasste die Polizei 128 Personen, die ohne Führerschein fuhren, 133 Männer, die zu viel Alkohol im Blut hatten, 225 Fahrer, die nicht angeschnallt waren und 59 Fahrzeughalter, die im Halteverbot standen. 45 VWs wurden abgeschleppt und drei Discos vorübergehend geschlossen. Doch alles trug nur dazu bei, dass sich die Akten im Mordfall Imhoff auf den Schreibtischen der drei Soko-Mitglieder türmten und noch der Samstag verging, bis Neumann sich eingestehen musste, dass die ganze Aktion ein Fehlschlag war.

Zu demselben Ergebnis waren auch Linda Scholl und Rudi Klingle gekommen; aber sie saßen dabei zusammen und in einer angenehmeren Umgebung als der Chef. Im Bistro Journal ließ sich der Frust in ein paar Gläsern Nero d'Avola ertränken. Das Lokal war an diesem späten Samstagabend ziemlich voll. Die beiden hatten noch einen kleinen Tisch in der Nähe des Ausgangs gefunden. Es ging auf 22 Uhr zu. Am Nachbartisch jubelten ein paar junge Leute über die Niederlage der Bayern auf Schalke. Borussia Dortmund hatte sich nach einem Unentschieden gegen 1860 München einen Spieltag vor Schluss mit vier Punkten Vorsprung vor den Bayern vorzeitig die deutsche Fußballmeisterschaft gesichert.

„Was sagt denn deine Frau dazu, dass du immer so spät nach Hause kommst?", fragte Linda Scholl soeben.

„Ach, Linda", seufzte Klingle, „sie sieht zu viele Tatort-Krimis und kann sich gar nicht vorstellen, dass unsere Tätigkeit hauptsächlich aus Aktenlesen und harmlosen Zeugenbefragungen besteht. Sie denkt, wir springen täglich auf der Jagd nach Verbrechern von Hochhaus zu Hochhaus und liefern uns mit quietschenden Reifen dramatische Verfolgungsjagden. Ich habe ihr schon hundert Mal erklärt, dass Stuttgart nicht Chicago ist, aber sie glaubt es nicht. Dann fragt sie, ob ich nicht bald Hauptkommissar werde, damit wir uns ein größeres Auto leisten können, und dann schlägt meine große Stunde. ‚Das kann ich nur erreichen, wenn ich hart arbeite', sage ich, und …"

Am Nachbartisch fingen die Jungs an zu gröhlen: „Wir ziehen den Bayern die Lederhosen aus."

Linda Scholl drehte sich pikiert um.

„Das sind keine Dortmund-Fans, die ihre Mannschaft feiern", erläuterte Klingle. „In diesem Lied vereinigen sich alle, die Bayern München nicht mögen." Er hielt einen Moment inne. „Entschuldige mal eben", sagte er, ging zur Theke und kam mit den *Stuttgarter Nachrichten* zurück. Er setzte sich wieder an den Tisch und begann nach dem Sportteil zu blättern.

„Willst du jetzt in meiner Anwesenheit Zeitung lesen?", protestierte Linda Scholl.

„Moment mal", brummte er, „ich bin gleich so weit; ich habe da eine Idee."

Er studierte kurz und angestrengt eine Seite, legte dann die Zeitung weg und sagte vor sich hin: „Das könnte gehen."

„Ich verstehe nur Bahnhof", antwortete Linda Scholl.

Klingle nahm einen großen Schluck aus seinem Weinglas, blinzelte die Kommissarin an und fragte sie dann: „Hast du Zeit, morgen mit mir ein Fußballspiel anzuschauen?"

„Das kommt ein bisschen plötzlich", wunderte sich Linda Scholl, „ich hatte eigentlich …"

„Ich auch", unterbrach sie Klingle, „mit meiner Frau. Aber wir sind immer im Dienst. Ich habe da eine Idee."

„Erkläre sie mir", bat die Kommissarin.

„Unsere Fahndung nach Yvonne Berger und ihrem Freund. Der ist doch Fan von Carl Zeiss Jena, oder?"

Linda Scholl nickte.

„Carl Zeiss Jena spielt morgen um 15 Uhr in Mainz. Zweite Bundesliga, aber ein wichtiges Spiel für beide Mannschaften. 29. Spieltag, sechs Runden vor Schluss. Mainz 05 steht auf einem Abstiegsplatz und muss dringend punkten. Jena, derzeit auf dem 5. Platz, hat bei einem Sieg berechtigte Hoffnungen, in die erste Bundesliga aufzusteigen. Was meinst du, lässt sich ein Mitglied der Süd-Rabauken dieses Spiel entgehen? Nein, sage ich."

„Du meinst, wir fahren hin und suchen unter den Jena-Fans nach Yvonne Berger. Neben ihr steht ihr Freund. Dann verhaften wir die beiden."

„Richtig. So einfach geht das. Aber mit Hilfe der Mainzer

Kollegen. Es fällt gar nicht auf, wenn ein paar Polizisten mehr im Jenaer Fan-Block postiert sind."

„Gut, ich bin dabei", sagte die Kommissarin. „Jetzt lerne ich schon den zweiten Mann näher kennen, der ein Fußballfan ist. Das muss wohl mein Schicksal sein, dass ich solche Männer anziehe."

„Morgen um 10 Uhr fahren wir los", beschloss Klingle. „In Zivil. Ich bin um 8 Uhr im LKA und bereite alles vor. Du kannst ausschlafen. Wo soll ich dich abholen?"

Linda Scholl zögerte. „In Plochingen, in der Händelstraße", sagte sie dann. „Und jetzt kein Wort mehr über Dienstliches oder Fußball, was in diesem Fall ja dasselbe ist."

Wieder einmal erreichte Kriminalkommissar Rudolf Klingle nur mit Mühe den letzten Zug von Stuttgart nach Göppingen. Aber er war gut drauf. In der Soko empfand er sich eigentlich als das schwächste Glied. Aber nun hatte er vielleicht die Idee gehabt, die den Fall Imhoff entscheidend voranbringen würde.

*

Andreas Franck plagten am Samstagabend andere Sorgen. Zusammen mit Elke Simon besprach er in seiner Degerlocher Wohnung die neueste Entwicklung auf dem Gen-Acker in Renningen. Ein Anwalt der Firma *Agrarrevo,* in deren Auftrag die Freisetzungsversuche von genmanipuliertem Mais durchgeführt werden sollten, hatte beim Landgericht Stuttgart einen „Bestrafungsantrag" gegen vier Feldbesetzer gestellt. Er forderte von Eva-Maria Simon, Thea Portmann und zwei anderen Aktivisten ein Ordnungsgeld von jeweils 10.000 DM. Die vier Angeklagten waren wild entschlossen, das Geld nicht zu zahlen, sondern stattdessen zwanzig Tage lang ins Gefängnis zu gehen. Sie freuten sich sogar darauf, ihre Argumente gegen die Gentechnik in einem öffentlichen Prozess vortragen zu können. Franck gab zu bedenken, dass der Richter sie zwar reden lassen, die Feldbesetzung aber als eine kriminelle Tat einstufen würde, bei der sich das positive Bekenntnis zur Tat strafverschärfend auswirke.

„Wir müssen Druck von unten machen", sagte Eva-Maria am Telefon, „mit Pauken und Trompeten in den Knast einziehen; Unterschriften für die sofortige Freilassung sammeln; Geldspenden für die Fortsetzung unserer Arbeit eintreiben; Mahnwachen vor dem Gefängnis organisieren und eine Verfassungsbeschwerde einreichen. Wir lassen uns doch nicht einschüchtern. Gerd Imhoff hätte es genauso gemacht."

„Wieso Gerd Imhoff?", fragte Franck.

„Ja, glaubst du denn, er wäre unbeschadet davongekommen, wenn er die Verfilzung von Forschungsinstituten, Konzernen, Behörden und Politikern offengelegt hätte?"

„Nun mal langsam", protestierte Franck, „ihr braucht wohl einen Helden, und am besten einen toten Helden. Fehlt nur noch der Hungerstreik."

„Arbeite du doch an dem Thema weiter, dann wirst du ja sehen, was sie mit dir anstellen. Und vielen Dank für den Tipp Hungerstreik."

„Recht hat sie", fiel Elke ein, „arbeite du doch an dem Thema weiter, aber erst ab Montag."

33

Das Mainzer Bruchwegstadion lag am Rande des Stadtzentrums, wenige Minuten vom Hauptbahnhof und der Johannes-Gutenberg-Universität entfernt. Es war ein kleines Stadion, das mit den Erfolgen des Vereins, der erst seit sechs Jahren in der zweiten Bundesliga spielte, nicht mitgewachsen war. Es gab kaum Parkplätze im Umfeld, und die Eingänge lagen direkt an der Straße, die an den Spieltagen für den Verkehr gesperrt wurde.

Die Fans würden also zu Fuß oder mit öffentlichen Verkehrsmitteln kommen – ein Umstand, der in Kommissar Klingles Planungen eine wichtige Rolle spielte. Die Verdächtigen mussten im Stadion festgenommen werden, und man wusste im Voraus nicht, ob sie anwesend waren. Nach dem VW mit der Aufschrift „Süd-Rabauken" brauchte gar nicht erst gesucht zu werden. Andererseits konnten die Verdächtigen auch nur zu Fuß fliehen, falls die Aktion misslang.

Rudolf Klingle und Linda Scholl erreichten das Stadion etwa anderthalb Stunden vor Spielbeginn. Da sie in einem grün-weißen Kleinbus mit Stuttgarter Nummer fuhren, wurden sie an der Straßensperre durchgelassen, nicht ohne dass der junge Polizist grinsend fragte, ob der VfB nun schon die Polizei bemühen würde, um seine Späher nach Mainz zu schicken.

„Keine Angst", konterte Klingle geistesgegenwärtig. „Wir interessieren uns für einen Angreifer aus Jena."

„Die taugen alle drei nichts", antwortete der Polizist, „ihr werdet es ja sehen, wie wir die kaltstellen."

Klingle hob grüßend die Hand und fuhr die wenigen Meter bis zum ersten Einlass. Dort wurden sie von vier Mainzer Kollegen erwartet. Der Einsatzleiter, ein sportlicher Vierziger namens Heinz Steiner, begrüßte sie und stellte die Mitglieder seines Teams vor.

„Ich habe sie ausgewählt, weil sie sich nicht für Fußball interessieren", erläuterte Steiner, „dann können sie sich besser auf ihre Aufgabe konzentrieren."

„Und sie sind kräftig", ergänzte Klingle. Er gab jedem die

Hand. Linda Scholl stand ein wenig verloren herum und nickte den Männern zu.

„Hier sind zwei Karten für den Gästeblock J", sagte Steiner. „Es sind unnummerierte Stehplätze. Sie können also frei herumgehen. Auch die Blöcke K und L gehören noch zum Gästebereich. Sie liegen auf der Gegengeraden, K etwa auf Höhe des Strafraums. Mit Block J beginnt der Kurvenbereich."

„Danke", antwortete Klingle, „wenn die Mainzer in die erste Bundesliga aufsteigen, lade ich Sie zum Spiel gegen den VfB nach Stuttgart ein."

Dann wandte er sich an die drei Kollegen. „Ihr wisst ja, worum es geht. Wir suchen drei Einbrecher, zwei junge Männer und eine blonde, junge Frau, die ziemlich dick ist. Möglicherweise sind sie auch in einen Mordfall verwickelt. Wir besitzen nur das Foto dieser Yvonne Berger. Falls wir sie finden, wird sich meine Kollegin Scholl um sie kümmern. Wir anderen konzentrieren uns auf den Freund dieser Yvonne. Ich nehme an, dass er sich einer Verhaftung widersetzen wird. Die Chance, den Dritten zu erwischen, schätze ich ziemlich gering ein; es sei denn, sie stehen zu dritt nebeneinander. Wir nähern uns ihnen unauffällig und warten, ob sie sich provozieren lassen, etwa wenn die Mainzer ein Tor schießen. Es ist besser, sie denken, wir fassen sie, weil sie randalieren; dass wir nur ihre Personalien aufnehmen wollen und sie dann wieder frei lassen."

Die drei Männer nickten.

„Lasst euch in kein Handgemenge ein. Lasst sie lieber laufen. Sie werden dann am Ausgang erwischt. Und nur im äußersten Notfall von der Schusswaffe Gebrauch machen. Wir sind hier nicht in Chicago. Wenn bis zur Halbzeit nichts passiert ist, halten wir kurz Rücksprache. Wir können mit einer Festnahme nicht bis zum Schluss warten. Dann ist das Chaos im allgemeinen Aufbruch zu groß."

Die Männer nickten wieder.

„Dann wollen wir uns den Schauplatz des Geschehens ansehen", sagte Klingle.

Das Stadion war auch kurz vor Spielbeginn kaum zu einem Drittel gefüllt. In den drei Gästeblocks befanden sich etwa einhundert bis zweihundert Jena-Fans, überwiegend junge Leute, kaum Frauen. Die meisten von ihnen trugen Schals in den Vereinsfarben blau-weiß oder blau-weiß-gelb. Einige waren auch mit gelben Anoraks und blauen T-Shirts bekleidet. Sie standen in kleinen Gruppen zusammen und wirkten überaus friedlich. Zwei oder drei schwenkten ihre Fahnen; das war aber auch die einzige größere Bewegung.

Linda Scholl schaute sich unauffällig um. Yvonne Berger war nicht zu sehen. Das Spielfeld hatte man mit einem etwa zwei Meter hohen, breitmaschigen Drahtzaun von den Zuschauerrängen abgetrennt. Von dort aus stiegen die Ränge in zehn bis zwölf breiten Stufen, die mit rötlichem Sand gefüllt waren, empor. Die meisten Zuschauer standen auf den hinteren Plätzen, um über den Drahtzaun schauen zu können. Linda Scholl stieg bis zur letzten Stufe hoch und nickte auf dem Weg zwei Kindern zu, die wohl gerade das Schulalter erreicht hatten. Auch oben befand sich wieder ein etwa zwei Meter hoher Drahtzaun, den man kaum übersteigen konnte; ganz abgesehen davon, dass man dann acht bis zehn Meter hätte herunterspringen müssen und nach wenigen Fluchtmetern auf die Stadionmauer getroffen wäre. Die Kommissarin lehnte sich an den Drahtzaun, wippte hin und zurück, um seine Festigkeit zu prüfen und blickte auch noch einmal zu den Pappeln hinüber. Wenn man in ihre Wipfel kletterte, konnte man das Spiel verfolgen, ohne Eintrittsgeld zu zahlen; aber es war unmöglich, sie vom Stadion aus zu erreichen. Zufrieden kehrte sie zu Klingle zurück. Es gab nur die Möglichkeit, das Stadion über den offiziellen Ausgang zu verlassen.

Soeben betraten die Spieler beider Mannschaften den Rasen. Die Jenaer Fahnen wurden heftiger geschwenkt als vorher, und hier und da steckte sich jemand eine Zigarette an, um die Aufregung wegzupusten. Aber insgesamt blieb es ziemlich ruhig im Rund.

„Ich schaue mich in den anderen beiden Blocks um", sagte Linda Scholl.

Klingle nickte. Er folgte ihr mit seinen Blicken. Sie trug schwarze Jeans und eine ebenso schwarze Lederjacke und sah aus wie eine Motorradbraut, die ihren Sturzhelm vergessen hatte. Die Mainzer Kollegen standen in Blickkontakt zu Klingle und schienen nur Interesse für das Spiel zu entwickeln, das nun angepfiffen wurde. Sie waren ebenfalls in Zivil und so unauffällig gekleidet, dass man sie nicht als Polizisten erkennen konnte.

Linda Scholl stieg die Stufen bis zum unteren Zaun herab, ging dann zur Absperrung und zeigte den beiden Ordnern ihren Ausweis. Bereitwillig öffneten sie die Barriere, und die Kommissarin betrat den Block K.

„Wir haben ihnen am Eingang etwa zwanzig Dosen Bier abgenommen", sagte einer der beiden stolz, „die können sie nach Ende des Spiels wieder abholen. Sonst gab es keine weiteren Vorkommnisse."

Der Spiel plätscherte so dahin; beide Mannschaften tasteten sich ab und warteten auf den ersten Fehler des Gegners. Die Mainzer Sprechchöre verstummten nach etwa fünf Minuten, dann herrschte eine unnatürliche, beängstigende Stille, bis den Mainzern nach 20 Minuten die überraschende Führung gelang.

Linda Scholl stand mit dem Rücken zum Spielfeld und beobachtete den laufenden Getränkeverkäufer, als der Jubel unvermittelt aufbrach. Eine knarzende Lautsprecherstimme verkündete den Namen des Torschützen, der Lieberknecht oder so ähnlich hieß. Im Gästeblock K wurden Pappbecher Richtung Spielfeld geworfen. Linda Scholl verfolgte die Flugbahn zurück – und da entdeckte sie Yvonne Berger. Sie musste es sein. Eine junge, füllige Frau, die ihre blonden Haare hochgesteckt hatte. Rechts neben ihr stand ein großgewachsener, bulliger Mann mit kahl rasiertem Schädel, der sich augenscheinlich nicht beruhigen wollte. Er trat einen Schritt vor und knallte seine Pranke auf die Schulter des Vordermanns. Jetzt konnte Linda Scholl sehen, dass er eine Bundeswehrhose und Springerstiefel trug, nach außen hin aber nicht als Anhänger des FC Carl Zeiss Jena zu erkennen war.

Langsam und immer wieder auf das Spiel schauend ging die Kommissarin zurück und winkte Klingle heran. In seinem Schlepptau folgten die Mainzer Kollegen. Es sah so aus, als würden sechs Mainzer Fans näher zum Tor des Gegners streben, weil sich das Spielgeschehen dorthin verlagert hatte. Nachdem sie von den Ordnern in den Block K durchgelassen worden waren, trennten sie sich. Steiner stieg mit zwei seiner Kollegen in die oberen Reihen empor, um sich bei Bedarf den beiden Verdächtigen von hinten nähern zu können. Linda Scholl brauchte nur drei Stufen aufzusteigen, um in die unmittelbare Nähe Yvonne Bergers zu gelangen. Klingle mischte sich zwei Reihen tiefer unter die Zuschauer, während der sechste Mann unten am Drahtzaun stehen blieb und an seinem Fotoapparat nestelte.

Kaum hatte Linda Scholl ihren Platz eingenommen, blickte der neben Yvonne Berger stehende Kahlkopf sie misstrauisch an, drehte sich um und verließ seinen Platz in Richtung Ausgang. Klingle schaute auf seine Armbanduhr. Es war 15.30 Uhr; noch eine viertel Stunde bis zur Halbzeit. Er schüttelte den Kopf, zum Zeichen, dass der Kahlkopf nicht an seinem Vorhaben gehindert werden sollte. Bei diesem knappen Spielstand zu diesem frühen Zeitpunkt würde er das Stadion nicht verlassen.

Klingle behielt Recht. Etwa fünf Minuten später erschien der Kahlkopf wieder mit einem Becher Bier in der Hand und bahnte sich rüde den Weg zu seinem Platz zurück. Kaum angekommen, musste er miterleben, wie die Mainzer das zweite Tor schossen. Einen Augenblick blieb er mitten im Jubel konsterniert stehen, dann warf er den vollen Pappbecher über die Plexiglaswand in die Mainzer Reihen. Von dort kam wütender Protest.

Klingles sechster Mann zückte seine Kamera und begann zu fotografieren. Das brachte den Kahlkopf vollends zum Rasen.

„He, Mann", schrie er, „her mit der Kamera", und wollte dem Fotografen an den Kragen. Aber er musste an Klingle vorbei. Der versuchte ihn aufzuhalten; aber da der Kahlkopf von oben kam, hatte er so viel Schwung, dass er Klingle mit zu Boden riss. Der Kahlkopf rappelte sich als Erster auf und hielt plötzlich einen Schlagring in der Hand. Die Zuschauer wichen zurück und bildeten einen Kreis um die beiden, sodass auch Steiner mit seinen Kollegen nicht eingreifen konnte.

Linda Scholl zögerte nur eine winzige Sekunde. Dann ließ sie die blonde Frau stehen, zog ihre Dienstwaffe und hielt sie mit beiden ausgestreckten Armen dem Kahlkopf entgegen.

„Polizei, legen Sie den Schlagring weg", befahl sie.

Der Kahlkopf drehte sich zu ihr um und starrte die Frau mit der Waffe ausdruckslos an. Das reichte Klingle, um wieder auf die Beine zu kommen und seine Waffe ebenfalls zu ziehen.

„Ist ja schon gut", lenkte der Kahlkopf ein und ließ den Schlagring fallen.

Während Linda Scholl mit ihrer Waffe weiterhin auf den Kahlkopf zielte, legte ihm Klingle Handschellen an.

Die blonde Frau, die vermutlich Yvonne Berger war, hatte den Aufruhr regungslos verfolgt. Ohne Widerstand zu leisten ließ sie sich von Steiner verhaften, der sich endlich einen Weg durch die Zuschauer bahnen konnte. Der Fotograf schoss ein Bild nach dem anderen, bis der Schiedsrichter die erste Halbzeit abpfiff.

„Ich habs ja gleich gewusst", sagte Yvonne Berger, als sie den Kleinbus mit dem Stuttgarter Kennzeichen sah, „dass das kein guter Gedanke war, nach Mainz zu fahren." Sie trug trotz ihrer Körperfülle schwarze Leggings und einen kurzen Rock.

„Halt die Klappe", polterte der Kahlkopf, „du sagst jetzt gar nichts mehr, kapiert?"

34

Die drei Mitglieder der Sonderkommission nahmen sich zunächst den Kahlkopf vor. Gegen 18.30 Uhr saßen sie ihm im LKA gegenüber. Linda Scholl spürte die Aggressivität, die von dem Verhafteten ausging, und zog unwillkürlich ihre Schultern zusammen. Mitten im Mai begann sie zu frieren. Er war von einer Frau überwältigt worden, das musste ihm ganz besonders zusetzen. Sie würde ihm nachts nicht auf der Straße begegnen wollen.

„Beginnen wir mit den Personalien", sagte Neumann behutsam in die Stille hinein.

„Die stehn doch in meinem Personalausweis", knurrte der Kahlkopf unwillig und verschränkte die Hände vor der Brust. Er lehnte mit dem Rücken am Stuhl und hatte den Hintern nach vorn geschoben, so dass er sich mit gespreizten Beinen fest auf den Boden drücken musste, um nicht ganz herunterzurutschen.

Neumann schlug das Dokument auf und las: „Franz Köster, 28 Jahre alt, wohnhaft in Jena, Fröbelstraße 5. Ist das noch die aktuelle Adresse?"

„Aber sicher doch", antwortete Köster. „Das liegt in Zwätzen, wenn Sie es genau wissen wollen."

„Sie haben eine Zeitlang bei Frau Berger in Stuttgart gewohnt", stellte Neumann fest.

„Das is ja wohl nich verboten, oder?", blaffte Köster.

„Beruf?"

„Ich hab keene Arbeit."

„Wo ist der VW?"

„Auf 'm Schrottplatz."

„Wie sind Sie nach Mainz gekommen?"

„Mit 'nem andern Auto."

„Jena hat drei zu null verloren", schaltete sich Klingle ein.

Zum ersten Mal zeigte der Verhaftete eine Gefühlsregung. „Dann ham wir keene Chance mehr", stöhnte er.

„Nein", nahm Klingle den Ball auf, „Sie haben keine Chance mehr. Ihre Fingerabdrücke befinden sich auf der Lederjacke, die die Einbrecher am 26. April in der Feuerbacher Wohnung zurückließen. Geben Sie den Einbruch zu?"

Köster schwieg.

„Wie heißt der andere Mann, mit dem Sie zusammenarbeiten?", fragte Neumann.

Köster schwieg.

„Herr Köster, Sie werden beschuldigt, zwischen dem 25. und dem 28. April in Stuttgart fünf Einbrüche und am 3. Mai in Plochingen einen Einbruch begangen zu haben. Zeugen sahen am 25. zwei junge Männer davonlaufen; am 3. wurde eine junge Frau im Auto gesehen."

„Kann man hier wenigstens eine paffen?", fragte Köster.

„Nur wenn Sie mit uns kooperieren", antwortete Klingle.

„Das grenzt an Folter", protestierte Köster, „ich werde mich bei Ihrem Vorgesetzten beschweren."

„Wo haben Sie das erbeutete Gut versteckt?", fragte Neumann unbeeindruckt, „die Münzen, den Schmuck, den Plattenspieler?"

Köster schwieg. Klingle tauschte mit Neumann einen Blick. Neumann nickte unmerklich.

„Sie werden hier von der Mordkommission Stuttgart vernommen, Köster", sagte Klingle. „Ist Ihnen das klar? Wir untersuchen den Mord an Gerd Imhoff. Imhoff wurde am 28. April in seinem Haus in Birkach ermordet, und Sie sind an dem Abend dort eingebrochen. Wo haben Sie sich die Pistole besorgt?"

Köster schüttelte den Kopf.

„Wenn Sie Glück haben und mit uns zusammenarbeiten, kriegen Sie nur zehn Jahre", setzte Klingle nach. „Bei guter Führung werden Sie nach fünf Jahren entlassen. Auf Mord steht lebenslänglich. Das bedeutet, Sie werden 20 Jahre lang kein Spiel mehr von Carl Zeiss Jena sehen."

„Mit dem Mord an dem Imhoff hab ich nichts zu tun", sagte Köster.

„Ist das alles, was Sie zu sagen haben? Wir können warten. Notfalls die ganze Nacht lang." Klingle lehnte sich entspannt zurück.

„Fangen wir noch einmal ganz von vorne an", sagte Neumann.

Linda Scholl erhob sich. „Ich gehe dann schon mal", verkündete sie.

Als die Kommissarin den Raum verlassen hatte, sagte Köster: „Ich hab nur eenen Bruch gemacht, den in Feuerbach. Mit
den andern hab ich nichts zu tun."

*

Linda Scholl ging in ihr Zimmer, griff zum Telefon und ließ
sich Yvonne Berger kommen. Nach einigen Minuten wurde
die junge Frau hereingeführt.

„Bringen Sie uns bitte noch zwei Tassen Kaffee" , bat die
Kommissarin den Beamten.

„Nehmen Sie doch Platz", sagte Linda Scholl zu Yvonne
Berger, „Sie sind wohl zum ersten Mal in Polizeigewahrsam?"

Frau Berger nickte. Sie machte einen verängstigten Eindruck.

„Dann wollen wir mal dafür sorgen, dass Sie so schnell wie
möglich wieder herauskommen", fuhr Linda Scholl im Plau-
derton fort. „Sind Sie in Jena geboren?"

Frau Berger nickte wieder.

„Ich komme aus Dresden", erklärte die Kommissarin.
„Nach der Wende bin ich einmal hingefahren, um mir alles
anzuschauen. Wie alt waren *Sie* denn, als die Mauer fiel?"

„Sechzehn", antwortete Yvonne Berger.

„Das war sicher eine ganz schwere Zeit für Sie in der Schule
und so."

„Ich habe noch Russisch gelernt; jetzt kann ich damit nichts
anfangen. Englisch sollte ich besser können."

Es klopfte an der Tür, der Beamte trat ein und brachte die
zwei Tassen Kaffee. Die Kommissarin nickte dankend und
wartete, bis er die Tür wieder hinter sich geschlossen hatte.

„Bitte bedienen Sie sich. Zucker, Milch?"

Yvonne Berger nahm zwei Löffel Zucker und rührte ausgiebig in der Tasse herum.

„Ihr Freund, der Franz, scheint den Ernst der Lage nicht zu

begreifen. Er gibt noch nicht einmal den Einbruch in Feuerbach zu, obwohl er doch seine Lederjacke am Tatort liegen gelassen hat."

„Ich habe gleich gewusst, dass es ein Fehler war. Aber er ist so … so … ja, fast ein bisschen großspurig. Er hält sich für den King und glaubt, keiner kann ihm das Wasser reichen."

Linda Scholl nickte. „Hat er Sie gezwungen, an den Raubzügen teilzunehmen?"

„Ich bin immer nur im Auto gesessen", antwortete Yvonne Berger.

„Gut, dass Sie es von sich aus zugeben. In Plochingen sind Sie nämlich gesehen worden. Wenn der Franz Sie gezwungen hat, und Sie aus Angst vor ihm mit dabei waren, müssen Sie vielleicht gar nicht ins Gefängnis. Es gibt mildernde Umstände."

„Glauben Sie?" Yvonne Bergers Gesicht hellte sich auf.

Linda Scholl schaute auf die grüne Haarsträhne, die der jungen Frau in die Stirn hing. „Kennen Sie den Franz schon lange?"

Yvonne Berger schüttelte den Kopf. „Nein, erst seit einem Jahr."

„Yvonne, ich darf Sie doch so nennen? Wer ist denn auf die Idee gekommen, in das Haus der Imhoffs einzubrechen?"

„Das war auch der Franz", antwortete sie bereitwillig, „er hat doch monatelang bei mir gewohnt, und da wusste er … Und wir besaßen doch einen Schlüssel zur Haustür."

„Ist er mit seinem Kumpel zusammen hinein?"

„Diesmal nicht. Ich saß wieder im Auto, und er ging allein ins Haus."

„Fuhren Sie in seinem VW?"

„Nein, in meinem Wagen; aber das ist auch ein VW."

„Standen Sie direkt vor dem Haus?"

„Ja", antwortete Yvonne Berger.

„Was hat Franz denn aus Imhoffs Wohnung mitgebracht?"

„Gar nichts. Er kam heraus, stieg ein und sagte: ‚Hau ab. Er hat mich gesehen.' Da bin ich gleich losgefahren."

Linda Scholl dachte nach. „Können Sie sich noch erinnern, wann Ihr Freund aus dem Haus kam?"

„Ja", sagte Yvonne Berger. „Es dauerte nämlich recht lange, und ich wurde ungeduldig. Da schaute ich auf meine Uhr. Es war ziemlich genau 23 Uhr, und kurz darauf erschien er. Er war aufgeregt und wollte nichts wie weg."

„Sind Sie sicher, dass es 23 Uhr war?", hakte die Kommissarin nach.

„Ganz sicher", bestätigte Yvonne.

„Und Franz stieg auf der Beifahrerseite ein?"

Yvonne nickte. „Warum fragen Sie mich das alles?"

„Hmm. Wissen Sie eigentlich, dass Gerd Imhoff an diesem Abend umgebracht wurde?"

„Was?" Yvonne wurde blass. „Das war an diesem Abend? Nein, das wusste ich nicht. Ich habe zwar gelesen, dass er ermordet wurde, aber … Und Sie glauben …"

„Yvonne, es könnte sein. Umso wichtiger ist es, dass Sie sich vom Franz distanzieren."

„Das will ich ja schon längst. Aber ich schaffe es nicht allein. Helfen Sie mir dabei. Er kann ziemlich brutal sein, vor allem, wenn er getrunken hat."

„Ich verspreche es Ihnen. Wenn er im Gefängnis sitzt, sind Sie vor ihm sicher."

„Danke", sagte Yvonne. „Fragen Sie weiter."

„Es sind nur noch wenige Fragen. Wo wohnen Sie denn zur Zeit?"

„In Backnang bei dem Kumpel von Franz. Franz und ich haben bei ihm ein Zimmer."

Die Kommissarin schob ihr ein Blatt Papier hin. „Bitte schreiben Sie den Namen und die Adresse auf." Yvonne Berger tat wie geheißen.

„Haben Sie etwas in dem Haus gehört, als Sie im Auto warteten?", fuhr Linda Scholl fort.

„Nein, ich hatte das Autoradio angeschaltet."

„Wissen Sie, ob Franz eine Pistole besitzt?"

„Er besaß eine, und mit der fuchtelte er gern herum. Aber in den letzten Tagen habe ich sie nicht mehr gesehen."

„Was hat er denn angehabt, der Franz, als er aus Imhoffs Haus kam?"

„Die Trachtenjacke, und das sah echt doof aus."

„Vielen Dank, Yvonne", sagte die Kommissarin und erhob sich. „Sie haben uns bereitwillig geholfen. Ich werde das gegenüber dem Herrn Oberstaatsanwalt hervorheben. Wenn Sie jetzt noch dem Herrn Imhoff senior die ausstehende Miete bezahlen würden … Heute müssen wir Sie noch hier behalten. Morgen unterschreiben Sie bitte das Protokoll unseres Gesprächs." Sie deutete auf die Tasse. „Trinken Sie doch Ihren Kaffee aus."

„Danke", sagte Yvonne Berger. „Vielleicht kann ich doch noch Arzthelferin werden. Als der Franz kam, da habe ich die Ausbildung abgebrochen."

*

Linda Scholl steckte den Kopf in das Besprechungszimmer. Neumann und Klingle verhörten Franz Köster immer noch, sahen aber nicht glücklich dabei aus. Sie gab den beiden ein Zeichen, und Neumann beendete daraufhin das Verhör. Köster wurde abgeführt, und die drei Mitglieder der Soko trafen sich in Neumanns Zimmer, um die neue Lage zu erörtern.

35

„Der dritte Mann heißt Philipp Herzog und wohnt in Backnang", begann Linda Scholl. „Ich habe die Kollegen dort um Amtshilfe gebeten. Wenn sie ihn heute noch erwischen, wird's eine lange Nacht." Sie berichtete über das Geständnis von Yvonne Berger.

„Gratulation, Frau Kollegin", sagte Neumann.

„Das Lob geht größtenteils an Rudi", antwortete Linda Scholl. „Er ist auf die Idee gekommen, die Einliegerwohnung durchsuchen zu lassen; er ist auf die Idee gekommen, nach Mainz zu fahren. Aber wir sind noch nicht durch. Ich glaube nicht, dass Frau Berger die Unwahrheit gesagt hat; aber ihre Aussage stimmt nicht mit der von Christa Imhoff überein. Fest steht, dass Franz Köster in der Mordnacht im Hause Imhoff war und gegen 23 Uhr mit leeren Händen wieder herauskam. Aber er trug keinen Mantel, wie Frau Imhoff meint, sondern die geraubte Trachtenjacke, und er stieg nicht in einen großen Wagen, sondern in Yvonnes VW, und zwar auf den Beifahrersitz."

„Frau Imhoff wird sich geirrt haben", wandte Klingle ein.

„Ob jemand um das Auto herumgeht und auf der Fahrerseite einsteigt, oder direkt die Beifahrertür öffnet, das kann man eigentlich nicht verwechseln. Wir müssen Yvonnes VW untersuchen lassen, ob er ein defektes Rücklicht hat. Der Wagen steht vermutlich in Mainz."

„Das übernehme ich", sagte Klingle mit neu erwachter Energie. „Gleich morgen früh."

„Wir knöpfen uns Köster noch einmal vor", entschied Neumann.

„Lasst uns bei einem Pizza-Service drei Pizzen bestellen", schlug Linda Scholl vor, „ich bekam seit heute morgen nichts mehr zu essen. Rudi hat mich zwar zu einem sonntäglichen Spaziergang ausgeführt, aber eingekehrt sind wir nicht."

„Wird nachgeholt", sagte Klingle und griff zum Telefon.

Im Besprechungszimmer saß ein immer noch aggressiver Franz Köster, als die drei eintraten.

„Oh", höhnte er, „die ganze Truppe, welche Ehre."

„Herr Köster", sagte Neumann ungerührt, „Ihre Freundin Yvonne Berger hat soeben gestanden. Wir wissen, dass Sie mit ihrer Hilfe alle sechs Einbrüche ausgeübt haben. Es ist nur eine Frage von Stunden, bis wir auch den dritten Mann festnehmen können."

Köster grinste breit. „Das is ein uralter Trick, auf den fall ich nich rein."

„Diesmal nicht, Herr Köster", erklärte Neumann geduldig.

„Er heißt Philipp Herzog und wohnt in Backnang. Woher sollten wir das wissen, wenn es uns Frau Berger nicht gesagt hätte?"

Köster schaute misstrauisch von Neumann zu Klingle und drehte dann seinen Schädel auch in Richtung Linda Scholl. Er schien wirklich nicht der Hellste zu sein und brauchte ein paar Sekunden, um zu begreifen, dass er ausgespielt hatte.

„Frauen", schnaubte er verächtlich. „Is nichts anzufangen mit denen."

„Sie geben also zu, die sechs Einbrüche in Stuttgart und Plochingen ausgeübt zu haben", stellte Neumann fest.

„Muss ich ja wohl, nich?"

„Sie sind am 28. April auch in Birkach in Imhoffs Haus eingebrochen, in dem Sie zuvor eine Zeit lang gewohnt haben."

„Mit dem Mord hab ich nichts zu tun", wiederholte Köster.

„Erzählen Sie uns Ihre Geschichte", forderte ihn Neumann auf.

„Yvonne hat den Schlüssel zu ihrer Wohnung behalten. Der passt auch in die Haustür. Ich hab nur dem jungen Imhoff seine Wohnungstür geknackt. Aber er lag im Bett und wurde wach. Da bin ich wieder raus zu Yvonne ins Auto. Lippie war nich mit dabei. Den können Sie nich fragen."

„Um wie viel Uhr war das?"

„Weeß ich nich mehr."

„Sie sind dann sofort weggefahren."

„Klar doch sind wir gleich abgehauen. Schneckie, hab ich gesagt, mach das Scheiß-Radio aus, die Nachrichten nerven mich, und schmeiß den Gang rein, aber dalli. Sie hat mich angesehen und pariert. Aber sie is nich gleich rausgekommen aus der Lücke, wo doch so viel Platz war. Musste zurücksetzen." Er schüttelte den Kopf. „Frauen können nich Auto fahren."

„Ist Ihnen ein Auto entgegengekommen?"

„Weeß ich doch nich. Eher nich. Nee, die Straße ist doch so eng, dass da zwee Schlitten gar nich aneinander vorbeikommen."

Neumann stellte die Fragen, während Klingle und Scholl den Einbrecher schweigend beobachteten. Hatte er Imhoff umgebracht, nachdem er von ihm erkannt worden war? Seine Darstellung stimmte mit Frau Bergers Aussage weitgehend überein. Nachrichten wurden immer zur vollen Stunde gesendet. Wenn Yvonne zurücksetzen musste, leuchtete der Rückfahrscheinwerfer auf.

„Haben Sie Ihren Mantel ausgezogen, als Sie ins Auto stiegen?", fragte Neumann.

„Was denn für 'n Mantel? Ich hab gar keenen Mantel." Köster schüttelte sich. „So was trägt man doch nich."

„Besitzen Sie einen Waffenschein?"

„Nee, wofür denn auch?"

„Für Ihre Pistole."

„Wer hat denn gesagt, dass ich eine Pistole hab?"

Neumann schwieg.

„Ach so", sagte Köster, „das ist dem Lippie seine. Die hat er noch vom Bund."

„Welche Marke?"

„Weeß ich nich."

Es klopfte an der Tür, sie wurde geöffnet, ein Beamter stand in der Schwelle und gab ein Zeichen.

Die Pizzen, dachte Linda Scholl.

„Dann beenden wir fürs Erste das Verhör", sagte Neumann.

Es war noch nicht der Pizza-Service. Es war eine Nachricht aus Backnang. Die Kollegen hatten Philipp Herzog problemlos verhaftet. Er hatte in seinem Wohnzimmer auf dem Sofa gesessen, sich einen Tatort-Krimi angesehen und trotzdem keinen Widerstand geleistet. Bei einer ersten, flüchtigen Untersuchung war eine Walther PPK sichergestellt worden, die man nun ins

Institut für Rechtsmedizin schicken würde. In etwa einer dreiviertel Stunde würde Herzog im LKA sein.

Linda Scholl seufzte. Es stand ein weiteres Verhör an; am späten Sonntagabend.

*

Professor Portmann ging es in diesen Tagen gar nicht gut. Seit einer Woche war seine Frau aus dem gemeinsam bewohnten Haus ausgezogen, und es bestand keine Hoffnung, dass sie zurückkehren würde. Das Verhältnis zu seiner Tochter Thea war auf einem Tiefpunkt angelangt, nachdem sie ihm vorgeworfen hatte, Noras Mann nicht gerettet zu haben. Nora besuchte ihn zwar immer ungenierter, brachte aber kein Verständnis dafür auf, dass er mit ihr nicht im Ehebett schlafen wollte. Der von ihm angestellte Privatdetektiv Franck ließ sich nicht mehr blicken. Die Lehrveranstaltungen hatte Portmann für den Rest des Semesters abgesagt, als der Rektor ihm dies nahegelegt hatte. Seine Kollegen schnitten ihn, behandelten ihn wie einen Strafgefangenen auf Urlaub.

Das Einzige, was ihm blieb, waren seine Experimente im Labor. Die Pflanzen ragten schon prächtig aus dem Wasser empor, und diejenigen, die er mit dem Handy bestrahlt hatte, führten ein kümmerliches Dasein knapp über dem Existenzminimum. Man konnte sie mühelos mit dem Daumen ins Wasser drücken.

Portmann saß an seinem Schreibtisch im ersten Stock des Hauses in Riedenberg und dachte über sein verpfuschtes Leben nach. Vor sechs Jahren hatte alles so gut angefangen. Nora bewunderte in ihm den Mann von Welt, der sich in mehreren Sprachen ausdrücken konnte, in den schönen Künsten zu Hause war und interessante Reisen unternahm. Er hatte ihr ein neues Leben geboten, und sie griff bereitwillig zu. Sie begleitete ihn auf seinen Reisen, er führte sie ins Theater und vor allem: Er finanzierte ihr Haarstudio. Sie war ganz und gar sein Geschöpf. Sie zahlte großzügig zurück; mit Zuneigung, Sex und ... Liebe. Ja, auch mit Liebe. Vor allem aber mit Geduld und Verständnis, wenn er in Stuttgart keine Zeit für sie fand. Sie war die ideale Geliebte, immer bereit und mit allem zufrieden, was er ihr bot. Sie stellte keine Ansprüche. Ein gelungenes Experiment; Portmann konnte sich dazu gratulieren.

Mit der Zeit war Nora dann aber selbständiger geworden, verdiente gut, konnte für ihren Lebensunterhalt allein aufkommen. Sie fand Freude daran, mit den Männern zu spielen. Oberstaatsanwalt Schmidt war ihr erstes Opfer; sie zahlte ihr Darlehen ab, und er drückte beide Augen zu, wenn sie ihre Trinkgelder an der Steuer vorbeilenkte. Er tat es für ein Lächeln; dafür, dass ihre Hände beim Waschen länger als notwendig auf seinem Kopf ruhten; dafür, dass er sich an ihrem Anblick erfreuen durfte.

Dann kam Imhoff, der Journalist, der überall seine Finger drin hatte. Der kritische Artikel über die Gentechnik schrieb und der herausbekam, dass Nora Steuern hinterzog. Nora umgarnte auch ihn, und Portmann bezweifelte, ob ein Lächeln von ihr ausgereicht hatte, um ihn zum Schweigen zu bringen.

Nein, Nora würde ihn, Portmann, nicht verlassen. Nora war sein Geschöpf. Er hatte sie umhegt, so wie die Kollegen Genforscher ihre manipulierten Pflanzen hegten und alles Unkraut um sie herum vernichteten. Nora war in seinen Händen gewachsen und erblüht; aber er musste darauf achten, dass niemand ihr zu nahe trat.

Nein, sein Leben war nicht verpfuscht. Er hatte mit Nora aufregende Jahre verbracht, um die ihn alle Spießer beneideten. Diejenigen, die aus lauter Langeweile vor dem Fernseher einschliefen. Diejenigen, die sich nicht trauten, ihre erotischen Wünsche zu verwirklichen. Diejenigen, die nur in ihrer Arbeit aufgingen und in Alkohol, Nikotin und anderen Drogen einen Ersatz für ihr ungelebtes Leben suchten.

36

Wie die Verfilzung an der Universität begann, wusste Andreas Franck nur allzu gut aus eigener, leidvoller Erfahrung. Das brauchte er am Montagmorgen nicht zu recherchieren. Die Lehrstuhlinhaber waren eigentlich zu Managern geworden, die vor lauter Geldeintreiben gar nicht mehr selbst Zeit zum Forschen fanden. Die Gelder, „Drittmittel" genannt, kamen von den Konzernen, wie etwa Bayer oder Hoechst, und wurden zur Förderung von Doktorarbeiten gegeben – natürlich nur von solchen, die für die Unternehmen interessant waren. Je mehr Drittmittel ein Institut einwarb, je mehr Doktorarbeiten vergeben wurden, desto erfolgreicher war es im Wettbewerb mit anderen Instituten der Universität. Nicht Qualität zählte, sondern Quantität. Auch die Gelder aus dem Landeshaushalt, der Universität pauschal zugewiesen, wurden vom Rektorat nach einem Schlüssel aufgeteilt, der die Erfolge bei der Eintreibung von Drittmitteln berücksichtigte. Die geisteswissenschaftlichen Institute besaßen dabei naturgemäß schlechte Karten.

Hatte ein Nachwuchswissenschaftler seine Doktorarbeit erfolgreich abgeschlossen, dann wurden nur die Teile seines Werks veröffentlicht, die zur Erlangung des Titels unerlässlich waren. Die interessantesten Kapitel reservierten sich die Geldgeber. Wenn es optimal lief, dann wurde der frisch gebackene Doktor Franz Mustermann von Hoechst eingestellt und konnte dort seine Forschungen fortsetzen. Wenn es weniger gut lief, dann gründete der Lehrstuhlinhaber und „Doktorvater" eine kleine Firma mit einem gut klingenden Namen, etwa „GenOK", und Dr. Franz Mustermann wurde der Geschäftsführer. Mustermann bemühte sich um öffentliche Gelder, etwa aus dem Fonds zur Wirtschaftsförderung im ländlichen Raum, und konnte mit diesen seine Forschungen weiter treiben. Personen, die fest an der Universität angestellt waren, durften keinen Nebenverdienst einstecken, deshalb musste der Umweg über eine Firmengründung eingeschlagen werden.

Da die Bundesrepublik aber nun eine Demokratie war, kontrollierte man streng, wofür die Landesmittel aus dem besagten Fonds ausgegeben wurden. Da gab es zum Beispiel eine Arbeitsgruppe, die beim Wirtschaftsministerium des Landes angesiedelt war und den schönen Titel „Anbaubegleitendes Monitoring" trug. In dieser Arbeitsgruppe saßen nur anerkannte Fachleute, unter anderem der Doktorvater von Franz Mustermann. Der beobachtete also „kritisch" die Arbeit seines eigenen Zöglings.

So weit war die Sache klar. Aber wie kamen der Doktorvater und sein Zögling an öffentliche Gelder heran? Um diese Frage zu beantworten, brauchte Andreas Franck Unterstützung. Er trommelte mit den Fingern auf die Schreibtischplatte und entschloss sich dann, Portmann anzurufen.

„Ich habe gehofft, dass Sie sich noch einmal melden", sagte Portmann.

„Wollen Sie also weiter für mich arbeiten?"

„Zuvor müssen Sie mir einige Informationen über die Gentechnik geben. Imhoff arbeitete an dem Thema, bevor er umgebracht wurde."

„Aber ich nicht", antwortete Portmann, „da müssen Sie sich an den Kollegen Herrlich wenden."

„Ich benötige nur einige allgemeine Informationen über die Genehmigung von Versuchsfeldern in Deutschland", konkretisierte Franck sein Anliegen.

„Ach so. Das erfahren die Studenten schon in Herrlichs erster Vorlesung. Es gibt seit dem Inkrafttreten des Gentechnikgesetzes im Jahre 1990 eine Bundesbehörde mit Sitz in Berlin, der man alle Anträge zur Freisetzung gentechnisch veränderter Objekte vorlegen muss. Ihr Leiter ist Dr. Hans-Jörg Buhk. Das Genehmigungsverfahren wird durch eine Zentrale Kommission für die Biologische Sicherheit kontrolliert. Sie besteht aus etwa 20 ehrenamtlich tätigen Mitgliedern, die vom Bundesministerium für Landwirtschaft berufen werden. Dazu gehören unter anderem auch Vertreter der Gewerkschaften und Umweltverbände. Auf der EU-Ebene gibt es die gleiche Konstruktion: eine Europäische Lebensmittel-Sicherheitsbehörde und eine Europäische Kontrollkommission für Gentechnik. Sie sehen also, Herr Kollege, bei den Genehmigungsverfahren geht alles demokratisch zu."

„Aha", sagte Franck.

„Warum sind Sie denn so skeptisch?", fragte Portmann. „Da sind überall bestens ausgewiesene Experten am Werk."

„Deshalb bin ich ja so skeptisch", antwortete Franck.

„Im Übrigen ist Hohenheim nicht der Nabel der Welt", fuhr Portmann fort. „Im Gegenteil. Die großen Gelder werden jetzt vermehrt an die strukturschwachen Regionen in den neuen Bundesländern vergeben. Die Kollegin Inge Broer sitzt an der Uni Rostock schon in den Startlöchern. Sie baut dort eine Arbeitsgruppe Pflanzengenetik und Agrobiotechnologie auf. Zur Zeit experimentiert sie erfolgreich mit gentechnisch veränderten Kartoffeln. Bald wird sie wohl in Rostock einen Lehrstuhl bekommen. Dann kann sie mit mehr Aussicht auf Erfolg einen Freisetzungsantrag stellen."

„Danke", sagte Franck benommen und beendete das Gespräch.

Kurz entschlossen verließ er das Historische Institut, stieg in sein Auto und machte sich auf den Weg zum Renninger Gen-Acker. Er hatte Glück; Thea Portmann war anwesend.

„Ich versuche in die Fußstapfen von Imhoff zu treten und den Gentechnik-Filz aufzudecken", erklärte Franck nach der Begrüßung. „An den Universitäten kenne ich mich ja aus, aber nicht in dem Gewirr von Genehmigungs- und Kontrollbehörden. Immerhin weiß ich, dass der Leiter der Abteilung Gentechnik im Berliner Robert-Koch-Institut Hans-Jörg Buhk heißt."

„Der Buhk!", rief Thea. „Normalerweise nimmt man doch an, dass der Leiter der obersten Zulassungsstelle eine neutrale, integere Person ist. Aber der Buhk ist ein eifriger Verfechter der Gentechnik. In öffentlichen Auftritten und Publikationen wirbt er dafür, dass das vom US-Konzern Monsanto entwickelte genmanipulierte Soja auf den deutschen Markt kommt. Er ist Mitbegründer des „Wissenschaftlerkreises Gentechnik". Was halten Sie davon, wenn jemand ein Manifest unterzeichnet, in dem die Abschaffung unnötiger Hürden bei der Zulassung gentechnisch veränderter Objekte gefordert wird, obwohl er doch beruflich für die Einhaltung genau dieser Hürden verantwortlich ist?"

„Das kann ich nicht glauben", entfuhr es Franck, „es gibt doch diese zentrale deutsche Kontrollkommission."

„Ha, ha", lachte Thea. „Wissen Sie, wo diese Kommission ihre Geschäftsstelle hat? Ich sage es Ihnen: in Buhks Behörde. Das ist doch praktisch. Dann kann das sogenannte unabhängige Gutachten gleich von Buhks Sekretärin geschrieben werden. Und wissen Sie, wer in dieser Kommission sitzt? Ich sage es Ihnen: nur Befürworter der Gentechnik. Und was würden Sie sagen, wenn der Leiter eines geplanten Freisetzungsversuchs Mitglied der Kontrollkommission wäre?"

„Der Versuchsleiter gibt das OK zu seinem eigenen Versuch", folgerte Franck.

„Genau", sagte Thea Portmann. „Da haben Sie Beispiele für den Aufbau von Gentechnik-Filzgemeinschaften. Die Buhk-Behörde hat noch keinen einzigen Freisetzungsantrag abgelehnt. Fehlt nur noch, dass diejenige Person, die ihren eigenen Freisetzungsversuch genehmigt, auch in den Gremien sitzt, die die Gelder verteilen."

„Ich verstehe, dass es einfach ist, einen Antrag genehmigt zu bekommen, wenn die entscheidenden Personen auf der Seite des Antragstellers stehen", sagte Franck. „Aber die Durchführung der Versuche kostet Geld, und ohne dieses Geld vorweisen zu können, braucht man erst gar keinen Antrag zu stellen."

„Dazu sind die Lobbyverbände da", antwortete Thea.

Das Gespräch wurde ausschließlich zwischen Andreas Franck und Thea Portmann geführt. Die fünf anderen Anwesenden hielten sich zurück.

„Der wichtigste Lobbyverband heißt InnoPlanta. Auf seinen Veranstaltungen und Seminaren treffen sich regelmäßig alle namhaften Verfechter der Gentechnik aus Politik, Wissenschaft und Wirtschaft. InnoPlanta hat seit seiner Gründung Millionen vom Bundesbildungsministerium bekommen. Und wissen Sie wofür?" Thea Portmann schnaubte vor Empörung. „Um die Gentechnik-Institutionen miteinander zu vernetzten. Das nenne ich einen staatlich gesponserten Aufbau von Gentechnikfilz-Gemeinschaften."

Einmal in Fahrt geraten, setzte sie nach. „In unseren Zeiten, in denen immer mehr umstrittene Produkte auf den Markt drängen und nach dem Willen der Industrie so rasch wie möglich zugelassen werden sollen, wären wir auf eine Behörde angewiesen, die wirkungsvoll und zuverlässig eine neutrale und kritische Prüfung organisiert. Das Gegenteil ist der Fall. Während die Politiker in den Parlamenten und Regierungen kommen und gehen, herrscht in den Behörden, die für die Überwachung der Gentechnik zuständig sind, über Jahrzehnte hinweg eine personelle Kontinuität. Die über Jahre gewachsenen Seilschaften lassen eine Gentechnik-Sippe entstehen, die der demokratischen Kontrolle zunehmend entgleitet."

„Halt die Luft an, Thea", kam es aus dem Kreis der fünf Anwesenden.

„Ist es nicht wahr, was ich gesagt habe?", rief Thea. „Das sind doch keine Kontrollbehörden mehr, sondern Kollaborationsnester!"

„Du hast ja Recht, Thea, aber ich kann sie nicht mehr hören, diese Rundumschläge gegen die Industrie und die Politik. Es gibt eine Gegenmacht, und die sind wir. Und wir können auch ein Netzwerk aufbauen, das alle Gegner der Gentechnik miteinander verbindet. Daran müssen wir arbeiten."

Andreas Franck erhob sich. Eva-Maria würde genauso wie Thea reden, dachte er. Das ist ein Vorrecht der jungen Leute, Grundsatzdebatten anzuzetteln. Aber ich bin hier, um den Mord an Gerd Imhoff, einem Kritiker der Gentechnik, aufzuklären. Die Gen-Mafia sitzt nach allem, was Thea gesagt hat, so fest im Sattel, dass sie keine Pistolen auf ihre Kritiker richten muss. Aber Verbrecher gibt es in ihren Reihen genug, und wird es auch in Zukunft weiterhin geben.

„Was hast du vor?", fragte Thea. Zum ersten Mal duzte sie Andreas Franck.

„Ich weiß es noch nicht", antwortete er. „Vielleicht schreibe ich einen offenen Brief an den Rektor der Uni Hohenheim."

Er fühlte sich unbehaglich. Es war nicht seine Art, sich so weit aus dem Fenster zu lehnen; vor allem nicht in einer Angelegenheit, in der er sich nicht auskannte. Aber er spürte, dass

Thea und die anderen von ihm eine öffentliche Unterstützung erhofften.

„Das wäre toll", sagte sie, und die anderen fünf Besetzer nickten.

Doch Andreas Franck fühlte sich nicht nur deshalb unbehaglich. In den letzten zehn Minuten, als Thea immer radikaler argumentiert und sogar Widerspruch aus den eigenen Reihen erhalten hatte, war ein Verdacht in ihm aufgestiegen. Konnte man allen Feldbesetzern trauen? Oder gab es einen Verräter unter ihnen?

Franck blickte sich in der Runde um. Da saß die Ethiklehrerin, für die die Gentechnik nichts mehr mit Menschlichkeit zu tun hatte; der Pensionär, dessen Enkel unter Asthma litt und der nicht wollte, dass der Kranke auch noch genmanipulierte Lebensmittel essen musste; die Mutter, die mit ihrer vierzehnjährigen Tochter von Renningen herübergeradelt war, um zu sehen, was in ihrer Nachbarschaft Bedrohliches geschah; da saß ein Kommunalpolitiker der Grünen aus dem nahen Leonberg, der seine Solidarität mit den Feldbesetzern bekunden wollte.

Nachdem Franck sich von ihnen verabschiedet hatte, begleitete Thea ihn zum Wagen. Er öffnete die Tür, hielt dann aber inne.

„Wie haben die eigentlich die vier Aktivisten herausgepickt, die die Geldstrafen zahlen müssen?", fragte er.

„Weiß ich nicht", antwortete Thea.

„Sei vorsichtig, vielleicht haben die einen Spion unter euch", sagte Franck.

Auf der Rückfahrt erinnerte er sich daran, dass der Verfassungsschutz in den siebziger Jahren, als die kommunistischen Studentengruppen vorübergehend für Unruhe sorgten, in nahezu jeder Gruppe ein Mitglied gekauft hatte. Was wörtlich zu nehmen war: Er zahlte seinem Gewährsmann einen Teil des Studiums. Diese „U-Boote" zeichneten sich damals zumeist durch besondere Radikalität aus. Radikalität als Tarnung. Gerd Imhoff war der einzige Journalist gewesen, der auf Seiten der Genmaisgegner stand. Hatte er sie ausgehorcht und sein Wissen gegen Geld weitergegeben?

37

Bei einer gründlichen Durchsuchung wurde noch ein großer Teil des Diebesgutes in der Wohnung von Philipp Herzog
gefunden, vor allem diejenigen Stücke, die wie Schmuck und
Münzen schwer zu verhökern waren.

Auch Herzog blieb daraufhin nichts anderes übrig, als zu gestehen, dass er an den fünf Einbrüchen beteiligt gewesen war.
In Übereinstimmung mit seinem Kumpan Franz Köster gab er
aber an, beim Einbruch in Imhoffs Wohnung nicht dabei gewesen zu sein. Die Einbruchsserie in Stuttgart und Umgebung
war damit aufgeklärt, aber noch nicht der Mord an Gerd Imhoff.

Im Laufe des Vormittags stellten die Kollegen den VW mit
der Aufschrift „Süd-Rabauken" in einem Jenaer Parkhaus sicher. Er war wohl in der Hoffnung abgestellt worden, dort am
wenigsten aufzufallen. Das Auto wies keine technischen Män-
gel auf; weder der Rückfahrscheinwerfer, noch das Rücklicht
war defekt.

So blieb den Mitgliedern der Sonderkommission nichts weiter zu tun. Sie mussten auf das Ergebnis der Waffenanalyse
warten. Die Ballistik war nicht Radtkes Spezialgebiet; er würde die Walther PPK und die beiden Kugeln aus Imhoffs Körper
von einem jüngeren Mitarbeiter untersuchen lassen, den Bericht über dessen Befund aber selbst formulieren, gespickt mit
gelehrten Ausführungen über die Entwicklung der Ballistik seit
dem spektakulären Prozess gegen Sacco und Vancetti in den
1920er Jahren, in dem zum ersten Mal das Vergleichsmikroskop die entscheidende Rolle gespielt hatte. Er würde umständlich erläutern, dass das Vergleichsmikroskop ein Instrument
sei, das es ermögliche, zwei Kugeln gleichzeitig bei vielfacher
Vergrößerung in einem Bild zu sehen. Man musste aus der zu
untersuchenden Waffe eine Versuchskugel schießen und diese
mit den beiden Kugeln in Imhoffs Brust vergleichen. Denn jede
Schusswaffe prägt den aus ihr abgefeuerten Geschossen außer
den Typenkennzeichen des Kalibers weitere unverwechselbare
Zeichen auf – Zeichen, die einem Fingerabdruck gleichzustel-

len sind. Wahrscheinlich hatte Radtke früher davon geträumt, selbst einmal eine wissenschaftliche Entdeckung zu machen, die seinen Namen ebenso unsterblich werden ließ, wie die Namen der Pioniere auf dem Gebiet der Blutspurenkunde oder der Ballistik. Aber den Traum hatte er wohl jetzt aufgegeben, und dass Sacco und Vancetti rechtmäßig zum Tode verurteilt worden waren, daran zweifelte noch heute die gesamte politische Linke auf der Welt – trotz des massiven Einsatzes der damals modernsten Mittel wissenschaftlicher Kriminalistik. Ein Geständnis war noch allemal besser als die wissenschaftlich korrekteste Indizienkette, und den Raubmord vom 15. April 1920 hatten Sacco und Vancetti nie gestanden. Was konnte man also von der Analyse der Walther PPK, die in der Wohnung von Philipp Herzog gefunden worden war, erwarten?

*

Radtkes Bericht lief in der Sonderkommission am frühen Nachmittag ein, und er fiel so aus, wie zu erwarten gewesen war. Immerhin schien der Befund eindeutig zu sein: Aus der in Herzogs Backnanger Wohnung sichergestellten Waffe waren die beiden Schüsse auf Gerd Imhoff abgegeben worden. Außerdem trug die Walther PPK die Fingerabdrücke von Philipp Herzog und Franz Köster. Das war ein wissenschaftlich einwandfrei ermitteltes Ergebnis, wie Radtke abschließend voller Stolz mitteilte.

„Dann wissen wir endlich, dass Sacco und Vancetti zu Recht hingerichtet wurden", witzelte Klingle auf dem Weg zum Vernehmungsraum.

„Hoffen wir, dass Köster gesteht", sagte Linda Scholl und runzelte die Stirn. Ihr war nicht wohl bei dem Gedanken, dass der Fall Imhoff auf diese einfache Weise zu Ende gehen sollte. Zwar wurden die Verbrecher immer sorgloser; aber eine Mordwaffe in der Wohnung des Freundes aufzubewahren – das grenzte schon an Dummheit. Es sei denn, man wollte den Freund damit belasten. Aber um so einen Plan zu entwickeln, schien ihr Köster nicht clever genug zu sein.

Kommissar Neumann witzelte nicht und hoffte nichts. Er ging den beiden voraus und öffnete die Tür zum Besprechungszimmer. Er wusste, dass es auf eine gute Fragetechnik ankam, wenn man einem hartnäckig leugnenden Verdächtigen ein Geständnis entlocken wollte.

Franz Köster saß mit eingezogenem Kopf an der Stirnseite, was seiner bulligen Gestalt noch mehr Gedrungenheit verlieh. Er blinzelte den Eintretenden entgegen und beobachtete, wie sich der Kommissar zu seiner linken Seite setzte, die beiden anderen sich zu seiner rechten Seite niederließen.

„Montag, der 13. Mai 1996; dritte Vernehmung von Franz Köster, in Anwesenheit der Kriminalkommissare Scholl und Klingle; geführt von Hauptkommissar Neumann", sagte Neumann förmlich für das Aufnahmegerät.

„Damit könnse mir auch nich imponieren", knurrte Köster.

„Herr Köster", fuhr Neumann unbeirrt höflich fort, „wir haben die Waffe, die in der Wohnung Ihres Freundes Philipp Herzog gefunden wurde, untersuchen lassen. Sie trägt Ihre Fingerabdrücke."

„Weeß ich doch", knurrte Köster, „ich hab sie oft in der Hand gehabt."

„Trugen Sie die Waffe auch bei sich, als Sie am Sonntag, dem 28. April, gegen 23 Uhr in die Wohnung von Gerd Imhoff einbrachen?"

„Weeß ich nich mehr. Auf jeden Fall hab ich nich geschossen."

„Wo sind Sie denn nach dem misslungenen Einbruch hingefahren?"

„Zum Lippie nach Backnang, wo die Yvonne und ich wohnen. Aber der Lippie war nich zu Hause. Da sind wir noch in eine Kneipe gegangen und haben uns volllaufen lassen. Als wir heim kamen, war Lippie da und schlief."

„Wann war das?"

„Weeß ich nich mehr. Muss wohl so um zwei gewesen sein."

„Herr Köster", setzte Neumann nach, „aus der Waffe mit Ihrem Fingerabdruck wurden die beiden Schüsse auf Gerd Imhoff abgegeben. Es kommen nur zwei Täter in Frage: Sie oder

Ihr Freund Philipp Herzog. Herzog hat aber für die Zeit ein Alibi."

Linda Scholl biss sich auf ihre Unterlippe. Das war ein Bluff vom Chef. Sie hatten Herzogs Angaben noch nicht überprüfen können.

Köster schwieg. Die höfliche Art Neumanns schien zu wirken; er war auf den Bluff hereingefallen, wusste vielleicht auch, wo Herzog am Abend gewesen war. Aber das konnte der Kommissar ihn jetzt nicht fragen.

„Wie lange haben Sie sich denn in der Wohnung Imhoffs aufgehalten?", fragte Neumann stattdessen.

„Keine viertel Stunde", antwortete Köster prompt.

Der Kommissar nickte. „Erzählen Sie doch mal, wie es war, als Sie von Imhoff überrascht wurden."

„Was soll ich denn da erzählen?", fragte Köster voller Widerstand.

„Dann sage ich Ihnen, wie es war", schlug Neumann vor, „und Sie antworten mit Ja oder Nein."

Köster blinzelte mit verkleinerten Augen, war aber offensichtlich bereit, sich auf das Angebot einzulassen.

„Sie brachen in die Wohnung ein und standen dann im Flur. Die Wohnung war dunkel."

„Ja", sagte Köster.

„Die Tür zum Schlafzimmer stand auf, und als Sie ein paar Schritte im Flur machten, ging im Schlafzimmer das Licht an."

„Ja."

„Imhoff lag im Bett und richtete sich auf."

„Ja", wiederholte Köster.

„Er erkannte Sie; denn Sie hatten in der Einliegerwohnung gehaust."

„Ja, er hat mich erkannt", bestätigte Köster.

„Dann haben Sie die Waffe gezogen und zwei Schüsse auf ihn abgegeben."

„Nein", versicherte Köster, „ich bin gleich weggelaufen."

„Herr Köster", unterbrach Neumann, „Sie sind doch nicht dumm. Sie wissen doch, dass es nichts nützt wegzulaufen, wenn man Sie erkannt hat.

Imhoff hätte am nächsten Morgen Strafanzeige gegen Sie erstattet. Dann wären alle Ihre Einbrüche herausgekommen."

Köster schwieg.

„Dann gibt es nur noch eine andere Möglichkeit", fuhr Neumann fort. „Sie waren so überrascht, dass Sie die Walter PPK bei Ihrer Flucht fallengelassen haben und jemand, der nach Ihnen in die Wohnung kam, hat die Tat mit Ihrer Waffe ausgeübt."

„Ja, so wird es dann wohl gewesen sein", sagte Köster dankbar.

„Sie geben also zu, dass Sie mit der Waffe in Imhoffs Wohnung eingebrochen sind", bestätigte Neumann.

Köster brauchte ein paar Sekunden, um zu begreifen. „Muss ich dann wohl, oder? Aber ich hab sie im Flur verloren, wie Sie sagen, Herr Kommissar."

Neumann nickte. „Wie kann es dann sein, dass wir sie in der Wohnung von Philipp Herzog gefunden haben?", fragte er sanft.

„Weeß ich nich", stieß Köster hervor. Jetzt machte er wieder zu, hatte wohl kapiert, dass er hereingelegt worden war.

„Dann beenden wir für heute die Vernehmung", sagte Neumann und erhob sich. „Und Sie überlegen sich, Herr Köster, wie die Waffe, mit der Sie nicht geschossen haben, sondern die Sie in der Wohnung Imhoffs zurückließen, in die Wohnung Ihres Freundes Herzog gekommen ist."

„Mit dem Mord an Imhoff hab ich nichts zu tun", wiederholte Köster.

*

„Das hast du aber gut gemacht, Kurt", sagte Klingle, als sie später in Neumanns Zimmer zusammensaßen. „Es steht also fest, dass Köster mit der Waffe in Imhoffs Wohnung eindrang. Alles andere wird er auch noch gestehen."

„Mehr hätten wir heute nicht aus ihm herausbekommen", sagte Neumann. „Mit solchen Leuten muss man Geduld haben."

„Dann haben wir also den Fall Imhoff gelöst und müssen nur noch auf Kösters Geständnis hinarbeiten", folgerte Klingle.

„Weeß ich nich", sagte Linda Scholl.

38

Beim Abendessen erzählte Klingle seiner Frau, dass der Fall Imhoff kurz vor der Auflösung stehe.

„Dann wirst du ja deine Sonntage endlich nicht mehr mit dieser Kommissarin verbringen", bemerkte sie spitz.

„Wir haben in Mainz zwei Personen festgenommen", widersprach Klingle und wusste im gleichen Augenblick, dass es keinen Sinn hatte, sich zu rechtfertigen, wenn Eifersucht mit im Spiel war.

„Und endlich wieder vor deinen Kindern nach Hause kommen", schob seine Frau nach.

Klingle suchte noch die richtige Antwort, da meldete sich Sohn Lars zu Wort. Sie saßen zu viert am Tisch und aßen Käsespätzle, und die Atmosphäre war bis jetzt ausgesprochen friedlich gewesen, auch weil die Kinder zu Hause bleiben würden.

„Wir sind nur einmal später als Papa zurückgekommen", sagte Lars, „und das nur, weil der Dracula-Film in Stuttgart erst um 21 Uhr begann. Dann kann man nicht schon um 23 Uhr zu Hause sein."

„Gab es denn keine frühere Vorstellung?", fragte Klingle mit mäßigem Interesse.

„Doch, um 19 Uhr, aber da saßen wir noch hier am Tisch", antwortete Lars und seine Schwester Birgit nickte.

Klingle seufzte. „Es gab natürlich nur ein Kino in Stuttgart, das den Film zeigte."

„Ja, genau. Das in der Marienpassage. Wir sind die Königstraße hinunter gerannt, um den letzten Zug noch zu kriegen. Zu fünft. Das war echt geil.

Die Leute haben sich nach uns umgedreht."

„Hört auf", sagte Frau Klingle, „ich habe das alles schon einmal aufgetischt bekommen."

„Eure Streitereien haben wir auch schon mehrmals mit anhören müssen", bemerkte Tochter Birgit aufmüpfig.

„Wie war denn die Festnahme? Habt ihr eure Pistolen gezogen?", fragte Lars neugierig.

Klingle trank einen Schluck Trollinger. Er war froh, dass das Gespräch eine neue Wendung nahm. Und er wusste nicht mehr, ob er sich darüber freuen sollte, dass er bald wieder an seinen alten Arbeitsplatz in Göppingen zurückkehren würde. Es war noch keine 14 Tage her, dass sie den Fall Imhoff übernommen hatten. Die Zeit war ihm wie im Fluge vergangen, und es schien so, als würden sie schon seit Wochen an ihm arbeiten.

„Wir waren sechs und sie zu zweit. Sie hatten von Anfang an keine Chance", sagte Klingle großspurig. „Wir kreisten sie ein, und sie mussten sich ergeben. Schon vor der Halbzeit. Schwierig wurde der Rücktransport nach Stuttgart. Sie saßen in Handschellen auf dem Rücksitz, ich fuhr den Wagen, und die Kommissarin Scholl saß neben mir. Wenn sie sich da befreit hätten … Der eine war ziemlich bullig. Natürlich gab es die Abtrennscheibe zwischen uns und ihnen. Aber man kann ja nie wissen. Bei der Raststätte Wunnenstein wollte der Bullige unbedingt raus und pinkeln."

Die Kinder hörten ihm mit offenen Ohren zu, und Schneewittchen hing wieder an seinen Lippen, als würde er ein Märchen erzählen. Der Hausfrieden war wiederhergestellt.

*

Andreas Franck und Linda Scholl hatten sich zum Abendessen beim Italiener verabredet. Sie wurden freudig begrüßt, die Signora erhielt artige Komplimente, und sie bestellten eine Vorspeisenplatte aus der Vitrine mit zwei Gabeln, sowie eine Orata in Weißweinsoße, die ihnen am Tisch in zwei Hälften tranchiert werden würde. Alles für die schlanke Linie. Die Auswahl des Weißweins überließ Franck dem sichtlich geschmeichelten Ober. Heute hatte der kleine Schwarzhaarige Dienst, der Fan von Lazio Rom war und immer über das schlechte Wetter in Stuttgart schimpfte.

„Erst das Dienstliche", sagte Linda Scholl, „dein Klient Portmann ist fein raus. Wir haben einen Einbrecher festgenommen, der aller Wahrscheinlichkeit nach die Tat begangen hat."

„Dann meinen herzlichen Glückwunsch", antwortete Franck und hob das Glas. „Ich habe es gleich gewusst, dass Portmann unschuldig ist; trotz der vielen Indizien, die gegen ihn sprachen. Aber Noras Alibi brachte die Wende." Er nahm noch einmal von der Gemüseplatte. „Eigentlich ist das ja ein sehr prosaisches Ende. So viele Mordmotive, und dann ein wildfremder Einbrecher!"

„Ich bin auch nicht richtig zufrieden mit der Auflösung des Falls", gab Linda Scholl zu. „Aber es ist, wie es ist."

„Gerd Imhoff muss ja ein ganz fieser Typ gewesen sein, der sein Taschengeld nicht nur mit dem Schreiben von Artikeln verdiente. Ich habe den starken Verdacht, dass er sich an die Umweltaktivisten auf dem Gen-Acker heranmachte, um sie auszuhorchen. Wahrscheinlich hat er vier von ihnen an die Firma *Agrarrevo* verraten, und diese müssen nun 10.000 DM zahlen oder in den Knast. Das wird Imhoff nicht umsonst getan haben."

„Hast du Beweise für deinen Verdacht?", fragte Linda Scholl interessiert.

„Nein", gab Franck zu, „aber es kann praktisch kein anderer gewesen sein. Und dann vergiss das Nacktfoto in Imhoffs Schreibtisch nicht. Das hätte er auch noch versilbert, wenn er nicht gestorben wäre."

„Wenn du weiter so daherredest, dann werde ich deinen Klienten doch noch verhaften", drohte Linda Scholl lachend.

„Also gut", lenkte Franck ein. „Aber enttäuscht bin ich schon, dass ich diesmal den Fall nicht zusammen mit dir lösen konnte. Und dann diese Wendung ins Kleinkriminelle! Die Genmafia existiert unbeschadet weiter und vergiftet mit ihren Experimenten unsere Lebensmittel."

„Hör auf", sagte Linda Scholl, „der Fisch wird serviert. Aber eins darfst du bei deiner Bilanz nicht vergessen: Schüttelschmidts Sturz."

„Auch nur ein Kleinkrimineller", knurrte Franck.

„Andreas, werde nicht größenwahnsinnig. Du hast in 15 Jahren drei Mordfälle gelöst; trotzdem bist du auch nur ein kleiner Amateurdetektiv, wenn auch ein sehr liebenswerter."

„Das Letzte versöhnt mich wieder mit dir", sagte Andreas.

Schweigend beobachteten sie den Ober bei der Arbeit, schweigend genossen sie die ersten Bissen.

„Ich möchte dich etwas fragen, Andreas", begann Linda dann. „Antje und ich wollen in Zukunft zusammen wohnen. Wir suchen ein Haus in Stuttgart.

Habt ihr, Elke und du, Lust, mit in das Haus einzuziehen?"

„Das ist ja eine Neuigkeit", staunte Andreas, „da bin ich baff. Und was ist mit Conny?"

„Für ihn ist jederzeit auch ein Zimmer frei. Er muss sich nur entscheiden. Nicht dass du denkst, es gäbe eine Kommune. Es ist nur, um ungeliebte Mitbewohner auszuschließen. Drei Etagen: eine für euch, eine für Antje und Conny; ich bin mit dem Dachgeschoss zufrieden."

„Das hört sich nicht schlecht an", sagte Andreas, „meine Wohnung ist auf die Dauer für zwei Personen zu klein. Ich muss natürlich Elke fragen. Aber eigentlich kann es ihr gleich sein, wo sie mich in Stuttgart trifft. Sie wird weiter in Heidelberg arbeiten und Conny weiterhin in Karlsruhe."

Er schwieg, und sie widmeten sich eine Weile lang ihrer Orata. Dann nahm er einen tiefen Schluck Wein, schaute vom Teller hoch und seufzte.

„Landen wir da in einer Beziehungskiste? Was ist mit dir und Antje? Conny ist mein Freund."

„Ich respektiere ältere Rechte", sagte Linda. „Aber wahr ist, dass Antje und ich schon mal das Zusammenwohnen ausprobiert haben. Es ging ganz gut. Und du bist hoffentlich auch mein Freund."

„Das wird ja spannend", grinste Andreas.

„Im Ernst, Andreas. Der Fall Imhoff, oder soll ich besser sagen, der Fall Portmann hat bei uns allen Spuren hinterlassen. Neumann will plötzlich zurück in seine Heimat, Klingle hängt im Bistro herum und hat keine Lust, nach Hause zu fahren.

Wir sind vom Alter her nicht so weit voneinander entfernt und haben wohl die Hälfte des Lebens hinter uns. Da kommt man ins Grübeln. Portmann hat es uns eigentlich vorgemacht. Er will einfach das Leben genießen. Das will ich auch."

„Gut, dass *du* das über Portmann gesagt hast, sonst wäre ich der volle Macho gewesen."

„Wenn es mit seiner Frau nicht mehr geht … das muss er selbst entscheiden … dann hat er auch das Recht … ach, ich weiß nicht", beendete Linda ihren Gedankengang. Sie nahm einen Schluck Wein. „Portmann ist ein attraktiver Mann und Gerd Imhoff ein fieser Typ. Dennoch: Mord bleibt Mord.

Ich habe zu viel Wein getrunken. Löse du das Problem, Andreas."

„Das Problem mit dem Wein löse ich, indem ich dich nach Plochingen fahre, oder wohin du sonst willst. Das andere Problem erinnert mich an die Gentechnik. Da wird das Unkraut bewusst vernichtet, damit die wertvolle Pflanze überlebt. Aber das Verbrechen besteht darin, dass ein und derselbe Konzern das Unkrautvernichtungsmittel und die genmanipulierte Pflanze herstellt und die Bauern zwingt, beides im Doppelpack zu kaufen. Und dass dadurch auch die Felder der Nachbarn, die vielleicht Bio-Lebensmittel produzieren, ein für allemal zerstört werden. Nein, vergiss es; die Parallele stimmt nicht."

„Portmanns Entscheidung, das Leben zu genießen", sagte Linda Scholl, „hat auch unübersehbare Auswirkungen auf andere; Auswirkungen bis zu uns, Andreas. Und manch einer kann nicht mehr zurück."

„Aber das gäbe ihm kein Recht, einen Mord an einem Fiesling zu begehen. Es gibt überhaupt keine Rechtfertigung für Mord. Gott sei Dank ist das nur eine philosophische Diskussion, denn Portmann ist unschuldig."

Linda Scholl schaute Andreas Franck in die Augen. „Du wärst ganz schön fertig gewesen, wenn Portmann ihn umgebracht hätte, nicht wahr? Nach dem, wie du dich für ihn eingesetzt hast. Hast du nie an seiner Unschuld gezweifelt?"

„Doch, habe ich. Ja, es wäre schwer auszuhalten gewesen,

zu denken, dass er mich von Anfang an an der Nase herumgeführt hat."

„Wobei wir wieder bei deinem Größenwahnsinn angelangt wären, Mr. Bond. Nur unter einem Dach mit mir wirst du davon geheilt. Ich erzähle dir jeden Abend von meinen atemberaubenden Taten."

39

In der Nacht konnte Rudi Klingle lange nicht einschlafen. Er hörte die regelmäßigen, tiefen Atemzüge seiner Frau, drehte sich selbst aber unruhig von einer Seite auf die andere. Irgendetwas aus dem Tischgespräch wirkte in ihm nach; er wusste aber nicht, was es war. Machte es ihm so viel aus, wieder an seinen alten Arbeitsplatz zurückzukehren? Eine Zeitlang dachte er, das sei es, sprach sich Mut zu – und hoffte vergeblich, nun endlich einschlafen zu können. Er versuchte es mit der Bauchlage, hielt sie aber auch nur ein paar Minuten aus. Er rief sich den Gesprächsverlauf ins Gedächtnis zurück. War es ein Satz, mit dem sich sein Sohn Lars fürs Zuspätkommen gerechtfertigt hatte? Er verschränkte die Hände hinter dem Kopf und starrte an die Decke, ohne sie im Dunkeln sehen zu können. Die Debatte hatte ihren Anfang genommen, als Klingle verkündete, der Fall Imhoff werde in Kürze aufgeklärt sein. Sie ging zu Ende, als er das Märchen von der dramatischen Rückfahrt auftischte. Und zwischendrin kam wieder das leidige Thema des Kinobesuchs auf. Was hatte der Kinobesuch seiner Kinder eigentlich mit dem Fall Imhoff zu tun?

„Wenn der Film um 21 Uhr beginnt, dann kann man nicht um 23 Uhr zu Hause sein", hatte Lars gesagt.

Damit hat er Recht, dachte Klingle. Niemand kann um 23 Uhr zu Hause sein, der die 21 Uhr-Vorstellung besucht.

Dann brach ihm der Schweiß aus, und er fühlte sich wie ein gebrauchter Waschlappen, der zum Trocknen auf der Heizung lag. Niemand – auch Christa Imhoff nicht, die den Dracula-Film in der Mordnacht ebenfalls gesehen hatte.

Erschöpft von seiner Gedankenarbeit und erschlagen von den möglichen Auswirkungen dieser Erkenntnis schlief Rudi Klingle endlich ein, nicht ohne seinem Sohn schon einmal im Geiste Abbitte geleistet zu haben.

Am Morgen war er in aller Frühe munter, stand als Erster unter der Dusche, kleidete sich rasch an und fuhr ohne zu frühstücken mit seinem Wagen nach Stuttgart. Er kam viel zu früh ins LKA, um jemanden vorzufinden, mit dessen Hilfe er die Angaben seines Sohnes überprüfen konnte. Also vertiefte er sich in die Protokolle, die er und Linda Scholl über das Gespräch mit Christa Imhoff angefertigt hatten. Um acht gelang es ihm, die erste Sekretärin, die zur Arbeit erschien, zu bewegen, aus dem Archiv die Zeitung mit dem Kinoprogramm des letzten April-Wochenendes heraufzuholen. Um halb neun wusste er, dass sein Sohn Recht hatte. Quälend langsam verging die halbe Stunde, bis Kollegin Scholl, ohne die er nicht fahren wollte, erschien. Er fing sie schon im Flur ab.

„Komm bitte mit", sagte er aufgeregt, „ich erkläre dir alles während der Fahrt."

Sie sah ihm an, wie wichtig die Angelegenheit war, und unterdrückte die lockere Bemerkung, ob er wieder mit ihr nach Mainz wolle.

*

Karl Imhoff öffnete die Tür. Es war zehn Uhr morgens, und er wusste nicht, dass es für seine Frau ein denkwürdiger Besuch werden würde.

„Wir bringen Ihnen eine gute Nachricht mit", sagte Linda Scholl. „Wir haben Yvonne Berger gefunden, und sie ist bereit, Ihnen die ausstehende Miete nachzuzahlen."

„Dass ist wirklich eine gute Nachricht", bestätigte Herr Imhoff und ließ die beiden Polizeibeamten eintreten.

„Wir würden gern noch einmal mit Ihrer Frau sprechen", fuhr Linda Scholl fort, „wenn Sie bitte so lange in einem anderen Zimmer warten würden …"

Ein wenig schmollend zog sich Karl Imhoff zurück.

Christa Imhoff reagierte, nachdem ihr Mann in der Küche verschwunden war, mit den Worten all derer, die ein schlechtes Gewissen bekommen, wenn die Polizei ein zweites Mal bei ihnen erscheint.

„Ich habe Ihnen doch schon alles gesagt."

„Es sind da noch ein paar Fragen aufgetaucht", sagte Linda Scholl, während Klingle sich zurückhielt. „Sie haben sich am 28. April den Film Dracula angeschaut."

Frau Imhoff nickte.

„Wann sind Sie denn aus dem Haus gegangen?"

„Ich habe die Nachrichtensendung im ZDF noch mit meinem Mann zusammen gesehen, mich dann schnell angezogen – es wird wohl kurz vor halb acht gewesen sein."

„Und wo lief der Film?"

„In der Marienpassage", antwortete Frau Imhoff bereitwillig, noch nicht ahnend, dass sich das Unheil über ihr zusammenzog.

„Haben Sie den Film bis zu Ende angeschaut?"

„Aber ja, er war doch äußerst spannend. Nachher habe ich noch mit meiner Freundin in der Vorhalle gestanden und über ihn diskutiert."

„Und wann sind Sie nach Hause gekommen?"

„Das habe ich Ihnen alles schon gesagt", wiederholte Frau Imhoff nun doch ein wenig ungehalten. „Um 23 Uhr."

Linda Scholl führte das Gespräch weiterhin mit erlesener Höflichkeit, denn die Frau tat ihr leid. Doch jetzt gab es keine Fragen mehr, jetzt stand das Resümee an.

„Frau Imhoff, der Film lief in der Marienpassage um 19 und um 21 Uhr. Um 19 Uhr waren Sie noch zu Hause. Also haben Sie die 21 Uhr-Vorstellung besucht. Sie können um 23 Uhr noch nicht daheim gewesen sein."

Christa Imhoff starrte die Kommissarin an; aschfahl im Gesicht, auf den Wangen begann sich hektische Röte auszubreiten. Sie schaute Hilfe suchend zur Tür, oder wollte sich vergewissern, ob die Tür verschlossen war. Dann senkte sie den Blick auf ihre im Schoß liegenden Hände.

„Mein Mann, der Karl … Ich konnte ihm doch nicht sagen, dass ich erst gegen 12 Uhr zurückgekommen bin. Wo er doch immer …"

Linda Scholl nickte. „Das verstehe ich. Aber ich muss Ihnen sagen, dass Sie unsere Ermittlungen mit Ihrer Falschaussage erheblich behindert haben."

Frau Imhoff kniff die Lippen zusammen. „Ich muss lernen, meinem Karl die Wahrheit zu sagen", sagte sie vor sich hin.

„Genau", sagte Linda Scholl, „die Wahrheit zahlt sich immer aus. Wenn ich Sie richtig verstanden habe, möchten Sie Ihre Aussage korrigieren."

„Ja", sagte Christa Imhoff. „Ich bin erst gegen 24 Uhr nach Hause gekommen. Das ist die Wahrheit."

„Und der Mann, den Sie beobachtet haben …"

„Das ist alles so gewesen, wie ich gesagt habe", fiel ihr Christa Imhoff ins Wort. „Bitte glauben Sie mir, Frau Kommissarin. „Ich habe nur bei der Uhrzeit ein bisschen geschummelt. Es tut mir leid, wenn Sie dadurch in die Irre … Es wird mir eine Lehre sein." Sie atmete tief durch. „Sie können mir glauben, das hat mir auf der Seele gelegen, die ganze Zeit. Jetzt fühle ich mich wohler. Jetzt sage ich auch gern vor Gericht aus."

„Ja", sagte Linda Scholl, „es geht schließlich um den Mord an Ihrem Sohn. Da kann man nicht einfach ein bisschen schummeln, nur weil man Angst vor dem eigenen Mann hat." Sie schaute zu Klingle hinüber, und der zog ein Gesicht, als wollte er sagen: zum Schluss noch etwas Tröstendes.

„Vielleicht hat Ihre Falschaussage auch etwas Gutes bewirkt, Frau Imhoff. Denn jetzt kann der Mörder sich kein Alibi mehr zulegen."

„Glauben Sie?", fragte Christa Imhoff, und man konnte sehen, dass der Trost bei ihr angekommen war.

Als Scholl und Klingle das Haus verließen, stand Karl Imhoff am Küchenfenster.

„Was jetzt?", fragte Klingle und hob, mit dem Rücken zum

Haus stehend, die Hand zum Gruß, um Imhoff wissen zu lassen, dass er ihn gesehen hatte.

„Auf zu Radtke", antwortete Linda Scholl angriffslustig.

„Das ist Chefsache", widersprach Klingle. „Kurt besitzt die Lizenz zum Abschuss von Kollegen. Aber ich habe mich wirklich schon lange gewundert, dass ein Gerichtsmediziner den Zeitpunkt des Todes so genau auf 23 Uhr festlegen konnte."

„Aber nichts gesagt", kommentierte Linda Scholl.

„Wir müssen viel mehr miteinander reden", bestätigte Klingle lächelnd.

40

„Das hast du gut gemacht, Rudi", sagte Hauptkommissar Neumann in der kurzfristig anberaumten Lagebesprechung, nachdem er über den neuesten Stand der Entwicklung informiert worden war.

„Ich gebe das Lob meinem Sohn weiter", antwortete Klingle, „aber darf ich mir etwas wünschen?"

Neumann zog die Augenbrauen hoch.

„Kann unsere Sonderkommission nicht zu einem festen Team umfunktioniert werden? Ich habe Linda zwar noch nicht gefragt, aber was mich betrifft, ich würde gern weiter mit euch in Stuttgart zusammenarbeiten."

„Das ist eine gute Idee", sagte Linda Scholl, „eine Soko, die permanent in Bereitschaft steht; zur Lösung besonders pikanter Fälle. Ich bin dabei."

Neumann dachte nach. „Ich glaube, das ließe sich durchsetzen. Wenn wir den Fall Imhoff in seiner ganzen Komplexität gelöst kriegen, haben wir ein großes Plus in die Waagschale zu werfen."

„Und du bleibst uns in Stuttgart erhalten?", fragte Linda Scholl.

„Unter diesen Voraussetzungen: ein klares Ja", antwortete Neumann.

„Puh", machte Linda Scholl, „das gibt mir den letzten Kick. Aber jetzt bist du dran, Kurt. Du musst zum Radtke gehen."

„Mach ich", sagte der Hauptkommissar und erhob sich, „diesmal ohne Anmeldung."

Linda Scholl und Rudi Klingle blieben in seinem Zimmer zurück, saßen entspannt in ihren Stühlen und schauten sich an. Die Kommissarin senkte als Erste den Blick. „Armer Andreas Franck", sagte sie. „Portmann hat ihn wirklich von Anfang an als Entlastungszeugen eingeplant. Franck ist voll auf ihn hereingefallen. Ein schwarzer Fleck auf der Weste des Herrn Privatdetektiv. Den kriegt er nicht mehr weg. Und für Portmann bedeutet das ganz klar vorsätzlicher Mord. Francks Aussage, die ihn retten sollte, wird ihm jetzt zum Verhängnis werden."

„Ihr seid miteinander befreundet, nicht wahr?", fragte Klingle.

„Ja", bestätigte sie, „gestern Abend sind wir zusammen essen gegangen. Da war die Welt für ihn noch in Ordnung." Sie schwieg einen Moment und setzte dann hinzu: „Eifersüchtig?"

„Nein, nein", beeilte sich Klingle zu versichern. „Ja, wenn ich ehrlich bin", korrigierte er sich.

„Armer Rudi Klingle", sagte Linda Scholl ohne Spott. „Weiß deine Frau von deinem Wunsch, weiter in Stuttgart zu arbeiten?"

„Sie braucht ja nicht zu erfahren, dass es mein Vorschlag war. Gegen eine dienstliche Versetzung kann ich nichts einwenden."

„Du wirst auch zugreifen, wenn man dir eine Nora auf dem silbernen Tablett serviert", stellte Linda Scholl fest.

„Sag jetzt nichts gegen die Gattung Mann im Allgemeinen. Wir haben das Recht auf individuelle Beurteilung", wehrte sich Klingle.

„Ich mein ja nur, wenn du schon eine Nora hättest, dann könntest du besser nachempfinden, wie sich Portmann jetzt fühlt."

„Trotz alledem verlieren wir nicht aus dem Auge, was unsere

Aufgabe in der Sonderkommission ist", wand sich Klingle aus der Schlinge.

„Ja, Herr Kriminalkommissar. Sie haben mit zwei Ideen den Fall Imhoff praktisch im Alleingang gelöst. Dafür gibt es eine Beförderung nach Stuttgart."

„Wenn ich mich schon in Portmann hineinversetzen soll: Er wird versuchen zu fliehen", sagte Klingle.

„Du meinst also, er hat Gerd Imhoff doch umgebracht", konstatierte Linda Scholl.

„Hätten wir ihn ohne Noras Alibi überhaupt wieder freigelassen?"

Linda Scholl schüttelte verneinend den Kopf.

„Jetzt zieht ihn ihre Aussage, die kein Alibi mehr ist, nur noch tiefer in die Badewanne."

„Du bist wirklich ein Meister in verunglückten Vergleichen. Portmann hat den Kopf immer oben behalten. Er ist ein Wiederholungstäter. Zweimal hat er einen Widersacher unter Wasser gedrückt: vor sechs Jahren diesen Hans-Jürgen Werner in den Atlantik, am 28. April Gerd Imhoff in die Badewanne. Wegen des Mordes auf La Palma kriegen wir ihn nicht, weil seine Tochter Thea nicht gegen ihn aussagen wird."

„Wenn er bis zehn nach elf bei Nora war, dann kann er nicht auf Imhoff geschossen haben", gab Klingle zu bedenken.

„Das sehe ich auch so", bestätigte Linda Scholl. „Es gibt zwei Möglichkeiten, diesen Widerspruch aufzulösen."

„Nur zwei?", fragte Klingle.

*

Kommissar Neumann traf den Leiter des Instituts für Rechtsmedizin, Dr. Johannes Radtke, wie nicht anders zu erwarten, bei der Arbeit an.

„Ich habe keine Zeit für ein kollegiales Gespräch", sagte Radtke, noch bevor ihn Neumann begrüßen konnte.

„Wir sind alle permanent überlastet", antwortete Neumann. „Aber Sie könnten mir die Peinlichkeit ersparen, auf einer offiziellen Vernehmung zu bestehen."

Radtke sah den Kommissar überrascht an. Sein Gesicht sah aus wie ein Biskuit, das zu früh aus dem Ofen genommen worden war: erst aufgeplustert, dann zusammengefallen.

„Kommen Sie in mein Büro, da ist es nicht so kalt", sagte er.

Schweigend gingen sie hintereinander durch einen nur schwach beleuchteten Gang, bis Radtke eine nicht abgeschlossene Tür öffnete und den Kommissar bat, in ein Zimmer einzutreten, das sich kaum von seinem eigenen im LKA unterschied.

„Gerd Imhoffs Leiche wurde am 29. April gegen neun Uhr gefunden", sagte Neumann, nachdem er sich gesetzt hatte. „Also etwa zehn Stunden nach seinem Tod. Sie, Herr Kollege, haben die Leiche noch einmal etwa drei Stunden später auf dem Seziertisch liegen gehabt."

Radtke nickte zustimmend.

„Ohne Umschweife. Ich frage mich, wie Sie den Todeszeitpunkt so exakt auf 23 Uhr festlegen konnten."

„Es steckten ja auch noch zwei Kugeln in seinem Körper, wie Sie wissen", antwortete Radtke. „Es war nicht schwer zu ermitteln, dass die Kugeln den Mann gegen 23 Uhr trafen."

„Aber Sie stellen in Ihrem Obduktionsbericht ‚Tod durch Ertränken' fest."

„Sehr richtig. An den Kugeln wäre er nicht gestorben."

„Das spielt jetzt keine Rolle", sagte Neumann. „Sie gehen also bei der Bestimmung des Todeszeitpunkts von den Schüssen aus und nehmen an, dass Imhoff unmittelbar nach den Schüssen ertränkt wurde."

„So war es doch, oder?"

„Das ist nur eine Möglichkeit", antwortete Neumann.

„Für die Interpretation meines auf wissenschaftlicher Analyse fußenden Berichts sind Sie zuständig, Herr Kollege", sagte Radtke von oben herab.

„Einverstanden. Aber der Bericht muss so verfasst sein, dass man eine zweite Möglichkeit erkennen kann."

„Sie wollen doch nicht an der Qualität meiner Berichte zweifeln?", mokierte sich Radtke.

„Herr Kollege Radtke, lassen Sie uns vernünftig reden. Sie

wissen genauso wie ich, dass Ihre Untersuchung der Blutgruppe nicht ganz vollständig war."

Radtke seufzte und sah den Kommissar mit müden Augen an. „Und was habe ich bei der Feststellung der Todeszeit falsch gemacht?"

„Eigentlich gar nichts. Sie sind nur wie selbstverständlich davon ausgegangen, dass die beiden Mordversuche kurz hintereinander stattfanden. Das ließ uns nach einem Täter fahnden, der gegen 23 Uhr kein Alibi vorweisen kann."

„Verstehe", sagte Radtke.

„Gut", antwortete Neumann. „Es geht nicht darum, Ihren Obduktionsbericht zu kritisieren. Ich will hauptsächlich Folgendes wissen: Wann genau wurde der angeschossene Imhoff in der Badewanne ertränkt? Zu welchem Ergebnis wären Sie gekommen, wenn Sie nicht die Einschüsse gehabt hätten? Wie viel Zeit kann zwischen beiden Tötungsversuchen gelegen haben?"

„Wie lange die Leiche im kalten Wasser gelegen hat, das kann man nicht ganz genau beantworten", sagte Radtke ausweichend. Offensichtlich wollte er jetzt keine weiteren Fehler mehr machen. „Zwischen den Schüssen und dem Ertränken" – er wog den Kopf hin und her und schürzte dabei die Lippen – „kann schon etwa eine Stunde vergangen sein. Aber legen Sie mich darauf nicht fest."

„Also kann Imhoff auch erst gegen 24 Uhr gestorben sein", folgerte Neumann.

Radtke war noch nicht bereit, ohne weiteres die Segel zu streichen. „Es gibt da noch die Untersuchung des Mageninhalts. Der Tote hatte vier Stunden vor seinem Ableben zu Abend gegessen."

„Manche Essen ziehen sich gelegentlich über eine ganze Stunde hin", bemerkte Neumann.

„Wenn Sie darauf bestehen: Ja. Der Tod kann auch erst gegen 24 Uhr eingetreten sein", räumte der Gerichtsmediziner ein. „Die Analyse ist wissenschaftlich korrekt, aber ..."

„... aber die Prämissen, die man vor der Analyse eingibt, die sind nur allzu menschlich", schloss Neumann. „Noch eins:

Wenn Sie im Gerichtssaal aussagen müssen, werden Sie dann dabei bleiben, dass die Schüsse gegen 23 Uhr abgegeben wurden? Oder könnten auch sie um 24 Uhr gefallen sein?"

„Unter diesem Aspekt muss ich mir den ganzen Befund noch einmal neu ansehen", antwortete Radtke vorsichtig, und mehr war an diesem Tag aus ihm nicht herauszubekommen.

41

Nachdem Neumann mit Radtkes Eingeständnis zurückgekehrt war, gab es immer noch beträchtliche Unklarheiten über den Tathergang. Wenn Nora ihrem Geliebten ein falsches Alibi gegeben hatte, wenn Portmann am Abend des 28. April gar nicht bei ihr gewesen war, dann konnte Portmann die Schüsse gegen 24 Uhr abgegeben und Imhoff anschließend in der Badewanne ertränkt haben – unter der Voraussetzung, dass Köster, der Einbrecher, die Walther PPK um 23 Uhr am Tatort verloren und nach 24 Uhr wieder geholt hatte. Das schien eine relativ unwahrscheinliche Version zu sein; aber man konnte nie wissen, welche Kapriolen das Leben schlug.

Wenn Noras Aussage stimmte und Portmann bis etwa 23.10 Uhr bei ihr gewesen war, dann musste Köster gegen 23 Uhr die Schüsse abgegeben haben. In diesem Fall konnte Köster die Waffe verlieren, gegen 24 Uhr zurückkehren und sein Werk in der Badewanne vollenden. Oder – Variante 2 B – Köster schoss Imhoff um 23 Uhr nieder, und Portmann ertränkte Imhoff eine dreiviertel Stunde später. Letztere Version schien die wahrscheinlichste zu sein – aber man wusste ja nie …

Neumann skizzierte die drei Möglichkeiten an einer Wandtafel.

„Wenn wir alle Eventualitäten aufnehmen wollen, dann müssen wir auch noch Nora Stadler als Täterin in Betracht ziehen", sagte Klingle.

„Das glaube ich nicht", wandte Linda Scholl ein. „Ganz abgesehen davon, ob sie die Kraft hätte, Imhoff ins Badezimmer
zu schleppen: Als Täterin oder Mittäterin, ja selbst als Mitwis-
serin hätte sie ausgesagt, dass sie und Portmann bis Mitternacht zusammen waren. Nein, Nora Stadler hat in der Zeitung
gelesen, dass die Tat um 23 Uhr ausgeübt wurde, und das Alibi
für Portmann daraufhin bis 23.10 Uhr terminiert. Ganz gleich,
ob das Alibi stimmt oder nicht stimmt – ihr Pech ist es, dass
Portmann nach dem neuen Stand der Dinge noch genügend
Zeit hatte, nach Birkach zu fahren. Ihr Alibi ist nichts mehr
wert; aber das weiß sie nicht."

„Wenn wir von zwei Tätern ausgehen", sagte Neumann,
„dann muss Portmann die ganze Zeit gewusst haben, dass das
Alibi nichts taugt. Er konnte sich ausrechnen, dass wir irgendwann unseren Fehler bemerken würden. Jetzt haben wir ihn erkannt; hoffentlich ist es nicht zu spät. Ich werde mir vom Oberstaatsanwalt die Genehmigung holen, Portmann erneut zu verhaften. Fahrt ihr schon los. Wir treffen uns vor seinem Haus."

Als Linda Scholl und Rudi Klingle in die Melonenstraße ein-
bogen, sahen sie sofort, dass ein Wagen vor Portmanns Garage
parkte. Aber es war nicht sein dunkelblauer BMW. Trotzdem
stellte Linda Scholl ihren Peugeot so ab, dass der Wagen nicht
wegfahren konnte. Doch die Vorsichtsmaßnahme erwies sich
als überflüssig. Die Haustür stand offen, und im Windfang be-
wegte sich eine Frau mit grauen Haaren.

„Mein Mann ist nicht da", sagte Frau Eppelsheimer-Portmann, nachdem sie sich gegenseitig vorgestellt hatten.

„Dürfen wir uns trotzdem davon überzeugen?", fragte
Klingle höflich.

„Natürlich, aber Sie können mir glauben. Wenn mein Mann
hier wäre, würden Sie mich nicht angetroffen haben. Vielleicht
finden Sie ihn bei seinem Flittchen."

„Sie wussten also, dass er nicht zu Hause ist; sonst wären Sie
nicht gekommen", stellte Linda Scholl fest, während Klingle
sich anschickte, das Haus zu durchsuchen.

Frau Eppelsheimer-Portmann nickte. „Ich habe vorsichtshal-
ber angerufen, obwohl ich weiß, dass er Dienstag Abend nie zu

Hause ist. Da hat er regelmäßig seine Mitarbeiterbesprechung. Oder was auch immer", fügte sie bitter hinzu.

Klingle kam zurück, nickte, und Linda Scholl gab Frau Portmann zum Abschied die Hand. „Alles Gute", sagte sie. „Ihr Mann wird wahrscheinlich ins Gefängnis kommen, wenn wir ihn erwischen."

„Ich weiß", antwortete Frau Portmann, „das geschieht ihm recht."

Neumann stand am Gartentor und wedelte mit einem Stück Papier in der Luft herum.

„Schon erledigt", sagte Klingle, „auf zu Noras Haarstudio."

*

Nora Stadler hatte keinen Kunden mehr, war aber noch in ihrem Studio beschäftigt, als die drei Polizisten eintrafen. Sie zeigte sich nicht sonderlich überrascht über ihr Erscheinen.

„Portmann ist nicht hier", sagte Nora und machte ein betrübtes Gesicht. „Wir haben uns gestritten. Er wollte, dass ich meine Aussage über den 28. April widerrufe. Aber ich muss doch die Wahrheit sagen, nicht wahr?"

„Ja", bestätigte Neumann, „das müssen Sie."

„Er ist ein Feigling. Er will immer noch seine Ehe retten. Er will sich nicht offen zu mir bekennen."

„Wann fand denn der Streit statt?", erkundigte sich Neumann.

„Am Sonntag", antwortete Nora Stadler bereitwillig. „Seitdem ist er weg. Und ich weiß nicht, wo er ist. Er ist heute nicht zu unserem Dienstagtermin gekommen. Zum ersten Mal. Ich weiß nicht, warum er von mir verlangt, dass ich widerrufen soll. Wo ich ihm doch ein Alibi geben konnte."

Weil das Alibi nutzlos ist, dachte Linda Scholl, sagte aber nichts.

„Weil das Alibi kein Alibi ist", sagte Neumann. „Imhoff wurde gegen 24 Uhr ermordet und nicht um 23 Uhr."

„Aber ... in der Zeitung ...", stotterte Nora Stadler. „Sie haben mich reingelegt."

„Wieso reingelegt?", wunderte sich Neumann. „Sie haben uns doch die Wahrheit gesagt; wie kann man Sie dann reinlegen?"

Nora Stadler schwieg.

„Ist er nun um kurz nach Elf gegangen oder nicht?", fragte Neumann.

„Ja, er ist um 23.10 Uhr gegangen", antwortete Nora Stadler trotzig.

„Dann hat er ja noch viel Zeit gehabt, um die Tat auszuüben", stellte Neumann fest. „Er braucht nur eine viertel Stunde bis Birkach."

„Imhoff hat versucht mich zu erpressen", sagte Nora Stadler, „wegen der Steuerhinterziehung."

„Haben Sie mit Portmann an dem 28. April darüber gesprochen?"

„Ja", bestätigte sie. „Aber wir haben nicht beschlossen, ihn umzubringen."

„Sie wissen also nicht, wo er sich zur Zeit befindet", stellte Neumann fest.

„Nein", sagte sie. „Vielleicht in seinem Haus auf La Palma."

Kaum waren die drei Polizisten gegangen, griff Nora Stadler zum Handy.

*

„Die allein gelassene Geliebte packt aus", sagte Klingle, als er wieder mit Linda Scholl im Auto saß.

„Lass dich nicht täuschen", widersprach Linda Scholl. „Das war eine perfekte Vorstellung. Hast du bemerkt, dass sie ungefragt mitteilt, sie wisse nicht, wo er steckt? Ich glaube ihr kein Wort."

„Aber sie hat zugegeben, dass sie von Imhoff erpresst wurde. Das wussten wir noch nicht. Sie liefert uns ungefragt ein Mordmotiv, weil Portmann sie verlassen hat. Und sie hat sich verplappert: Portmann ist jeden Dienstag bei ihr gewesen. Es hat nie eine Trennung zwischen den beiden gegeben."

„Eben. Und es gibt auch jetzt keine Trennung der beiden.

230

Wir müssen uns nur auf ihre Fährte setzen. Sie wird uns ungewollt zu Portmann führen."

„Sie war doch völlig geschockt, als Kurt ihr den neuen Todestermin mitteilte. Sie fühlte sich reingelegt."

„Das ist es ja. Wenn sie sich reingelegt fühlt, dann hat sie was mit ihrer Aussage beabsichtigt."

„Komm, fahr los. Mal sehen, was Kurt plant. Eigentlich hat er ihr ja ziemlich viel verraten. Gegen alle Gesetze der Verhörtechnik. Auf ihre Fährte können wir uns leider nicht setzen. Sie kennt uns. Ich wäre gern einmal nach La Palma geflogen."

*

„Haben Sie inzwischen eine Erklärung dafür gefunden, dass die Pistole, aus der auf Gerd Imhoff geschossen wurde, bei Ihrem Freund Philipp Herzog aufgetaucht ist?", fragte Neumann.

Franz Köster schwieg.

Der Kommissar nickte verständnisvoll.

„Ich will einmal eine Ausnahme machen, Herr Köster, und Ihnen helfen.

Deshalb sage ich Ihnen etwas, das Sie eigentlich nicht wissen dürften. Die beiden Schüsse haben Imhoff nicht umgebracht. Er ist anschließend in der Badewanne ertränkt worden."

„Mit dem Mord hab ich nichts zu tun", sagte Köster.

„Das glaube ich Ihnen", antwortete Neumann. „Aber Sie können ruhig zugeben, dass Sie auf Imhoff geschossen haben, als er Sie beim Einbruch überraschte. Sie haben ihn nur angeschossen, verstehen Sie? Dann sind Sie vor Schreck weggelaufen, mit der Pistole in der Tasche. Jemand anders hat ihn später in der Badewanne ertränkt."

Köster schwieg.

„Herr Köster, Sie haben zwei Möglichkeiten. Wir können Sie vor Gericht stellen, und Sie kommen lebenslänglich ins Gefängnis für einen Mord, den Sie vermutlich gar nicht begangen haben. Oder Sie geben zu, dass Sie auf Imhoff geschossen haben. Dafür erhalten Sie nur ein paar Jahre Gefängnis, und danach sind Sie für ein langes Leben wieder frei. Wenn Sie gestehen, gibt es auch noch mildernde Umstände."

Neumann kam sich vor wie ein Wanderprediger vor einer störrischen Gemeinde. „Sehen Sie, Herr Köster", fuhr er fort, „nur Sie können die Pistole in die Wohnung Ihres Freundes zurückgebracht haben. So wird das jeder Richter sehen. Geben Sie lieber zu, was ohnehin offensichtlich ist."

„Kann ich die Yvonne sehen?", fragte Köster.

„Frau Berger wird bald freigelassen. Wenn sie Sie besuchen will, darf sie das jederzeit tun."

„Er hat mich erkannt", sagte Köster.

Neumann wartete geduldig. Jetzt wusste er, Köster würde alles zugeben.

„Er hat mich erkannt", wiederholte Köster, „und da hab ich die Walther aus der Tasche gezogen und geschossen. Er hätt mich doch am nächsten Tag angezeigt. Ich hab doch nich vorgehabt ihn umzubringen. Wenn er doch nur weitergeschlafen hätt! Ich war beim Bund, und als ich zurückkam, da gabs keine Arbeit. Was sollte ich denn tun?"

42

Nora Stadler bestellte sich ein Taxi. Als sie einstieg, konnte sie niemanden sehen, der für eine Verfolgung in Betracht kam. Es war Donnerstag und Christi Himmelfahrt, in Deutschland ein Feiertag, in Spanien merkwürdigerweise nicht. Sie hatte für Freitag und Samstag keine Kunden angenommen, also stand ihr ein langes Wochenende bevor, das sie noch einmal ausgiebig nutzen wollte. Am Himmel schien eine milde Morgensonne und ließ sich durch ein paar Schleierwolken nicht in ihrem Tagewerk stören. Das Flughafengebäude warf einen langen Schatten auf die Straße.

Nora gab ihren ziemlich großen Koffer am Schalter der Lufthansa ab, erhielt ihren Flugschein für Santa Cruz de La Palma und schlenderte betont langsam zur Handgepäckkontrolle, so dass ein etwaiger Verfolger sie nicht aus den Augen verlieren konnte. Sie hatte noch eine gute Stunde Zeit bis zum Abflug ihrer Maschine, ging trotzdem schon zu ihrem Gate und setzte sich in der Nähe des Ausgangs auf einen Sessel. Von hier aus konnte sie einen großen Teil der Wartehalle überblicken. Die Plätze im benachbarten Gate waren fast alle besetzt. Mit dem Rücken zu ihr saß eine Frau mit dunkelbraunen Locken und in einer gleichfarbenen Leinenjacke. Sie las in einem Buch und schien sich nicht für die Umgebung zu interessieren. Nora stand auf und machte sich auf den Weg zur Toilette. Auf dem Rückweg erkannte sie die Frau. Nora Stadler lächelte.

*

Kriminalkommissarin Linda Scholl war wirklich von Christa Wolfs Erzählung beeindruckt. Ende der siebziger Jahre hatte wochenlang ein Auto mit drei jungen Männern vor dem Haus der Schriftstellerin gestanden. Überwachung um einzuschüchtern, um Geplantes zu verhindern. Wochenlang.

Linda Scholl saß erst seit zwei Stunden in diesem Terminal, und vor kurzem war die zu observierende Person auch eingetroffen. Gestern, am Mittwoch, hatte Klingle den ganzen Tag vor dem Haarstudio in seinem Auto gesessen. Ebenfalls völlig ungetarnt. Die Kommissarin lächelte. Jetzt war sie es, die eine offene Überwachung vornahm. Nora Stadler sollte sie bemerken.

Soeben wurde der Flug nach Santa Cruz aufgerufen. Vor dem Ausgang bildeten sich zwei lange Schlangen. Die meisten Fluggäste konnten nicht schnell genug den Flieger besteigen, obwohl sie doch alle Platzkarten besaßen. Nora Stadler ging erst zum Ausgang, nachdem der Flug zum zweiten Mal aufgerufen worden war. Vor ihr stand nur noch eine junge Frau, die einen Rucksack auf dem Rücken trug.

Linda Scholl blieb sitzen. Mal sehen, wer hier wen hereinlegt, dachte sie.

*

Thea Portmann brauchte nicht viel. Auf La Palma war es um diese Jahreszeit recht warm, und sie würde höchstens bis Sonntag bleiben. Drei Bikinis, die feine Unterwäsche, das heiße Höschen, zwei T-Shirts, Waschzeug und das Wörterbuch. Den Rucksack nahm sie als Handgepäck mit in das Flugzeug, sodass sie sich bei der Ankunft ganz auf Nora Stadler konzentrieren konnte.

Sie sah dem Wochenende mit Freude und Bangen entgegen. Nachdem die Kommissarin Scholl sie gebeten hatte, ihre Reise nicht erst Pfingsten anzutreten, war alles so schnell gegangen. Und Thea sollte einen kleinen Auftrag erledigen, bevor sie sich auf die Suche nach Miguel machen konnte. Offenbar hatte die Kommissarin von Andreas Franck erfahren, dass Thea nach La Palma fliegen wollte, und war dann persönlich auf dem Gen-Acker erschienen, um alles mit ihr zu besprechen.

Thea saß drei Reihen hinter Nora Stadler und ließ den Sicherheitssermon über sich ergehen, den die Stewardess mit monotoner Stimme herunterratterte. Thea trug Turnschuhe, enge schwarze Jeans und einen knapp sitzenden cremefarbenen Pulli. Glücklicherweise waren die roten Pusteln auf ihrer Stirn verschwunden, die der Spritznebel am Gen-Acker verursacht hatte. Sie zog die Beine an und presste ihre Knie an den Vordersitz. Sie hatte die Geliebte ihres Vaters bisher nicht gekannt, aber die Kommissarin hatte ihr ein Zeichen gegeben. Thea musste ihrem Vater bescheinigen, dass er einen guten Geschmack besaß.

Aber er hat auch eine hübsche Tochter, dachte sie selbstbewusst.

*

Kriminalkommissar Rudolf Klingle lungerte wie ein Penner auf dem Stuttgarter Hauptbahnhof herum. Er hatte den entschieden langweiligsten Job erhalten; einen Job, der zudem wenig erfolgversprechend zu sein schien. Es handelte sich um eine Routinesache. Portmann würde nicht so dumm sein und im Hauptbahnhof in einen Zug steigen. Ganz abgesehen davon, dass er Stuttgart schon seit Tagen verlassen haben konnte. Klingle stand an den Prellböcken, wenn die Fernzüge einliefen oder eingesetzt wurden, vornehmlich die ICs und ICEs von und nach München oder diejenigen, die den Umsteigebahnhof Mannheim bedienten. Er trug Jeans und ein altes, abgewetztes Jackett; und meistens hielt er auch einen Becher Kaffee in der Hand. Um sich die Zeit zu vertreiben, dachte er über sein zukünftiges Leben nach, vor allem darüber, wie er es seiner Frau beibringen sollte, wenn er wirklich nach Stuttgart versetzt werden würde. Umziehen würde sie nicht wollen; ihre Freundinnen und Bekannten lebten alle in Göppingen.

Klingle beobachtete die Menschen, die mit Koffern und Reisetaschen auf den Bahnsteigen standen, und diejenigen, die mit ihrem Gepäck aus den Zügen stiegen. Es war jedesmal ein großes Gedränge und Geschiebe. Am glücklichsten sahen diejenigen aus, die erwartet und abgeholt wurden.

Klingle würde auch gern einmal mit einer Rose begrüßt werden; aber Rosen zu empfangen, das war ja wohl das Vorrecht der Frauen. Bei den Alleinreisenden handelte es sich meistens um Männer; sie zogen genormte schwarze Koffer hinter sich her und trugen ebenfalls schwarze Taschen über der Schulter, in denen der Laptop steckte. Besonders Frankfurt schien die Stadt zu sein, die solche Männer anzog. Manche von ihnen hatten die Statur Portmanns; manche von ihnen sprangen im letzten Moment in den Zug, und hinter ihnen krachten die Türen zu, sodass kein Verfolger mehr hätte mit hineinkommen können. Auf einen Mann, der in Richtung Mannheim fuhr, traf sogar beides zu: Er besaß Portmanns Statur *und* hechtete im letzten Moment in den hinteren Wagen – aber er trug einen Bart.

*

Professor Dr. Peter Portmann hatte sich einen Bart wachsen lassen und trug sein Haupthaar länger als früher; aber er glaubte nicht, dass diese Verkleidung ausreichen würde, um ihn unkenntlich zu machen. Doch was noch wichtiger war: Er glaubte nicht, dass er noch eine Zukunft in Freiheit vor sich hatte. Ein Leben auf der Flucht konnte er sich nicht vorstellen. Sein Geld auf den verschiedenen Konten würde nicht ewig reichen, und das Land Baden-Württemberg würde auch nicht ewig einem Beamten zahlen, der seinen Beruf nicht mehr ausübte.

Natürlich hatte er nicht das getan, was man von einem Flüchtigen im Allgemeinen erwartete: Er war nicht ins Ausland gefahren; er war vielmehr in Stuttgart geblieben – und nachdem die Polizei in seinem Haus und in Noras Wohnung vergeblich nach ihm gesucht hatte, konnte er beide Unterkünfte wieder gefahrlos betreten. Ein zweites Mal würden sie nicht kommen. Portmann bildete sich auf seine Intelligenz eigentlich nichts ein, aber den Kriminalkommissaren fühlte er sich doch geistig überlegen.

Trotzdem hatte er sich zu einem Täuschungsmanöver entschieden; und wie sich herausstellte, zu Recht. Den Kommissar Klingle entdeckte er sofort, obwohl sich dieser alle Mühe gab, wie ein Penner auszusehen. Portmann wartete bis zum letzten Moment, bevor er in den ICE einstieg, der in Richtung Frankfurt fuhr. Klingle folgte ihm nicht, hatte ihn wohl überhaupt nicht erkannt. Portmann mied die Großraumwagen und fand in einem Erste-Klasse-Abteil noch einen Fensterplatz. Aufatmend lehnte er sich zurück, während der Zug schon so viel Fahrt aufgenommen hatte, dass man die Namen der S-Bahn-Haltestellen nicht mehr lesen konnte.

Sie sollen sich nicht rühmen können, mich auf der Flucht verhaftet zu haben, dachte er. Die Freiheit des Menschen besteht darin, auch darüber zu entscheiden, wann er diese Freiheit aufgeben will. Aber ich werde das Leben mit Nora bis zur letzten freien Minute genießen. Nora ist ein Phänomen. Sie wird noch lange jung und verführerisch bleiben. Sie gehört mir allein, weil ich sie als Frau erschaffen habe.

*

Dies war nicht Andreas Francks Fall. Portmann hatte Franck von Anfang an für seine Zwecke missbraucht, und der selbst ernannte Amateurdetektiv war auf dessen plumpe Taktik arglos hereingefallen. Das nagte an seinem Selbstbewusstsein. Nun gut, er hatte Portmanns erste Tat aufgedeckt, den Mord im Atlantik vor sechs Jahren, aber im Fall Imhoff hatte Franck viel zu lange auf der falschen Seite gestanden. Im Grunde wusste er immer noch nicht, warum ihm das passiert war.

Jetzt saß er im ICE und musste zu allem Überfluss in Mannheim umsteigen, weil er die direkte Verbindung nach Heidelberg verpasst hatte. Hoffentlich würde es Elke gelingen, ihn wieder aufzubauen. Seitdem die neue Hochgeschwindigkeitsstrecke eröffnet worden war, dauerte die Fahrt von Stuttgart bis Mannheim kaum länger als eine halbe Stunde.

Franck stand schon ausstiegsbereit im Gang – da sah er ihn. Es war ohne Zweifel Portmann, obwohl er einen Bart trug. Portmann schaute unentwegt aus dem Fenster, so dass man ihn nur von der Seite sehen konnte, und machte keine Anstalten, ebenfalls auszusteigen. Franck zögerte, spürte den Impuls, weiter mitzufahren, so weit wie Portmann. Doch dann hielt der Zug schon, hinter Franck drängelten die Aussteiger ungeduldig, und Franck ließ sich von ihnen aus dem Zug schubsen. Schließlich war er von Beruf Wissenschaftler und nicht Detektiv, schließlich wartete ein langes Wochenende mit

Elke auf ihn, und der Fall Imhoff wurde von der Stuttgarter Sonderkommission bearbeitet.

Da Franck auf dem Bahnsteig zwölf Minuten Zeit hatte und die Telefonsäule direkt vor sich stehen sah, rief er doch Linda Scholl an und gab seine Information an sie weiter. Linda bedankte sich herzlich und kündigte an, einen Polizeibeamten in den Zug zu schicken; wenn die Zeit reiche, schon in Frankfurt. Der ICE würde für die Strecke 37 Minuten benötigen. Falls Portmann später auszusteigen gedachte, etwa in Köln oder gar Hamburg, dann würde er keine Chance haben zu entkommen. Linda Scholl nahm wie selbstverständlich zur Kenntnis, dass sich Franck nicht an Portmanns Fersen geheftet hatte, und wünschte ihm ein schönes Wochenende.

43

Es schien, als wäre der Flughafen von La Palma direkt ins Meer gebaut worden. Thea Portmann fürchtete ein wenig, der Flieger könne über die Piste hinweggrasen und den Fluggästen ein unfreiwilliges Bad im Atlantik bescheren. Aber natürlich landeten sie wohlbehalten und sicher auf dem Trockenen. Die Schrecksekunde kam erst, als Thea auf der Gangway Nora Stadler aus den Augen verlor.

Keine Panik, sagte sie sich, am Gepäckband treffe ich sie wieder.

Für die weitere Verfolgung Noras hatte die Stuttgarter Sonderkommission alles bestens vorbereitet. Ein Mietauto wartete auf Thea mit polizeilicher Erlaubnis im Parkverbot. Es war im Voraus für vier Tage bezahlt worden, der Schlüssel steckte, der Tank war bis zum Rand gefüllt. Man erwartete, dass sich Nora Stadler ebenfalls einen Wagen mieten und in ihm auf der einzigen großen Ost-West-Verbindung zur sonnigen Seite der Insel fahren würde. Dorthin, wo sich auch Portmanns Haus befand. Unklar blieb, ob sie einen Schlüssel für dieses Haus besaß, ob sie sich mit Portmann dort treffen wollte.

Thea glaubte nicht, dass ihr Vater so sorglos war und dahin fuhr, wo die Polizei ihn mit Sicherheit erwartete. Nein, Thea nahm an, dass sie das Haus am Rande von El Paso allein bewohnen würde, oder bestenfalls zusammen mit Miguel. Ihren Vater vermutete sie in einem der besseren Hotels an der Westküste. Aber es war nicht ihre Aufgabe, den Vater zu suchen; sie sollte sich an Nora Stadler halten.

Als das Gepäckband ansprang, kam Nora aus dem WC-Raum. Thea atmete auf und stellte sich auf die andere Seite, um Nora im Auge zu behalten. Nora warf einen kritischen Blick in die Runde, und es schien Thea, als würde Nora sie ein wenig länger als die anderen Wartenden beäugen. Aber dann wandte sie sich, anscheinend beruhigt, wieder den Gepäckstücken zu, die nun in schneller Folge aus dem Schacht gespuckt wurden.

Merkwürdig, dachte Thea, sie hat sich gar keinen Wagen genommen, obwohl ihr Koffer doch so groß ist.

Nora Stadler musste, wie es ihr schien, eine Ewigkeit warten. Nun erhielt sie die Strafe dafür, dass sie ihren Koffer besonders früh abgegeben hatte. Es waren schon viele Fluggäste mit ihrem Gepäck abgezogen, die Reihen lichteten sich.

Bald stehe ich mit dieser jungen Frau da drüben allein herum, dachte Nora. Die hat doch schon ihren großen Rucksack bei sich; worauf wartet sie denn noch?

Dann kam es endlich herangeruckelt, das wertvolle große Stück. Nora beugte sich vor und zog den Koffer mit einer Hand zu sich auf den Boden. Sie bemerkte aus den Augenwinkeln, dass die junge Frau auf der anderen Seite sie beobachtete.

Ach was, dachte Nora, ich leide wohl schon unter Verfolgungswahn.

Sie nahm ihren Koffer in die Hand, als sei es kinderleicht, ihn zu tragen, und strebte der Zollkontrolle zu.

Dort geschah es. Nora Stadler wurde gebeten, ihren Koffer zu öffnen. Sie tat es widerwillig. Nicht nur der Beamte, sondern auch die junge Frau mit dem Rucksack hinter ihr konnte es sehen: Der Koffer war vollkommen leer.

*

Portmann hatte Andreas Franck natürlich bemerkt, und da der Zug in Mannheim länger als vorgesehen stand, um auf Anschlussreisende aus Richtung Basel zu warten, gelang es ihm noch auszusteigen. Portmann sah auch, dass Franck telefonierte, und er gratulierte sich zu seinem raschen Entschluss. Er stieg in den nächsten Regionalzug Richtung Stuttgart, wechselte in Bietigheim in die S 5 und am Bahnhof Schwabstraße in die S 3 Richtung Flughafen. Aber selbstverständlich würde er nicht versuchen, am Stuttgarter Airport ein Flugzeug zu erwischen. Genauso gut hätte er sich direkt beim Landeskriminalamt melden können. Aber dazu war es noch zu früh. Er war in den letzten Jahren selten mit dem öffentlichen Personennahverkehr unterwegs gewesen. Jetzt begann er die Anonymität in der Masse zu schätzen.

In Stuttgart-Rohr stiegen drei Männer ins Abteil, und nachdem die S-Bahn wieder angefahren war, ließen sie sich die Fahrscheine zeigen. Portmann wies sein Ticket von Mannheim bis Stuttgart vor, aber der Kontrolleur schüttelte den Kopf und erklärte ihm, dass dieser Fahrschein nicht mehr gelte. Dann ließ er sich den Personalausweis zeigen, um einen Strafzettel auszufüllen. Er betrachtete das bartlose Gesicht auf dem Ausweis, las den Namen seines Besitzers, und man konnte regelrecht sehen, wie es in seinem Kopf zu arbeiten begann. Die beiden Kollegen kamen zur Unterstützung, einer hatte schon sein Handy am Ohr. Die Fahrgäste verrenkten ihre Köpfe, um den Schwarzfahrer zu taxieren.

Portmann zwang sich zur Ruhe. Es musste noch einen Ausweg geben. Bisher hatte es immer einen Ausweg gegeben, und der Zufall war mehr als einmal auf Portmanns Seite gewesen.

*

Thea Portmann befürchtete schon, dass Nora Stadler in einem spanischen Vernehmungszimmer verschwinden würde, aber der Zollbeamte ließ sie den Koffer wieder zuklappen, als hätte er nichts anderes erwartet, lächelte sie an und winkte sie durch. Thea folgte ihr in angemessenem Abstand. Nun würde

Nora ja wohl das Flughafengebäude verlassen und zu ihrem Hotel fahren.

Aber Thea irrte sich. Nora Stadler ging nicht zum Ausgang, sondern vielmehr schnurstracks zum Schalter der Fluggesellschaft, gab ihren Koffer wieder ab, ließ sich ein Ticket ausstellen und reihte sich in die Schlange vor der Handgepäckkontrolle ein.

Dorthin konnte Thea ihr unmöglich folgen, ohne sich selbst zu enttarnen. Thea fischte ihr Handy aus der Jeans, wählte Linda Scholls Nummer und informierte die Kommissarin darüber, dass sich Nora Stadler kurz vor dem Rückflug oder dem Weiterflug zu einem unbekannten Ziel befand.

Linda Scholl bedankte sich. „Das macht nichts", fuhr sie dann fort, „sie wird nach Stuttgart zurückfliegen. Das ganze Manöver sollte wohl eine Verschleierungstaktik sein. Aber sie ist nicht gelungen. Wir haben Ihren Vater in Stuttgart festgenommen. Er war auf dem Weg zu Frau Stadlers Wohnung in Leinfelden. Jetzt genießen Sie Ihren Urlaub, Thea. Und viel Glück."

Aber Thea konnte noch nicht umschalten; wollte auch noch nicht. Sie schulterte wieder ihren Rucksack, ging die wenigen Meter zur Handgepäckkontrolle zurück.

„Frau Stadler, haben Sie noch zehn Minuten Zeit für mich?", fragte sie von hinten.

Nora drehte sich irritiert um. Die junge Frau mit dem Rucksack. Sie hatte es geahnt, dass die keine normale Touristin war.

„Ich bin Thea Portmann. Ich habe soeben erfahren, dass mein Vater heute in der S-Bahn Richtung Leinfelden verhaftet wurde. Ich denke, er war auf dem Weg zu Ihrer Wohnung. Sie werden ihn dort nicht vorfinden, wenn Sie mit Ihrer Kofferattrappe zurückfliegen."

Nora Stadler schaute Thea prüfend an. „Ist das wahr?"

„Gehen wir zum I-Punkt", sagte Thea, „da können wir ungestört reden. Ich muss Sie etwas fragen."

Eine blassgesichtige Nora folgte Thea widerstandslos zum Informationspunkt. Jetzt ist alles aus, dachte sie. Diese Thea ist ja eine richtige Powerfrau.

„Ich möchte Ihnen zunächst versichern", begann Thea, „dass ich vor Gericht nicht gegen meinen Vater aussagen werde. Es ist mein Recht, die Aussage zu verweigern. Ich werde also auch nichts ausplaudern, was Sie mir jetzt sagen."

„Ich liebe ihn. Und ich weiß nicht, wie es mit mir weitergehen soll", sagte Nora. „Er hat mir ein ganz neues Leben geboten."

Die beiden Frauen sahen sich an. Nora war 35 Jahre alt, Thea war 22.

„Ich finde Sie ganz okay", sagte Thea. „Ich nehme es Ihnen nicht übel, dass Sie meinen Vater lieben. Aber er hat Ihretwegen zwei Männer umgebracht."

„Zwei?", fragte Nora und machte große Augen?

„Ihren ersten Ehemann und Gerd Imhoff."

„Hans-Jürgen auch? Das ist mir völlig neu", staunte Nora.

„Haben Sie meinen Vater dazu animiert, die beiden Männer zu ermorden?"

Nora schüttelte den Kopf. „Natürlich nicht. Vom ersten Mord wusste ich ja überhaupt nichts."

„Aber vom zweiten", stellte Thea fest.

„Ich habe es befürchtet", sagte Nora, „aber als es hieß, Imhoff sei um 23 Uhr umgekommen, da durfte ich annehmen, es sei ein anderer gewesen. Dieser Imhoff war ein Scheusal. Er hat mich erpresst wegen der Trinkgelder und wollte auch deinen Vater mit dem Foto erpressen. ‚Ich mache euch alle fertig', schrie er, ‚dich und deinen Lover und seine Tochter auch.' Ja, und das hat er dann versucht, als ich nicht mit ihm schlafen wollte."

„Mich auch?", wunderte sich Thea.

„Was glaubst du denn, wer euch vier Umweltaktivisten verraten hat?"

Thea Portmann schluckte. „Eins muss ich noch wissen", sagte sie. „An jenem 11. August 1990, als Ihr erster Mann angeblich im Atlantik ertrank, wo war mein Vater da?"

„Bei mir nicht", antwortete Nora Stadler.

„Danke", sagte Thea, „aber mein Vater und Ihr Mann, kannten die beiden sich?"

„Natürlich. Sie sind doch zusammen im Motorboot gefahren. Und dabei ist Hans-Jürgen unglücklicherweise ertrunken. So hat es mir dein Vater später erzählt. Als es am 11. August 1990 passierte, war er nicht bei mir", wiederholte Nora. „Ich habe mich zwar gewundert, dass er so plötzlich abreiste ..."

„Und in diesem Jahr am 28. April?", unterbrach Thea.

„Da war er bis kurz nach elf bei mir, wie ich es der Polizei gesagt habe."

„Und anschließend hat er dann den Imhoff ertränkt", stellte Thea fest.

Nora antwortete nach kurzem Zögern. „Dein Vater war der Ansicht, dass Unkraut vernichtet werden muss, damit die Nutzpflanzen ungehindert wachsen können. Vielleicht hat er diese Ansicht auch auf das Leben der Menschen übertragen. Ich habe ihn jedenfalls nicht gebeten, Imhoff umzubringen. Und ich wäre froh, wenn er es nicht getan hätte."

Thea nickte. „Ich kenne meines Vaters Meinung. Wenn er auch beruflich nichts mit den Freisetzungsversuchen auf dem Renninger Hof zu tun hat, haben wir doch mehrfach darüber gestritten. Da konnte er ganz fanatisch sein."

Sie gab Nora Stadler die Hand. „Daran werden wir wohl beide noch lange zu knabbern haben. Vielen Dank nochmals für Ihre Offenheit, und alles Gute." Sie schulterte ihren Rucksack, ließ Nora Stadler stehen und ging in Richtung Ausgang.

*

Portmann schüttelte den Kopf. „Ich benötige keinen Anwalt; ich brauche mich nicht zu verteidigen. Aber ich will Ihnen mein Handeln erklären. Alle Menschen greifen ständig in den natürlichen Wachstumsprozess ein. Auch Sie tun das, wenn Sie den Löwenzahn aus Ihrem Rasen herausstechen. Sie nehmen sich das Recht dazu."

„Ich habe keinen Garten", sagte der Kommissar.

Der Professor ignorierte Neumanns Bemerkung. „Imhoff ist Nora zu nahe getreten. Ich konnte das seit Anfang April beobachten und beschloss, ihn aus dem Weg zu räumen. Aber vor dem 28. April bin ich nicht bei ihm gewesen. Natürlich hat er mich nicht über die Gentechnik befragt. Als Nora mir am 28. erzählte, dass Imhoff sie erpresste, war der richtige Zeitpunkt gekommen. Die Vorbereitungen hatte ich ja erfolgreich abgeschlossen; den Kollegen Franck auf meine Seite gebracht. Eine taktische Meisterleistung, wenn Sie mich fragen."

Portmann nickte beifällig zu diesem Eigenlob. „Es hat mir große Genugtuung bereitet, ihn und Sie alle an der Nase herumzuführen. Glauben Sie nicht, dass es um Eifersucht ging", fuhr er fort. „Eifersucht ist etwas für kleine Geschöpfe. Es ging ums Prinzip. Jeder Wissenschaftler muss mit seinen Experimenten einmal den Schritt vom Labor in die Wirklichkeit gehen."

„Nur haben Sie dabei Ihr Untersuchungsobjekt gewechselt", warf Linda Scholl ein.

Portmann machte eine weit ausholende Handbewegung.

„Das ist kein prinzipieller Unterschied. Können Sie das nicht begreifen?"

Er fuhr in seinem Monolog fort. „Das Foto war nicht ausschlaggebend; ich wurde ja nicht erpresst. Kurz vor halb zwölf stand ich an seiner Haustür. Sie ließ sich öffnen, und die Wohnungstür war aufgebrochen worden. So ist das: Wenn man erst einmal den Entschluss gefasst hat, bieten sich die Möglichkeiten von allein an. Imhoff war schon fast tot, als ich ihn fand. Ich hätte auch einfach wieder gehen können; dann wäre er am nächsten Morgen tot aufgefunden worden."

„Sie hätten auch den Notarzt rufen können", ließ sich Klingle vernehmen.

„Imhoff war ein gewissenloser Gauner. Ich habe nur vollendet, was schon angelegt worden war. Imhoff sollte nicht länger leben. Nennen Sie es, wie Sie wollen: Mord, Totschlag, unterlassene Hilfeleistung. Das sind nur juristische Begriffe im Strafgesetzbuch. In der Natur gibt es diese Unterschiede nicht."

„Und Hans-Jürgen Werner?"

„Werner war ein Schmarotzer, der nur auf Noras Kosten dahinvegetierte. Er hinderte Nora daran, ein Leben nach ihrer Bestimmung zu führen. Es gibt Menschen, die sind schon tot, bevor sie sterben. Man macht sich nicht strafbar, wenn man Tote beseitigt."

„Der Mann ist ja wahnsinnig", flüsterte Linda Scholl.

„Was Wahnsinn ist, definieren immer die selbsternannten Vernünftigen. Was ist Vernunft? Wenn Sie die Blutgruppe des Toten korrekt bestimmt hätten, hätten Sie mich viel früher überführen können. Wenn Sie sich nicht in der Tatzeit geirrt hätten, ebenfalls. Was folgt daraus?"

Portmann nickte zustimmend, bevor er sich selbst die Antwort gab. „Dass es so hat sein sollen. Dass es vernünftig von mir war, so zu handeln, wie ich gehandelt habe."

„Was hätten Sie denn getan, wenn die Haustür abgeschlossen gewesen wäre?", fragte Neumann.

„Das ist eine spekulative Frage", antwortete Portmann, „die gehört nicht in mein Ressort. Vor Gericht würde ich sagen: Dann wäre ich nach Hause gefahren. Ich habe die Tat vollendet, weil die Gelegenheit günstig war, so wie damals im Atlantik. Hans-Jürgen stand ja schon im Wasser und bettelte regelrecht um seine Erlösung.

Diese Argumentation ließe mich, wie ich selbstverständlich weiß, um eine lebenslängliche Freiheitsstrafe herumkommen. Oder ich könnte sagen: Ich hätte geklingelt und ihn zur Rede stellen wollen. Dann ist es im Streit passiert. Aber die Wahrheit lautet: Ich weiß nicht, was ich getan hätte. Ich besaß keinen detaillierten Plan. Ich habe den Grundsatzentschluss gefasst, dass er weg muss und einige flankierende Maßnahmen getroffen. Im Übrigen darauf vertraut, dass mir ein Weg aufgezeigt werden würde. Was ja auch geschah. Wollen Sie die technischen Einzelheiten hören?", fragte er triumphierend. „Das Wasser lief ziemlich langsam in die Wanne. Ich habe mich dann bemüht, alle Fingerabdrücke wegzuwischen. Um zwölf war ich fertig. Ich arbeite gern mit Wasser, auch im Labor bei meinen Pflanzen."

„Es reicht", sagte Kommissar Neumann.

„Morgen haben Sie keine Chance mehr. In einer Stunde bin ich bewusstlos. Ich habe mir einen schmerzfreien Übergang verordnet. Leben Sie wohl in Ihrer dürftigen Welt."

44

Die Sonne brannte ihr auf den Rücken, aber Thea kümmerte sich nicht darum. Sie saß schon seit einer Stunde am Hafen von Tazacorte auf dem Pier. Vor ihr schaukelte das hölzerne Boot mit dem Namen Santa Lucia in der leicht auffrischenden Nachmittagsbrise. Der Motor war aus dem Wasser gezogen worden, die beiden Ruder fehlten. Aber immerhin lag es wie ehedem am Landungssteg und schien noch benutzt zu werden.

Thea seufzte. Das Boot, mit dem Miguel vor sechs Jahren mit ihr um die Steilküste gerudert war, hatte sie wiedergefunden. Aber das bedeutete nicht viel. Damals gehörte es Miguels Vater; inzwischen konnte es verkauft worden sein, oder immer noch dem Vater gehören. Wenn der zum Fischen kam, würde sie es nicht wagen, ihn nach Miguel zu fragen. Miguel konnte längst mit einer heißblütigen und eifersüchtigen Spanierin verheiratet sein. In dem Fall würde er von Thea nichts mehr wissen wollen.

Immerhin: Das Boot weckte Erinnerungen, und Thea gab sich ihnen hin, während sie geduldig wartete. Was blieb ihr auch anderes übrig? Je länger sie wartete, desto bescheidener wurden ihre Wünsche. Zunächst malte sie sich übermütig eine gemeinsame Zukunft mit Miguel aus. Aber dann kamen ihr Bedenken. Würde sie das Leben einer Fischersfrau führen wollen? Nein. Aber sie könnte nach ihrem Studium auf La Palma einen alternativen Bauernhof aufbauen. Es gab eine große Anzahl deutscher Aussteiger, die auf der Insel ihr Glück gefunden hatten. Oder ein Restaurant leiten, das Miguel mit Fischen versorgte.

Dann träumte sie nur noch von einer gemeinsamen Bootsfahrt zu ihrer *Baia* und davon, dass Miguel und sie dort wieder zusammen sein würden.

Um das schreckliche Bild, das sich in ihrer Erinnerung breitmachte, auszulöschen.

Aber eigentlich bin ich hier, um ihm meine überstürzte Abreise vor sechs Jahren zu erklären, wiegelte sie schließlich ab. Das bin ich ihm schuldig. Auf dass unsere kleine Liebesgeschichte einen guten Abschluss findet. Ich rede mit ihm hier auf dem Pier so gut es geht, und dann hat sich die Sache.

Von der Kaimauer her näherte sich ein großer, schlanker Mann. Er war mit einer langen Hose und einem langärmeligen Hemd bekleidet; seinen Kopf bedeckte ein Strohhut. Mit der rechten Hand hielt er zwei Ruder fest, die er auf der Schulter balancierte, in der linken trug er einen Plastikeimer und mehrere Angelruten. Der Mann kam direkt auf Thea zu.

Thea stockte der Atem. Es war ohne Zweifel Miguel. Er schien in den letzten Jahren noch ein paar Zentimeter gewachsen zu sein, aber er war so mager und sonnenverbrannt wie damals. Thea erhob sich und ging ein paar Schritte in Richtung Meer, ihm den Rücken zukehrend. Sie hörte, wie der Mann, der Miguel war, ins Boot stieg und seine Sachen ablegte. Sie drehte sich um, ging die wenigen Schritte zurück und blieb vor dem Boot stehen.

Miguel blickte von seiner Arbeit zu ihr hoch.

Nachwort des Autors

Noras Männer ist ein Roman. Alle Personen und alle Situationen, in die sie geraten, habe ich frei erfunden. Ähnlichkeiten mit real existierenden Personen sind nicht beabsichtigt; sie wären rein zufällig. Allerdings trifft es zu, dass eine Bürgerinitiative 1995/96 auf einem Gen-Acker in Renningen aktiv war. Ereignisse, die sich hier über einen längeren Zeitraum hinweg zugetragen haben, wurden von mir mit schriftstellerischer Freiheit in die nicht einmal einen Monat lang dauernde Romanhandlung integriert. Übrigens wurde der Aussaatversuch am 10. Juni 1996 mit der offiziellen Begründung, dass die Witterung zu schlecht gewesen und es jetzt zu spät für eine Aussaat sei, abgebrochen. Ich bin mir bewusst, dass der im Roman erwähnte „Wissenschaftlerkreis Gentechnik" erst seit 1998 und „InnoPlanta" erst seit 2000 existiert.

Allen, die mich mit Informationen versorgt und nach geduldigem Hören oder Lesen des Manuskripts mit konstruktiver Kritik und beifälligem Lob angespornt haben, möchte ich herzlich danken: vor allem meiner Frau Christine, Werner in Bamberg, Eberhard in Leonberg, Jochen in Stuttgart, meiner Literaturagentin Rose Bienia in Tübingen, die das Manuskript diesmal besonders kritisch beäugte, sowie Jürgen Wagner vom swb-Verlag für die Aufnahme des Buchs in das Verlagsprogramm. Dank auch an Ursel für das Material von der Bürgerinitiative, Bernd für die Geschichte mit den Lackschuhen, Elisabeth für die Dachdeck-Story, Teresa für Informationen aus dem Friseursalon, Claudia für die Bilder vom Spiel Mainz gegen Jena, das wirklich am 12. Mai 1996 stattfand. Irmi half mit ihren medizinischen Kenntnissen. Henrik Ibsens „Nora" regte mich dazu an, eine moderne Nora zu erfinden. Hoffentlich gefällt sie ihm.

Dank all dieser Unterstützung hat der Roman an Qualität gewonnen, und was immer noch nicht stimmig ist, geht selbstverständlich auf meine Kappe.

Von Axel Kuhn im swb-Verlag bereits erschienen:

Francks Debüt

Ein Zeitungsbericht lässt den Stuttgarter Historiker und Amateurdetektiv Andreas Franck nicht zur Ruhe kommen: Ausgerechnet ein Polizeikommissar steht vor Gericht, weil er eine Versicherung betrogen hat.
Aber sein Motiv bleibt im Dunkeln.
Franck versucht mit Hilfe der Journalistin Petra Giseke diese Frage zu lösen. Die beiden geraten in ein undurchsichtiges Geflecht privater und politischer Beziehungen. Vier Personen bleiben auf der Strecke: Unfall, Selbstmord oder Mord? Das Verbrechen nistet sich schon im Alltag ein, und die Grenzen zwischen Täter und Opfer verschwimmen.

Anspielungen auf die großen Kriminalromane von E.A. Poe, Conan Doyle, Chandler, Sjöwall/Wahlöö und andere würzen die Handlung. Als Hommage an Felix Huby kommt sogar Stuttgarts Kommissar Bienzle zu einem kurzen Auftritt. Der Leser wird nicht nur vor die Aufgabe gestellt, den aktuellen Fall mitzulösen, er darf auch herausfinden, auf welche Vorbilder angespielt wird.

„Ein spannend und intelligent geschriebener Krimi, in dem das Kolorit stimmt, die Protagonisten und die Handlung überzeugen."

(Stuttgarter Unikurier)

Axel Kuhn, Francks Debüt, 263 Seiten,
12,50 €, swb-Verlag Stuttgart
ISBN: 978-3-938719-73-2

Emerichs Nachlass

Andreas Francks zweiter Fall

Die Polizeichefs sprechen hartnäckig vom Selbstmord des Stuttgarter Rechtsanwalts. Warum wollen sie den Fall so schnell zu den Akten legen? Kommissar Neumann ermittelt heimlich weiter. Wurde ein unbequemer Ehemann um die Ecke gebracht? Der Historiker Andreas Franck nimmt an, dass politische Briefe des Dichters Hölderlin nicht ans Tageslicht kommen sollen. Aber bringt man deswegen gleich einen Menschen um? Die Journalistin Petra Giseke erfährt von illegalen Waffengeschäften im Golfkrieg. Doch haben ihre Recherchen überhaupt etwas mit dem Tod des Rechtsanwalts zu tun?

Die frei erfundene Handlung beruht auf exakten wissenschaftlichen Recherchen. Den Nachlass des Hölderlin-Freundes Emerich hat es ebenso gegeben, wie die politische Verschwörung von 1795, in die der Dichter verwickelt zu sein scheint. Auch die Details über die dubiosen Waffengeschäfte stützen sich auf Literatur, die nach dem Zusammenbruch der DDR erschienen ist.

„Beziehungsdrama, Politskandal und als Zugabe ein Ausflug in die Vergangenheit – das verspricht Spannung für Freunde dubioser Geschichten."

(Hohenloher Zeitung)

Axel Kuhn, Emerichs Nachlass, 232 Seiten, 12.20 €, swb-Verlag Stuttgart
ISBN: 978-3-938719-75-6

Teslas Erben

Andreas Francks dritter Fall

Ein brisantes und umstrittenes Thema steht im Mittelpunkt des dritten Krimis um den Historiker und Amateurdetektiv Andreas Franck: die Mobilfunktechnologie.

In Stuttgart stirbt ein Physikprofessor. Die Frau seines Karlsruher Kollegen wird in Paris ermordet. Ein russischer Wissenschaftler verfasst ein Dossier über das geheimnisvolle HAARP-Projekt. Müssen alle sterben, die den Inhalt des Dossiers kennen? Eine italienische Physikerin versteckt sich in den Südtiroler Bergen. Wird sie dort überleben?

Die frei erfundene Handlung beruht auf exakten Recherchen über das Lebenswerk des Physikers Nikola Tesla (1856 – 1943), über verschwundene Goldzüge während des zweiten Weltkriegs und über das seit 1998 betriebene HAARP-Projekt in Alaska.

„Wieder ein runder und spannender Roman mit aufklärerischem Anspruch."

(Leonberger Kreiszeitung)

Axel Kuhn, Teslas Erben, 194 Seiten,
12.50 €, swb-Verlag, Stuttgart
ISBN: 978-3-938719-17-6